Nicht schon wieder...!

Eine auf einer Floppy
gefundene Datei

Herausgegeben von
Evo Präkogler

Matthes & Seitz

Herr, mein Herr, Du bist sehr herrlich!

Alle Götter der Welt sind Götzen.

Nur Du nicht!

Meine Lippen preisen Dich.

Du bist gnädig und gerecht, Du bist barmherzig!

Ich fürchte mich nicht vor Dir, dass mir die Haut schaudert,
und entsetze mich nicht vor Deinen Rechten.

Deine Gedanken sind so sehr tief!

Du drehst die Kurbel,
die mich um diese Säule quetscht,
Du hast ihre Scherben, Du hast ihre Rasirmesser gewetzt,
Du bist so allgütig . . .

Sieh!

Auf Flügeln,
die wie Silber und Gold schimmern,
in weissen Gewändern,
Rosen im Haar,
schweben,
um dieses glühende, zuckende Fleisch
All Deine Engel.

Singend, Jubelnd,
In Millionen Schaalen,
Sammeln sie meine Freudentränen!

Halleluja!!

(A. Holz)

Vorwort des Herausgebers

Die Geschichte des nachfolgenden Texts muß aus verschiedenen Gründen derzeit noch im Dunkeln bleiben. So sehr ich es wünschte, dem Leser die geschuldete Aufklärung hier und jetzt zu geben: ich muß ihm zunächst leider sogar den größten Teil jener Information vorenthalten, die ich bereits zu besitzen glaube.

Ich kann hier nur soviel mitteilen: Als Beamter bin ich damit befaßt, die Agenden meines Ministeriums der Öffentlichkeit zu übermitteln. Als ich routinemäßig am 3. Januar 1989 mit Hilfe meines Dienst-Desktop zur periodischen Überprüfung meiner Dateien im Hinblick auf dienststellenmäßige Archivierung oder Löschung des letzthin angemittelten Materials schritt, entdeckte ich auf zwei Backup-Disketten – wie sie für das meiner Dienststelle angemittelte Material zur weiteren Veranlassung durch mich vom zentralen Computer routinemäßig erstellt werden –, eine mir bis dahin unbekannt gewesene Datei mit dem File-Namen »Prekog.BAK«. Schon nach der ersten flüchtigen Kenntnisnahme ihres Inhalts habe ich mich bemüht, die Übermittlungswege dieser Datei festzustellen, aber ich bin diesbezüglich ebenso erfolglos geblieben wie die alsbald angeforderten Experten des Ministeriums. Die Datei enthält zwar alle Codes der hausinternen Datenübermittlung, doch ist das Original im zentralen Computer bis heute unauffindbar geblieben. Es fehlen also alle technischen Informationen über die Anmittlungsumstände.

Über die inneramtlichen Konsequenzen eines derart ungewöhnlichen Vorkommnisses ist hier nicht zu berichten, doch habe ich Persönliches anzudeuten. Der unvoreingenommene Leser wird sich hoffentlich meiner Ansicht anschließen, daß es sich bei dieser Datei um ein in menschlicher wie politischer Hinsicht überaus merkwürdiges Dokument handelt. Daß meine vorgesetzte Dienststelle ohne jegliche Begründung sogleich den Verschluß der Datei verfügt hat, wird in den Augen dieses Lesers den Umstand rechtfertigen, daß ich noch vor Verständigung der zuständigen Stellen eine private Kopie angefertigt und in Sicherheit gebracht habe. Die mancherlei Risiken dieses Geständnisses und erst recht der Publikation des Dokuments nehme ich nach reiflicher Überlegung hiermit auf mich.

Was den mutmaßlichen Autor angeht, so enthält der Text, wie jedem Gebildeten sofort deutlich sein wird, zahlreiche Hinweise. Der Autor nennt sich zwar »Zdenko Puterweck«, doch kann es sich in der Tat nur um den unglücklichen XY handeln, dessen Namen buchstäblich anzugeben an dieser Stelle nicht geraten scheint – und sei es auch nur wegen der mittlerweile notorisch gewordenen sekretiven und gerichtsfreudigen Haltung der Nachlaßverwaltung, die im Licht des gegenständlichen Dokuments nicht anders als eben politisch motiviert erscheinen muß. Aber gerade wenn diese Mutmaßungen – und es handelt sich meiner Ansicht nach um weit mehr als um bloße Mutmaßungen – zutreffen sollten, so ist diese hiermit der Öffentlichkeit vorgelegte Aufzeichnung ein Zeugnis, hinter dessen Rang Loyalitätserwägungen zurückstehen müssen.

Als Herausgeber kann ich dem Leser nicht verhehlen, daß der alsbald gefundene Verlag, im übrigen in der dankenswertesten Weise um eine würdige Ausstattung bemüht, ebenso wie ein Teil der beigezogenen Spezialisten bezüglich meiner Thesen eine durchaus andere Meinung vertritt, und das nicht ohne bedenkenswürdige Gründe. Um nur den oberfächlichsten anzuführen: Auch für mich bleibt es zum Beispiel ein Rätsel, daß das Dokument erst Monate nach dem Tode »Puterweck«s in einer derart unkonventionellen Weise zutage treten sollte. Aber schon der natürlich leicht vorgetragenen Vermutung entgegenzutreten, es handle sich um eine Fälschung, um eine politische Intrige, um einen Scherz (der womöglich mich selbst zum Urheber haben könnte...), bin ich durch die angedeuteten und durch die weiteren dem Wissenden im Dokument faßbar werdenden Umstände derzeit eben verhindert. All diesen Umständen kann Klärung allein in einer öffentlichen Verhandlung widerfahren, doch liegt es leider nicht an mir, eine derartige Gelegenheit herbeizuführen. Als gleichwertige Alternative sähe ich eine kritische Textedition unter Mitarbeit von anerkannten Spezialisten, und auch ihr würde ich, als einer quasi-öffentlichen Untersuchung, die Gesamtheit meiner Unterlagen vorbehaltslos zur Verfügung stellen. Freilich läßt mich meine Erfahrung als Beamter und als Beobachter des politischen wie des kulturellen zeitgenössischen Geschehens zunächst nichts als interne Untersuchungen erwarten, denen ich mich zu unterziehen hätte, ohne zu den wesentlichen Punkten sinnvoll Stellung nehmen zu können.

Für vorliegende Edition habe ich den Text so gut wie garnicht redigiert, dem Drucker wurde faktisch eine um meine spärlichen Anmerkungen erweiterte, im übrigen vollständige Kopie der Datei zur Verfügung gestellt. Insbesondere ist die etwas eigenwillige Schreibung die des Originals (die hier kursiv gesetzten Worte sind dort als Unterstreichungen markiert). Die zahlreichen Ellipsen des Texts lasse ich unkommentiert, auch wo mir Erhellung auf Grund gewisser privilegierter Informationen ohne weiteres möglich gewesen wäre. Ich konnte andererseits nicht davon abstehen, in Anmerkungen wenigstens oberflächlich auf einige die Urheberschaft betreffende Argumente Bezug zu nehmen. Die in der Datei erscheinenden Eigennamen mußte ich nicht ändern, da der Autor hier bereits selbst Diskretion hat walten lassen (so sehe jedenfalls ich die Sache). Da die Datei außer den Datumsangaben keinerlei Überschriften enthält, habe ich mir erlaubt, den Text in zwei ungleich große Abschnitte zu gliedern, und auch der Titel ist von mir – er soll an ein mir unvergeßliches Gespräch mit »Puterweck« erinnern. Ferner habe ich die Motti, mit Ausnahme desjenigen vor der zweiten Traumversion, nach eigenem Dafürhalten beigegeben.

Tulln, am 24. November 1989.
Präkogler.

1. Buch

Du bist der blaue, verschwebende Rauch,
der sich aus deiner Cigarre ringelt,
Der Tropfen, der eben aufs Fensterbrett fiel, ...

A. Holz. (Hg.)

Vierter Tag nach dem Ende.

Zuerst den Traum:

Galeerensklave. Schweißbäche. Oberkörper pendelt schwer im Rudertakt, wenn d. Kopf hochkrängt richtet sich d. Blick durch stirnschweißgeätzte Doppelbrechung achtern, irrlanges Schiff, unendliche Reihen von Ruder-sklaven je drei (sechs), vielleicht kilometerweit, Heck ? in einem Gedankennebel (anders als die Schweißtrübung); Peitschenknall wie Explosionen, diffuse Angst, immer wieder – immer die selbe Überraschung – erfüllt durch Echo Krampfspitzen im Sitz (Traumwort »Qualzeichen« dh ...
/vergessen. Der Peitscher ist Wiesinger ... im Cavalry Twill! man könnte sich doch einigen fühle ich /Kann mich, überhaupt, an keinen Traum erinnern in dem Haß oder Abneigung). Einigen worüber? (im Traum wars selbstverständlich) er schlendert, promeniert in der schweren Dünung achtern im Gang, es knallt oder blitzt bei jedem dritten Schritt, d. Gefangenen winden sich es spritzt. Direkt vor mir ist einer, den ich kenne, wer? Rük-kenspeck geplatzt wie Bombensplitter oder Bronzeplastik

d. Fünfzigerjahre. Gleißendes schaukelndes Licht »Lichtschwindel«. U. einige Bänke davor ein Esel? Ohrenschwarten, pelzige Rippen, Pinselrückgrat Mammuthüftwülste; Tiere, weiter vorn (hinten) Pflanzen, alle Wesen schwanken im schweren Rudertakt, wie Wasserpflanzen in der Strömung, Trilobiten und und ... Will mich umdrehen, sehen wer hinter (vor) mir, kann nicht (die Ketten?) /Traumlähmung. Wiesinger »aus der Sonne« fast schon vorbei peitscht er mir, Backhand, wedelt beiläufig zwischen d. Schenkel (komisch weil Ruderstange und Ketten dazwischen), keine Peitsche direkt, eher ein Wedel ein Bündel aus wehenden strahlernen Schlingpflanzen Papierstreifen ein Sonnenwind oder so. D. mir so wohl bekannte Schmerz kein Verhältnis zur Beiläufigkeit seiner Bewegung. Geht im selben Zug aus meinem Blick weiter nach vorn (Bug), und sehe nun – ungeheure Erleichterung – meine Kette ist ab! (durchgeschlagen?) (genauer: merke es zuerst, u. kann dann zusehn aber nicht genau sehen wie es geschieht) Nichts wie weg nach draußen ins Finstere, ins rettende Nichts. U. da steht der Wiesinger, sein Gesicht ist komischerweise wie mein Schreibmaschinenkoffer, neben mir, er siehts, ganz sachlich nicht unfreundlich, im Schmerzaufguß: »Burscherl. Du gehst wenn *ich* es will« ... (beim Reden geht d. Koffer sachte auf und zu als stieße ers zwischen den Lippen raus, man sieht die Leertaste). Licht schmerzt im Nackenansatz. Erwachen, die Schwester richtet was an den Hoden.

— — — — —

Wieder schreiben! Herrgott, noch einmal ein Notizbuch beginnen! Dies ist mein siebenunddreißigstes Notizbuch, alle sechsunddreißig vollgerammt mit Einfällen jeden Kalibers (auch das letzte ...?), hernach ledergebunden /»Daß der Saft net rausrinnt!« sagt Werner jedesmal wenn wieder eins dazukommt. mein Betriebskapital griffbereit im Regal neben dem Computer (außer dem zwanzigsten in der Stadtbibliothek), der Ursprung aller meiner Bücher ... Und alle testamentarisch vergeben – und fast schon an die Erben verteilt?!

Susi! Der Anblick des frischen neuen Büchleins hinter diesen Plastikschläuchen, plötzlich bewußt, bewußt die Hand ausstrecken, zum ersten Mal wieder hinausgerichtet, begriffen daß dies mein *neues Notizbuch war*! da war es auf einmal wieder möglich d. Fortsetzung ... weiter ...

Wenn aber ... wenn das alles /dies wird mein bestes, mein in ungeheurem Abstand bestes Buch! Nur niederschreiben was erinnert, niederkritzeln, hinfuzzeln, was immer, es Gestalt annehmen lassen, es erscheinen lassen, damit ich es betrachten, damit ich es *wissen* kann. Kann ich es je ausarbeiten? Dieser Traum ... wie ungewöhnlich jung und haftend diese Traumerinnerung.

Wach: Benommen,

Kopfschmerzen, nicht eigentlich Schmerz eher konstante Grundmusik an die sich die Aufmerksamkeit nicht gewöhnt. Überhaupt keine Schmerzen zwischen den Beinen, im Unterbauch, im Anus. Inkontinenz. Inter faeces et urinas renascor. Der Kopfschmerz wie, bin an Mabel's Dream*) erinnert, war das eine erotische Anspielung damals? Das von der primitiven Aufnahmetechnik aus dem hemdsärmeligen Klang gefilterte Quäken das von d. Maschine hinzugefügte Rauschen kommt bei mir als eher räumliche Distanz an (große räumliche ist zeitliche Distanz); Kurzwelle; und der Stil selber dieser Musik – jeder Stil! – ist Verzerrung eines vorgegebnen Flußes. un-

---

*) Es ist wohl die Aufnahme von »King« Oliver, Okeh (August 1923), gemeint. »Puterweck« war bekanntlich Jazzkenner. (Hg.)

geheuer weit weg treibt ein Anderer der sich des Stils als eines Ruders bedient – die Zerlegung in Intelligenz-verursachte und andere Wirbel des Mediums gelingt doch nur durch Resonanz: ich erkenne den Menschen durch Resonanz der Schemata aus denen ich bestehe. Musik ist das Geräusch einer Reise die den Fahrenden noch nicht als aussichtslos erscheint. Dieses nicht-eigentlich-Kopfweh dieses modulierte Kopfgeschehen ist nicht Schmerz: es ist so ein Signal.

— — — — —

Liege in köchelndem Bilderschaum, doch greife ich zum Stift, schreib schreib, schreib was erscheint, u. d. Bild verschwindet wie beim Aufwachen, schreib schreib, nur der Befehl klingt in den Ohren: der Stift, das Heft, dünne Schläuche in den Leib, Drähte an Brust und Kopf geklebt. Kamillentee, schmerzhaft Schlucken (erste Nahrung oral seit . . .)

Es ist der 26. Oktober. Also am 22. bin ich . . .

Verstorben.

sso gut wie gessund.

muß man mich stets noch beschwichtigen? Entmündigt seit der Diagnose, Zeremonialobjekt. ich werde wieder meine alte Kraft (Dr. Mostaffa (Mustapha? höre o) weiß nicht mal seinen Rang hier, hat sogar was von mir gelesen, naja, kennt was (zitiert mir: »Verstehen ist weniger als Leben . . .«) (wie hab ich das schreiben können?) Was ist Leben ohne Verstehen? Ich habs also erlebt was nurleben heißt. Nurnochleben. zerstoben, lang vor diesem Sturz, den alle fallen müssen (oho!) und kommt einer zurück, ist es möglich, ich fasse es noch nicht.

Es geht noch nicht gut, das Cahier auf dem Bauch mit den Drähten und dem Schlauch, die Hände schlafen ein, /Es schreibt: » *noch* nicht«, es hat also zu glauben angefangen. Die Hände schlafen ein, das ist es nicht, Gedanken falten sich nicht um. Gedanken, Urnen – Gliederung? Inhalt? Bewegung? Es treibt von einer zur nächsten. Urnenparade: nicht die Gedanken sondern ihre Gedächtniszeichen (memorials), an denen man die toten nicht erkennt.

Kraft. Es sollte Beherrschen der Bedingungen des Funktionierens sein (Jiu Jitsu).

Schärfe der Form hergeben für Traumintensität? Hätte man die Wahl . . .

— — — — —

Doß I die rechte Protzn hob . . . Ein Schreiber jedenfalls bin ich geblieben, das spür ich »in mir drin« (wie diese Spannung unter den Eingeweiden die so ein Schmerz sein kann daß man nicht denken kann: »in mir drin« Wie formal die Erinnerung an den Schmerz ist, das Kratzen im Sphinkter muß ihn vertreten – wie ein Zeichen; kann mir dein Gesicht vorstellen Susi, aber diesen Schmerz nicht, den ich doch nun besser kenne als dich.

: Einer der die Gedanken nur ordnen kann wenn er sie vor einem imaginären Leser verantworten muß. Es geht ja doch nicht ums *festhalten*: Sie hinausstellen, daß der Verstand nicht geteilt zwischen d. Anstrengung der Darstellung selbst und Betrachtung dieser Darstellung: sehen des in ihr Verborgenen. Sei Herrgott nur genug noch übrig zwischen den Metastasen, zwischen Gedächtnislöchern und Sinnesausfall /was für ein Thema. Ja, ich will es, es will es glauben,

Aber was kann ich draus machen? Sterbehilfe? Bericht aus dem Jenseits. Aber ich war nicht im Jenseits. Höchstens Jetzt, sozusagen. Soll die Gnadenfrist verschwendet werden müssen in d. Erinnerung an diesen Tod. So hab ich mir die Gnade immer vorgestellt: Kirregeritten. Zerkochen des Gnädlings. zerknirschen. die Dinge schauen zu.

— — — — —

Tod war da seit jener Nacht des Zwanzigjährigen, in der er erstarrt lag in der Vorstellung der letzten Stunde – wie richtig sie war! u. doch wieder nicht, der Jüngling dachte u. stellte sich den Sterbenden als Denkenden vor ... Tod war es, gegen den ich anschrieb, mach dir nichts vor, ja, nichts als die uralte Geschichte, auch meine Bücher nichts als Beschwörungen des Stachels durch Zerebralisierung, Versammlung d. Konzentration an einen Ort den er nicht erreicht: der Ideen. Also: Denken statt Empfinden. Sich um das Entsetzen drücken.

— — — — —

Injektion. 26. Oktober, sagte Schwester Mama von, Manila? sondern

ja was? Eben sagt sies mir, vor sechs Minuten, u. es ist weg. Vier Uhr. Also muß es Vormittag gewesen sein als Susi, liebe liebe Susi, vor dem Zelt hereinstrahlte

— — — — —

Tod: im bewußten Verdrängen der kleinen Mißempfindungen. in den harnfahlen Rhomben der Straßenlaterne am Plafond beim grundlosen Aufwachen im säuerlichen Dunst. in d. leise heulenden Frühlingsluft. Er saß in der Salbungsmiene des Herrn Dr. Kriechbaum beim Wägen des Laborbefunds, er glättet meine Stimme u. macht sie sonor für d. nachlässige Kunde für Susi. Ich bin den Dingen gleichgültig.
Und sie mir. Ich bin nicht gern. Aber der Körper geht durch.

Tod stochert sich ins Weiche, spült die Verwerfung aus. Flecken auf dem Manuskript, beige Balken durch mein Denken, durch starke Ideen. Doch was einmal gedacht worden ist bleibt.

— — — — —

Gessund! ausreichend gesund! Welche Gedanken waren das Herrgott, seit Tagen, seit ich wieder einige Gedanken habe statt einzig diesen leeren Satz anhorchen zu müssen, wo sind sie? Welche Einsichten sind das gewesen? Ists bloß die Krankheit? Kommen sie wieder oder kommt diese Zwangssentenz wieder? Ich weiß aber, weiß weiß weiß da war was ungeheuer Wichtiges, etwas das nur ich, bin ich nicht der einzige Schriftsteller dieser Zeit! (war ich es ... nicht?)
aber weiß, weiß da war was ungeheuer Wichtiges, etwas das nur ich, bin ich nicht der einzige Schriftsteller dieser Zeit! (war ich es ... nicht?)

— — — — —

Mal halblang Ko, Bestandsaufnahme;

— — — — —

das Spital, der Blick auf den Skandal*) nichts schien wichtiger in meiner letzten Taximinute, hatte ich nicht selbst damals meine Stimme erhoben ... und doch, sollte man nicht auch über betrügerischer Inkompetenz als Normalfall ein funktionierendes Gemeinwesen errichten können. Natürlich, je unfähiger und korrupter der Bürger, desto fähiger und klarer müßte der Staat sein. *Er* müßte die heroischen Qualitäten haben die den Bürgern verkümmern. Aber er ist nur ein Laufstall, Leitplanken.
/Früher, Provokationen: Abwarten bis die Obrigkeit eingreift – Obrigkeit als Verkörperung des Naturgesetzes,

———

*)Neubau des Allgemeinen Krankenhauses (AKH) der Stadt Wien war von einer Serie betrügerischer Manipulationen begleitet. (Hg.)

das Natürliche (von unten gesehen). Immerhin die Obrigkeit vorsichtig, umsichtig, abwartend, relativ schwer auf Trab zu bringen. Heute: Bürgerkomitee, Sofortaktion – Myops Pilot. Myoß.

Spritzen. Chemie. Operation. Daß das Denken eine Prostata benötigt. Wittgenstein. Wenn er ... Träumen von einem Unfall, Suizid, aber wo die Kraft mobilisieren. Dämmer in fernen Schmerzen, immer immer da als Grund allen armen Denkens. Entsetzlich – weiß nun was das ist – unmenschlich der arme Gedanke an Susi, d. arme Gedanke, d. arme Gedanke von Pein überpowert im Opiat gebleicht. Der eigentliche Schmerz ist Anblick dieses tapferen Gesichts weiß wie ein leeres Blatt, ich möchte ein Lächeln darauf schreiben wie ich es immer vermocht habe ... aber nicht dieses, das wirklich erscheint, nein nicht diese Grimaske d. an meinem Schicksal Verunglückten. daß Alles zusammenbricht, Nichts von meinem Alles übrigbleibt. Und wie hätte ich denn dein Glück bewahren können? Hätte ich versuchen sollen, dich zu täuschen? Dir jemand sein, der ich nicht mehr war? ich habe versagt ich hätte diesen versagenden Körper der was andres wird eisern, eisern ... Und wenn der Wille reißt abrupt verschwinden.

du d. Prothese der Andern d. Ergänzung ihrer unbeholfenen Bewegung. Du Ko: das Arschloch. Der Geist über der Materie, der mit einer Bewegung von ein paar Atomen verschwindet. Und das Denken kann gerade diese entscheidenden Atome *nicht* bewegen ... gerade sie nicht.

— — — — —

u. es kam der September.

— — — — —

»Offen und abgeschlossen zugleich« .... »Offen und abgeschlossen zugleich« .. »Offen und abgeschlossen zugleich« ... wie kann ich diese Hülse, dieses vom Geist verlassene Satzwrack aus meinem Gedächtnis entfernen? Nicht gedacht, sondern nur innerlich vorgesprochen, drei Tage lang o. fünf sagt es mir, sobald d. Bewußtsein durch den Dämmerungsspiegel stampft, Zylindermengen v. Binärfolgen sind zugleich offen u. abgeschlossen, im inneren Befehlston und im inneren Falsett, im inneren Atmen das mein Röcheln imitiert. Die letzten Worte Zdenko Puterwecks. Und mitten in so einer Aktivitätsattrappe mitten im Meinenwollen dieser Sturz kopfhinter ins bodenlose Schwarz, mit dem nie vollendeten Beginn eines neuen Gedankens: Endlich.

— — — — —

Wo waren diese Bilder, dieses Sekundenresümmee meines Lebens, das der Sterbende angeblich, wo waren sie geblieben, der Bach die Mutter der Kondensstreifen. Wo war der Spiralentunnel ins Jenseits?

— — — — —

Man besteht nicht aus Worten, Worte sind nichts. Sie wachsen aus einem Tieferen, Ungeschiedeneren heraus, Schatten im tieferen Schatten eines Raums, unklar verschränkte, oft mit irreführenden Ähnlichkeiten vermengte Konturen u. d. Wissen man müßte diese Konturen ins Auge fassen, untersuchen, Worte sind nur Behelfe dieser Untersuchung die immer Entwirrung ist. Es war mein Lebenswerk, die Natur dieser Schatten, Natur der Vorstellung zu erklären, das zu versuchen

— — — — —

18 Uhr, Regung das Geschriebene vernichten in seiner Larmoyanz, und Gegenregung: aber nein – beobachte die Schwäche und du wirst mehr erkennen als in deiner Kraft. »Beobachte die Schwäche ...« dazu gehört Kraft ...

ein Buch der Schwäche, zur Kraft der Andern, warum nicht. Ich brauche Alles, auch u. gerade das Nicht-Puterwecksche, das Ungenaue (Rekonvaleszente) (hoffentl?). Ich muß etwas völlig Neues machen. Weg vom Stil, Macht der Beobachtung. *Inhalt.* Zu lang eingepackt in Brillianz gewesen. ... aber urteile später! Urteile nicht. Nichts ausbessern, nichts streichen. Der Tod inmitten von Zylindermengen ist ein starker Abgang. Merkwürdig: klopfen schon wieder an, die Zylindermengen, u., obgleich mir tatsächlich nicht nach Abgang zumute ist. U. ich kann die Beweisidee nicht rekonstruieren! diesen allereinfachsten Gedanken! Ich Zdenko Puterweck, »der das Wortgenie der Grazer Gruppe u. die Poesie Handkes mit profunden naturwissenschaftlichen Kenntnissen zu einer radikalen Essayistik verschmolzen hat« (Die Presse, Spectrum: ... 1976). Ob meine Ideen vor d. Niederspritzen etwas damit zu tun hatten? Waren das die Gedankenschemen der Wiedergeburtsdämmerung?

Ist das wichtig? Es ist wichtig. Da war etwas das mir einfallen muß, wenn ich der Alte, nein: ein Neuer werden soll. Aber Zylindermengen sind es nicht.

27. Oktober.

– Antrieb dem ich nicht folgen kann. Ahnung von Schmerzen, bloß Ahnung: als ertastete ich. Zeigermeldungen, eher. Enuresis diurna. Injektionen. Chromplastikkasten von der Seite. Oszilloskope für Proteintransistoren. Hinübersteher. Durchsteher. transfer resistor: der Übertragung widerstehen.

– regnerisch, nach Susis Pelerine zu schließen (oder wars Reflex des Zelts?) (Wozu noch das »Zelt«?)

Das Buch mit dem Traum anfangen, expressiv und experimentell.

Das Erwachen! Schmerzendes Licht! Grätsche mit angezogenen Beinen, Schwester Mama (Luzon? zum Teufel ...) pinselt auf dem Perineum. Mostafa, und der Chefarzt, hält mein Knie, wer noch, ums Bett versammelt, Wiesinger als Tastatur schmilzt undeutbar ausdrucksvoll in den Tropf. Es muß Minuten gedauert haben, absolute Stille, Alle unbeweglich, die Geräte kratzen leise. Auf einmal erkenne ich auch den Raum, über dem Polsterzipfel ein ... Buchrücken ... Prokil hat es dagelassen, vor zwei Wochen vor ... vor meinem Tod. Irrplötzlich rauscht mir d. Blut in die Ohren, d. Herzschlag zerhackt das Schwellen schSCHp schSCHp und ganz hinten taucht, zuerst noch wie Neckerei aber vom Körper schon erkannt, d. entsetzlichste Wahrheit von allen auf, wird sehr schnell sehr groß, wuchtig, steht brutal: es ist nicht vorbei. ES IST NICHT VORBEI!!! d. Druck pfeift aus ich kollere zurück ins Dunkel.
Nach all dem, nach diesem wundervollen erlösenden Hintenüber.

Und Licht. Wieder stehn sie da, diesmal der Chefarzt über mich gebeugt, bedächtig wie sonst doch mit dem Triumph in den Falten »Na Herr Kollega?« Was ... »Joo.« Richtet sich auf. »Is Ihnen ... schlecht gegangan. Woren quasi«, flache Hand, »... netwahr«. Stellt mit Ruck die Hand senkrecht: »Ober ... Sie sin wieda doo.« Schaut auf die Tafel über meinem Kopf (als ob er nicht jeden Kratzer drauf auswendig wüßte:) »Finfafinfzich: Kennma erst no auf magnum opus hoffen, ...« Als ob der von Literatur! naja was hat Literatur. »ßie werden leben,

Herr Puterweck«, der Mostaffa mit seinem leicht pfeifenden Beinahe-Sigmatismus (ethnisch bedingt?), das Lächeln zum Kittel, u. doch in meiner Eindämmung, Eindämmerung ... diesmal stimmts – Was ... »Nicht schprechen. Daß neue Kreßmittel, Amerikaner. nicht auß-probiert in Europa. Aber Wien ...«. »Nojo Wiien. Mir sin eben guut, maLieba,« ernster: »oober ... doos woren Sie sööba, Herr Kollega, ihr Ruuhm ... der Minister Wiesinger hot dos Zeugs vermittelt, sind jo sogoor ins Amerikaanische ibersetzt herich ... Konnma doch anen solchen Maunn nicht ... ned?« wieder blinzelnd. Und die Ethik? Ist euch denn völlig wurscht was *Ich* zu sagen hätte?

Implicate Order of Thought, Selected Writings. Drin: Pain and the Computer. Simon and Schuster. Quizzically posed questions arresting the reader in a state of insight even if beyond his complete comprehension (N.Y. Times Literary Supplement Mai 78). »Nein ... Hot nicht schöön ausgsehn. Ober tulli ...« Was ...! »Morgen, Herr Puterweck. ßie haben noch viele Morgen«.

— — — — —

Abend. Kann nicht schlafen. Überklare Bilder, Schlauch, Draht, Deckenfalte, aber denkunfähig; zwei Minuten lang, dann dumpfes Einweichen, bildlos, zwei Stunden od. länger? Zylindermengen sehen wie Karbatschen aus, ein kurzer gekerbter Griff zerfranst in unendliche gestachelte Peitschenschnüre.

Susi ...

»Die Klarheit dieses beamteten Anarchisten und seine verletzte Leichtigkeit« (Der Spiegel, ... 1978) »Musil meets Bohr« (Economist ... 78). Dorthin. dorthin wieder! wie das ist, Klarheit!
Wird sich Klarheit an diesen Zustand erinnern?

28. Oktober.

Ziemlich früh. Sehr schlecht geschlafen, unbeweglich im stotternden Summen des Organismus als Schmerzersatz. Pasta Urin u. Schweiß. Euphorieperioden. Chromplastikglustwalze seitlich hinter dem Kopf. »Elektronische Krankenschwester«. Scheißegeruch, vornehm, zart. Ist das *mein* Scheißegeruch. Würde Eigengeruch wahrsch. nicht erkennen aber merken wenn es fremder Geruch wäre, und *schließe* also quasi, daß ich ... Mekonium.

Kann immer nur minutenweise folgerichtig denken. Vorsicht: was *mir* folgerichtig vorkommt. Und nun auch das niederschreiben: Wollte nachts – am Rücken – das linke Bein über das rechte legen, aber es geschah umgekehrt! Zweimal hintereinander! Ist das Hirn stärker beschädigt, als sies mir zugeben wollen?

——— Injektion, vor drei Stunden. Es ist .. nachmittag?

29. Oktober

graues Licht und eierschalenfarbenes Licht

1. November.

Zelt weg. Injektion. neun Uhr. durchgeschlafen. Fühle meine Muskeln gut (»Du bist ja schön!« hat damals Karla gesagt – sieht man das im Anzug nicht? – *Verwenden:* Karla wischt mir, Taschentuch, Liebesschweiß von der Stelle am Kopf, die sie streicheln möchte, weil ihr

graust) (soll sie denn im Schweiß herumrühren um anzudeuten daß sie nicht nachdenkt) Mildes Licht. Nur mehr die Drähte zum Kopf, *Walkmann,* grauer Kasten auf verchromten Rohren. Mama rasiert mich. die Stoppeln sind die ganze Zeit hindurch ... Trockenes Leinen. Plaste und Elaste. Mama hat Haferschleim u. ein Handspiegel liegt auch auf dem Wägelchen. Nicht übel. Wenigstens hageres Gesicht. Tiefe neue Linien, liegen anders als ich sie erwartet hätte, etwas zum Erbarmen, leicht imbecil, Lamm. Violette Haut. Man sieht Geist, dennoch? Nichts vom Beamten, nichts vom Künstler, eher »ungarisches Wissen« – genetische Melancholie. Nein es ist Mißmut, Skepsis. Der Mann hat sich schon zu oft begeistert. Nichts spricht vom Erfolg. Der zeitgenössische Typ sieht aus wie der endlich als Monteur wieder auftauchende geile Moment des Peer, sogar in Österreich tauchen plötzlich Normannennasen auf u. Hengistlippen /taucht *das* schonwieder auf. Daß *nichts* verschwindet, auch die banalsten Schnörkel nicht. Daß immer auch das mit auftaucht was man längst von sich getan zu haben meint. Daß du aus neun zehntel überflüssigen Peinlichkeiten bestehst, die der Verstand mitschleppen muß wie der Körper die ganze überflüssige DNA. Daß man für jeden Gedanken immer wieder durchmuß durch den ganzen haarsträubenden Unsinn, dem widersprechend ich ihn erkämpft habe. daß der Gedanke der mich jetzt erhebt mich morgen beschämt.
/Doch *ist* sie überflüssig?

Adern in bräunlichen Schwellungen, graue alte Augen, etwas trüb. Wie die Drähte, die unterm Pflaster über den Ohren verschwinden glänzen die Haarstummel auf dem Kopf – bin ich ergraut? Nur Klischees kommen. Einen Meter neunundsiebzig, aufrechter elastischer Gang.

Werde ich noch einmal gehen, laufen? Der graue Anzug. Susis Kravatten Jermyn Street, daß Susi fast immer das Richtige trifft ...

2.November.

Blutentnahme, Spritzen. Nach Durchlesen wütend. Größte Selbstbeherrschung: *kein Jota wird geändert* Was ist zu erwarten unter d. Umst.? *Klinisches Protokoll.* Wenn nur Tinte fließt. Haben die Metastasen eine Lobotomie-ähnliche Wirkung? Kaum Regung der Selbstkritik (aber nicht eben doch?), immer wieder Euphorie. Euphorie zwischen langen Perioden von beinah bewußtlosem bilderlosem ? satzfetzennuschelndem Hinsickern.

— — — — —

Nachmittag. Besser betrachte zunächst das Protokoll schon als das Resultat. Versuche, vielleicht auch nur als Therapie, im Gröbsten festzuhalten was geschieht, was du erinnerst. Das Ende kommt anders als du denkst. Nach dem Essen erster normaler Krankenbesuch neuer Zeitrechnung. Susi saß am Bett und sah mich strahlend an, ich muß wohl zurückgestrahlt haben, sie sagt lange kein Wort, berührt mich nicht. Mama trat ein, Susi wendet immer noch lächelnd ihren Kopf nach rechts zur Tür und. Ja. Ich sehe Nase Backe Kinn u. Stirn sich verzerren wie ein Fernsehbild, zwei Meter breit bis hin zu Mama dreißig Zentimeter hoch gescrambelt. Oder ein altes Polaroid wo Einer seinen Kopf bewegt hat. Drüber und drunter alles stechend klar, Mamas Patschen Susis Kostüm, die Lampe. Nein, wo ich hinschaue linke Seite verrührt wandert mit der Augenbewegung, ihr Haar als fahre ein Rechen durch leuchtendes Wasser und ließe

hinter sich ein aus den Reflexen zusammengesetztes undeutliches aber erratbares Bild. Als wäre ein beweglicher Spiegel der die Brechungen der Wellenoberfläche unzulänglich neutralisiert. Kühle Luft aus der offenen Tür. Zwanzig Sekunden. White Linen. »Eh ...« – »Was ... um Gotteswillen was ist Ko? Hast du Schmerzen?« Alles normal. Sogar der Herzschlag. Ganz normal.
Weiter mit dem ersten normalen Krankenbesuch.

— — — — —

Sehstörung nicht zu übersehen! wie Werner sagen würde. Soll ich dem Mostaffa, natürlich. Auch Susi hat ein Recht zu wissen.

Merkwürdig wie der Schriftsteller den Schock dramatisiert – der Schock nur Motor für die Darstellungskonvention

— — — — —

Abend. Staune über meine Ruhe, das ist nicht Ruhe sondern Lähmung die ich nicht erfasse. Die Metastasen. Aber so leicht kriegt es mich nicht unter. Kann ich d. Story meiner Wiedergeburt nicht schreiben, so schreibe ich d. Introspektion meines nächsten Todes. Da ich den ersten verschlampt habe. Wär nicht der Erste dem die Behinderung seinen stärksten Ausdruck gibt. *Susi:* das letzte Notizbuch mit d. Krankheitsgedanken bringen. Nicht eine Zeile gegenwärtig. Verdrängt?

Blödsinn mit dem Unbewußten. D. Unbew. (im engeren, psychol. Sinn) soll man sich nicht als Bildvorrat, Satzvorrat, Speicher vorstellen, sondern als Stil des Zusammenfügens, als vorsortierenden, agglutinierenden Mechanismus. Der Komplikator *ist* das Unbewußte. Das deklarative Gedächtnis ist »das Unbew.« im weiteren (und banalen) Sinn, etwa in dem Sinn in dem mir die meisten Eigenschaften meiner Umwelt nicht bewußt sind (und nur in diesem banalen Sinn hat man richtig gesagt, das Gedächtnis sei ein Teil der Umwelt, gehöre nicht eigentlich zum Ich). »Verdrängen« heißt: den Komplikator an Datenfaltungen hindern. Ich habe nie verdrängt; ich bin Schriftsteller; was auch nur ein wenig aufblinkt im zufälligen Blick nach innen wird hervorgezogen aus seinem Schlupf. Mein Erfolg: daß ich oft auch noch den Stil hervorziehen konnte: nicht nur »Inhalte« sondern auch die wiederkehrenden Weisen ihrer Montage. Daß ich diesen Abstand von den Bildern ertragen konnte.

— — — — —

Ich habe ertragen können, daß ich so ein Schwachkopf bin. Mindanao? Nein nicht den Zufall des Gedächtnisses: daß ich so schrecklich langsam erkenne. Ich muß jeden lichten Augenblick benützen. Genauigkeit. Alles ganz genau. Was zum Teufel heißt genau oder wenigstens licht? Seit ich schreibe hier, die Gedanken sind nicht was ich denken müßte, es ist als ob ich läse während es etwas anderes denkt. Es ist wie die Nacht vor der Hinrichtung, ich denke, was mich freuen sollte, aber die Wirklichkeit ist da. Nur umgekehrt: der will ja in seinem Tinneff sein, aber ich will wissen was unter meinem Tinneff wirklich los ist, das sind nicht Gedanken seit einer Woche, das sind Bildschirmspiele. Ich muß den Gedanken fassen daß etwas Fundamentales in meinem Hirn flöten gegangen ist.

— — — — —

Wort: »Zylindermengen« Bild: Rauch.

Pathetik und Widersprüche in jedem Absatz beinahe. Widersprechen einander die Formulierungen oder d. Gedanken? D. Gedanke nicht zu fassen? Oder Gedanken wie Sätze: chaotische Oberfläche eines unbegriffenen kompakten Zusammenhangs.

Und trotzdem, dann muß es eben gerade das sein. Ein zweiter Puterweck wird kommen und diese Aufzeichnungen werden ihm/

Widmung

Ich schenke und widme diese in Orientierungslosigkeit und Behinderung erzwungene Niederschrift Dem, der meine Arbeit aufnehmen wird. Susanne Einberger wird zusammen mit Siegfried Unseld und zusammen mit meinem Freund Werner Sobotka bestimmen, in wessen Besitz sie übergehen soll.

Im Übrigen gelten die Bestimmungen meines Testaments vom 14. September 1988.

Zdenko Puterweck.

Werner war noch nicht hier. Ich denke im Bewußtsein meiner Größe einher und vermag mir nicht anzugeben worin diese Größe besteht. bestanden hat, nämlich.
Und daß ich diesen Gedanken fassen kann. muß.
Wer einmal die hundert Meter in neun Sekunden lief, spürt noch im Greisenalter was das war. – aber Größenwahn aus dem Zweifel?

— — — — —

Morgen komme ich in ein anderes Zimmer. Injektion heute sogar noch nachts, möchte fragen wozu, spüre nichts, spüre auch die Nadel nicht. Prominenß ßonderklaße giß nur einß in ganßen Schpital. Tun so als wäre alles allerbestens, warte bis morgen. ßie haben noch viele. /Allerseelen. Kortex und Vorsteherdr. body and soul. Alles lacht mich an, auf einmal.

3. November.

Übersiedlung rollen durch leere Gänge Zimmer 334. Gespräch mit Mustaffa (Blut aus der Armvene, Injektionen in den Hintern), intelligenter feiner Kerl. Aufmerksamer durchhaltender angenehmer brauner Blick (nicht wie Mama die schaut als ob sie eine Uhr ablese). (in manchen Kulturen ist Blick in die Augen unverschämt)

Will frisch tomographieren. Drähte sind Metastasenmonitor EEG unglaublich was die heut schon haben. Die Metastasen bilden sich zurück, angebl. Sagt daß nicht so arg. Kleinste Herde parietal rechts und Uncus links. Parietal hab ich mir gedacht gestern, und: hätte ich das gedacht in der Währingerstraße*) daß ichs mal von innen sehen werde. Doch, natürlich habe ich es gedacht damals mit meinem Toldt-Hochstätter**), alles schon vorgestellt. Außfälle ßenßorisch u. motorisch, vielleicht Gedächtniß .., was mich an Must. irritiert er schaut mir beim Reden pausenlos aufmerksam in die Augen, das kann ich nicht wenn ich meine Gedanken formulieren soll. Intelligenz? Prognoße noch ungewiß, aber doch wohl – offenßichtlich! – nicht weßentlich betroffen. – offensichtlich! nicht wesentlich! was weiß der von wesentlich hier! ßicherlich entlaßen ein ßwei Monate?
ok. Dann habe ich eben diesmal soviel graue Zellen wie die Andern auch – fairer Wettbewerb.

— — — — —

einßig auf ßie ßelber kommt eß an.

— — — — —

---

*) Offenbar eine Anspielung auf »P.«s Medizinsemester in Wien. (Hg.)

**) Anatomischer Atlas, in den Fünfziger- und Sechzigerjahren gebräuchlich. (Hg.)

Nieren und Blase werden funktionieren. Daß das Karzinom zurückgeht: nachwachsen kann freilich nichts. Unglaublich. Aber wie sieht solches Leben aus? Auf das Prostatagewebe kann man vielleicht verzichten. Pillen für den Rest des Lebens. Überhaupt nie wieder Krebs auf der Welt, soweit Wissenschaft wisse. Will mir Korrespondenz (Computer) zeigen Team Fredericton NIH. Wäre nicht schlecht wenn ßie im gleichen Jahr wie Manschapini den Preiß. Österreich. wär nicht schlecht. Ablehnen wie Sartre, wär kaum möglich wenn dieses Genie der Molekularbiologie zugleich: Kunst und Wissenschaft. aber bin ich ein Volksschriftsteller wie die anderen Nobelisten. Ob dieser Mangiapini was kennt von mir?

Daß die Geißel des Jahrhunderts so jäh, von einem Tag auf den andren quasi. Wie überrascht dich das? Jahrzehnte brauchts, die Daten aufzubauen: In einem einzigen schöpferischen Augenblick falten sie sich. Wünscht du dir Glück Ko daß du die richtigen Jahrzehnte da warst? Nie wieder Krebs ... unglaublich. Was jetzt?

— — — — —

Wenn es nur ein bißchen besser wird ... Sitzen, liegen, Sonne Wolken, die Tastatur paßt überallhin. Reisen? Wozu. Verstehen. Gedächtnis? Schreiben. Vielleicht wird gerade das die Größe: verstehen was ich nicht erinnern kann. Nur aufschreiben, Alles. Den Moment aufsaugen. Stelle mir vor, daß ich morgen lese was heute geschrieben und mich nicht erinnern kann: d. Komplikator einigermaßen intakt aber ohne deklaratives Gedächtnis, die Gegenwart weht durch das Loch, das mein Hirn war. Ja, das wäre dir wohl weit lieber, mein lieber Ko, als umgekehrt: alles erinnern aber keine Ähnlichkeiten sehen ... nur Fäden wie sie mir passieren, immer die gleiche Emotion an der gleichen Stelle /Die Maschine, die Faltungen nicht behalten. Bei einunddemselben Bild immer von neuem die Anstrengung des Verstehens wie beim ersten Mal. Ich würde in beiden Fällen nichts Ungewöhnliches feststellen können. Und was stelle ich fest?

— — — — —

Stimmungsmäßig vielleicht neutral, aber arbeiten ... daliegen, mein Problem ausbrüten. Nun was wird mein Problem sein.

4. November.

Fünfzig Zentimeter von meiner Kopfwand Großes Alufenster links (nach Norden? ... Superluxus? sicher nicht, nicht fragen selber draufkommen) Ganzscheibe Doppelglas Doppelschwenk Spalt offen auf meinen Wunsch. Grau, regnerisch mein Lieblingswetter, Windstoß und Wasser auf die Scheibe. windy City. Jede zackichte Regenspur Anfangsstück einer Zylindermenge, zerfällt alsbald in Einzelzeichen wie mein Gedächtnis. Wie mein Hirn. Aber stimmt doch garnicht Ko woher dieses Selbstmitleid? Schreibst du nicht hier, ist das nicht Beweis genug. ergo sum. Ich muß diese gestrige Stimmung nicht einreißen lassen. Wo ist die Euphorie hin?
/Medikation?

— — — — —

Also Bestandsaufnahme. Neben dem Fenster ein leeres Bücherregal zwei Fächer über einem Tisch im Eck. Braun und Oliv wie Schrank und Nachttisch. Nachttisch Metall solid und schwer, kann noch nicht heben, überall Kanten gepolstert abgerundet fünfzehn cm Radius. Chefetage Stil

1960. D. Wand hell beige chamois, über dem Tisch gegenüber Bild, sieht aus wie Marilynsiebdruck Warhol /denke automatisch »echt?!«, geniere mich dann sofort mit diesem Stichwort der Naivität, als beobachte mich wer in meiner Gedankenküche) dieses Genieren geniert dann noch mehr – entweder naiv oder gescheut, denke ich, d.h. ja: einfach naiv oder komplex naiv sein: unmittelbar sein. aber dieser Prozeß des Hineindrehens vom Unmittelbaren ins Bedachte immer bei mir. Meine Kompliziertheit ist nicht ein Umfalten, es ist ... es ist ein Aufeinandertürmen sperriger Einfältigkeiten. Etwas ist falsch an mir ein PC emuliert parallele Hardware.

— — — — —

Warhols Bilder ziehen ihr bleiches bißchen Existenz, wie Parasiten, einzig aus den Gedanken des Betrachters. Kennt Mostaffa meine Versuche über die amerikanische Aspiration? Weiter hätten sie nicht danebengreifen können.
/Warhol 6. November 1977 (Samstag?) New York Iranische Botschaft Empfang, Hoveyda, Schahnaz mit Prinzessin, Filmmenschen, Kazan, Forman, »Intellektuelle«. »If people seem to like me I start trying to figure out what it is that they like so that I can sell it to them«, sagt er freundlich (meine Interpretation) über den Karottensaft herüber. Die Haute Volee baggert Kaspiseeperlen. In seinen beiden Welten, der Hähnchen und der affluenten Minimalautomaten, ist freilich die Tiefe des Verstehens nicht der gefragte Wert. Was ihn betrifft, dachte ich, mündet alles Verstehen in einem verbarrikadierten Idyll. In Angst.

»Jedermann weiß daß gewisse kleine Programme phantastisch tief anmutende Muster ausgeben können!« typisch Werner. Geradezu umgekehrt! Als (guteingeführter) Fremder war ich mit Warhol wie in Turings Test. Das Einfache wird seltsam und zauberhaft, wenn man meint, es als Ausdruck eines Komplexen betrachten zu müssen /»Das Geistige! hats nie gegeben Ko!«

Das Geistige wird »fühlbar« dort, wo es nicht ist. »Hier ist kein Sinn« heißt: es gibt Sinn. Sinn ist Regelmäßigkeit, Überdetermination; Sinn ist Redundanz. Was »Sinnerlebnis« heißt: die Spannung einer nicht zuende geprüften Ähnlichkeit, die Emotion als Vorform des Begriffs. ununterbrochen einen kleinen Sinn spüren; gerade auch auf der Party. Nur mehr auf der Party: nur mehr hier eine Art geistiger Anstrengung.

»Warhol *zeigt* auf die verschwundene Kunst!« – ist diese Kunst für mich? »Ko und diese Nichtexistenz des Geistigen! das ist doch jetzt das Bollwerk gegen die Maschinenexistenz! Verrückte Zeit!« Lieber, was entglitten ist, ist ein Geisteszustand, nicht etwas, auf das der Geisteszustand sich etwa bezogen hätte, wie etwa meine Vorstellung von einem Riegel auf dieses Gebilde dort das mich seit ich hier bin leicht irritiert mit seinem Glänzen.

— — — — —

Nächste Woche soll ich aufstehn können, sitze schon schief im Bett. Könnte schon, betaste nicht ungern d. Narbe im Mittelfleisch, fremde harte gekerbte Schwarte es juckt schon entfernt. Fahrradfahren, hö hö.

Unterm Warhol Tisch und Sessel, Metallstuhl, alles gleiches Design. Aber Messinglampe dunkler Schirm aus Glas? Schreibunterlage. Daneben der Schrank zwei Türen, sehr hoch. Schlüssel kann keine Scharniere sehen, abgerundet wie Tisch und Nachttisch.
Flacher Heizradiator fast im Eck, naja Wiener Architektur. Samt im Mund.

Fast im Eck ein Kleiderständer Thonet sieht fast aus wie echt, gebraucht und neulackiert. Die Tür zum Gang eichenartig, Messingbeschläge, der schnieke Riegel. einfache Klinke, kein Schloß von innen. Meine Wand: rechts der Nachttisch, Betttisch eher, ein Meter lang, siebzig breit, zwei Laden ... zwei Rotring Druckbleistifte 7mm, die Taschenuhr steht, gleich aufgezogen, fremdes Gefühl wie die Ratsche im bamstigen Daumen federt /ein Hexameter. Wie spät? Offenbar ca. 11, kaum zu sagen. Kommt Susi, natürlich. Gut zu sagen: natürlich. Eine Peche-Lampe offenbar mit rot-braun gefärbtem Faltpapierschirm, durchsichtiges dünnes Kabel. Ein Krankenzimmer wie man es bei diesen Baukosten verlangen kann ... *Susi* bringen: Zeitungen, Schreibmaschine, Papier, Tagebuch 36, Flanellschlafrock, Pyjama.

Schampus Freitag vormittags beim Kugler*) mit Susi und Beuys.

/ Beuys hingegen *produziert* das Sinngefühl ganz direkt (Fetzen eines Gesprächs 1982 März Kempinsky Berlin (ich schon völlig zu): Beuys, total zufrieden mit der Mobilität seiner Wolken, versteht alle Billigkeiten Warhols ganz tief; und alles was Beuys sagt sieht für Warhol aus wie ganz teure Antiquitäten)

Die Trafik zwei Häuser weiter – die beste Wiens, und hatten nie je von Montecristo gehört. Einmal hatten sie Havanna: von der französischen Regie übernommen, österreichische Regie draufgeschmalzen und trocken wie Ostblockhavanna.

Zwei Nachtkastltüren, abgesperrt, Nana Schwester Mama. Kann sie bleiben? ... keine neuen Gesichter! Wo

---

*)Delikatessengeschäft am Wiener Kohlmarkt, jetzt Inneneinrichtungsgeschäft. (Hg.)

sind meine Farne? Susis Farne vor ... dem 22. In der Kopfwand eine Tür

Und das Prominenßkrankenhausbett, olala. Zwei Meter breit, verchromtes Stahlrohr, wie Damast die Bezüge, dunkelgelb, Bettnässermatte. Ich werde es schon aushalten hier, sobald meine Sachen. ein ßwei Monate. Vielleicht vier mal sieben Quadratmeter, zwischen Bett und Fenster ein wirklicher ? ... ! engl. Clubsessel. Kein Tropf, keine Schachtel, keine Ampulle, keine Tablette, kein Chromplastik kein Resopal. Schöne alte gelbe Deckenleuchte. Wie wird hier desinfiziert? Das Spital wirds schon wissen. Klingelknopf an dünnster Schnur über meinem Kopf. Es riecht nach Regen und nach Achselschweiß. Zdenko Iltis lebt. Bin nicht unangenehm aufgeregt u. eher neugierig. Was kommt jetzt.
Telephon bitten.

— — — — —

Mama bleibt – sie tun das aus Diskretion Puterweck, eigentlich gehört sie auf die Intensivstation ... Wird hier Jeder so behandelt? ... Servierwagen. Leibschüssel, nichts, trotz ekelhaften Blasendrucks. Den ich nicht mehr ernstnehme. Achtundzwanzig Jahr tierisch schwarzes Haar »Ewropa? Naa, Wien! Wien is wahnsinnig aufregend ...« das kann nur ein Fremder sagen und ihm sieht man sowohl die Wendung nach als auch die Behauptung. Marcos? Vater Offizier. Wahrscheinlich dort Krankenschwester Höhere Töchter. Nicht übel deutsch, leicht slawisch anmutendes Wienerisch. Gestanzter Augenschnitt, Schönheit. Vergiß es Ko, ans Werk. Noch ein Jahr? Fünf Jahre? Diesmal werde ich vorbereitet sein.

— — — — —

Seit ... dem 2. nur Vorkommnisse, die vielleicht niemand außer mir als Symptome betrachten würde; Momenterscheinungen. Ständig nur Augen- und Kopfdruck, was meine ich eigentlich? Denkbehinderung? unklare Bilder werden klar wenn ich einigemale heftig blinzle. Aber was war mit den Augen neulich, d.h. nat. mit dem Hirn, darüber Schulterzucken ist schwachsinnig.

Zum erstenmal selbst rasiert. Remington cordless with the compliments.

Es ist Ein Uhr vierunddreißig, an einem Regentag im November. Vor einem Jahr ... Krems? Erstes Blut im Urin, ganz leicht orange.

Mandarinen in einer Porzellanschüssel, fünf Stück. Von wem: vom Chefarzt, persönliche Aufmerksamkeit. Zum Ansehen? Nein zum Essen. Ich darf.

— — — — —

Susi: medizinisches Wörterbuch. Literatur über Imm.-Forschung in Fredericton – Mostaffa? Fragen wie er sich schreibt. Vorname. Woher? Familie? Spezialist? Muß viel gelesen haben.

— — — — —

Wieder durchgelesen, das ist ja bloß ein Strang von ungesteuerten Assoziationen. Wo ist mein Rouse Ball.[*)] Ich will sehen wie das Hirn auf elementare Logik anspricht. D. Prokil hat es dagelassen, vor. Graug. Haben sie schon einen Anderen an meinen Tisch gesetzt. Aber wer kann das.

Geboren am 9. Thermidor 1933. Gestorben am 22. Oktober 1988. Nobelpreisverdächtig. Sachbearbeiter im Innenministerium mit mehr Karenzurlaub als Dienst. Pausenlos im Ausland, in eigener Sache. MIT. Yale. Galli-

[*)] W.W. Rouse Ball and H.S.M. Coxeter, Mathematical Recreations and Essays. Vgl. etwa: Thirteenth Edition, New York 1987. (Hg.)

mard. Wiesinger: Herr Puterweck, ich bin stolz, eigentlich müßte ich unter Ihnen arbeiten. Wissens was mich am meisten beeindruckt? daß Sie, mit Ihrem Kopf, mit Ihrer Arbeit, die ganze Welt, und sie nehmen den Job bei uns ernst! Harald F. Wiesinger, Sozialdemokrat. Ob denen auf der Kaderschule eingeschärft wird: proletarisches L? Sie sind d. Botschafter aus d. Innenministerium Hr. Puterweck. Wissens daß nach d. letzten Kabinettsitzung der Herr Außenminister. Im Ausland d. bestbekannte Österreicher (außer Schwarzenegger u. Waldheim, Herr Minister). Sie sollten weiter in die Kulturpolitik, Fernsehen? – »auch wenn Herr Puterweck den Medien seine spezielle Abneigung bewahren wollte« (Der Spiegel, ... 1973)
Was weiß der Mann von mir wirklich? Hat der je was auch nur angeschaut. Wieso fällt er mir überhaupt schon wieder ein? Was kann ich ihm sagen? Das Fernsehen ist nicht ein Instrument jener Kultur, der *ich* angehöre, Herr Minister. Die Kultur der unteren Schichten ist so sichtbar geworden wie nie zuvor in der Geschichte (und sie mußte sichtbar gemacht werden weil das unablässige Vorspiegeln ihrer, nunja, Denkweise?, Stimulation ihrer Empfindungsweise die Gammatypen bei der Stange hält. Eins der wenigen Beispiele wo Abfackeln Gewinne macht ...) aber der Fakt daß sich diese Lebensart ihrer selber hm bewußt geworden ist und daß sie sich selbst propagiert heißt doch nicht daß sie neben ihrer Faktizität irgendeine andere Bedeutsamkeit hat. Warum sieht man Sie dann so oft: vier oder fünf features in den letzten Jahren. Tja, richtig. Warum. Jeden Augenblick Diskussionen, Club Zwei, (da hab ich schon andere Talkshows gerettet, mein Lieber) Interviews, verstehnS mich nicht falsch, der Telemax schreibt über Ihre Hemden (wie geht das zu daß

dem das auffällt? Beim Gutruf*) was aufgeschnappt?) Ich hab mir selber sechs Anzüg machen lassen auf der Conduit Street (wenn ich schon meinen Schneider nehme hätt ich an Ihrer Stelle wenigstens nicht meinen Cavalry Twill genommen, daß ich nur mehr den kratzerten Harris Tweed in den Dienst bringen kann)
Susi: Goiserer Halbschuh Stefflitsch.

Das ist alles was er außerdienstlich mit mir redet: über mich. Lauernde Plauderei. Nichts über sich, sein Nintendo das er für Wesen hält. Und ich oft pseudonaiv zurück: das ist nicht eitel Wonne, Herr Minister, wenn sich die Leute auf der Straße umdrehen, die nie eine Zeile von ihnen lesen werden. Aber eitel. Wenn die Großbetrüger des laufenden Monats, die erfolgreichen Crackpots und die Erben – nicht zu reden von den (hätt wohl beinah gesagt: Politikern) Presseschaben – Zdenko zu dir sagen. (Wo ist denn der Unterschied zum seligen Warhol wirklich? im Einkommen)

Wenn du dich dreimal die Woche vollsaugst (soused = dun, Sause) auf d. Nobelparty mit dem viel zu jungen Stag's Leap (seit cca. 80 schätzen Weinnebochanten d. kalif. Wein) weil du die Automaten weichzeichnen mußt. (übrigens d. Chardonnay v. . . .? Kalin aus Novato ? war nicht übel) Da hat er recht: Wie geht das zu daß ich da drin bin. Damit ists sowieso jetzt Schluß. Das ist gestorben. Und Sie, Herr Minister, lassen sie sich das von einem Gestorbenen sagen, Sie sind eine penzinger Öffnung.

Ich bin im Kern ein Spießer u. kann zB die Anerkennung von Dummköpfen nicht verschmähen. Spießertum zeigt sich auch daran daß ich irgendwie zu glauben scheine ich dürfe ein Spießer bleiben weil ich es weiß. Ich

*) Wiener Lokal, von Presse und Politik frequentiert. (Hg.)

werde tun was dem Spießer unvorstellbar: den Abschied nehmen. U. die Pension für Susi?

großartig daß Susi nicht heiraten wollte als ich ...

aber dumm. Wir müssen zum Standesamt. Sofort sowie ich raus bin hier und bevor ich dort raus bin. Und überall raus bin.

— — — — —

Kalin, Novato ... Daß das Gedächtnis funktioniert ... Aber stimmts auch? Was habe ich außer diesem Gefühl, Überzeugung – warum nicht McCormick aus Kalifornisch=Stetten. Aber diese Einzelheiten immer, Erinnerung an *Gedrucktes* was mir kommt kommt wörtlich, Wort für Wort.

arresting the reader in a state of insight even if beyond his complete comprehension – das muß nicht erst überprüft werden. Es kommt von außen, wie ein Sinneseindruck.

War das immer, diese gestochenen Zitate.

Woher ist Mama? Was steht in meinem letzten Heft? Beim Lesen in diesem neuen hier immer wieder Überraschung. Dieser klare Traum. Diese Widersprüche.

— — — — —

Es ist eines, wenn der Forscher Puterweck eine automatentheoretische Erklärung des natürlichen Denkens liefert, und ein anderes, wenn der Behinderte Puterweck aus der technischen Beschreibung des Komplikators zunächst eine Philosophie, und dann eine Methode seines geistigen Lebens machen soll. Wäre es überhaupt möglich, den ja immer noch – Offenßichtlich! – vorhandenen Restapparat ständig anzuhalten, immer wieder durch prozedurale Systematik zu übersteuern?

Ist es nötig, ist es Überspanntheit. Wenn ich wirklich ... immerhin das Experiment wäre stark. Ist es überhaupt möglich, komisch daß ich nie daran gedacht habe.

5. November.

7:30. Fiebermessen, Blutdruck, Blutentnahme, Injektionen. In d. Nacht wieder bettgenäßt, schmerzlos u. bewußt wie ein Baby die Mutter anpischt im Glück. Traum – was?

Ästhetik (ad Warhol gestern) – Aufsatz?? / Vielen nicht klar, daß d. Mechanismen d. Ästh. (analog *Traum*) zu den grundlegenden Mech. d. Erkenntnis gehören, näml. die unbew. Anteile des Komplikators konstituieren! Ausarbeiten in Umgangssprache: (1) paralleles Anspringen *mehrerer* Strukturen bei einer vorgelegten Zeichenkette (2) von diesen Strukturen ist *keine* durch d. Laufumgebung privilegiert (3) wenn nun auch viell. eine dieser Strukturen (auf Grund der Umgeb.situation) persistiert, so dennoch *Signal* daß »mehrere Strukturen entdeckt«. Dieses Signal ist d. *Kern d. ästh. Erlebnisses. / Erkenntnisvorgang* würde nun einsetzen: Herausarbeiten von Ähnlichkeiten dieser Strukturen als Konstruktion eines neuen Modells, (dann) Aufnahme oder Verwerfen.

/das nun meine Hauptschwierigkeit mit Künstlern! Bei mir sehr häufig starker Drang (sogar im jetzigen Zustand!) diese Ähnlichkeit(en) tatsächlich zu *finden* (= die Zeichenkette auf neue Weise falten = alle oder einige der anspringenden Strukturen (»deutlich« werden ohnedies meist nur zwei) so zu schneiden, daß sie unter denselben Prototyp fallen u. daß dies. Protot. in eine vorhandene Laufumgebung paßt) (D. Witz ist ja: bei diesem Schnitt fällt nicht selten ein Teil der Struktur weg, den man in der Emotion für *wesentlich* »gehalten« hat – das tut dem Künstler weh). Viele Künstler sind aber mit der *Vorstufe*, dem ästh. Erleben vollauf zufrieden /oder so: »löten« das Weggefallene an die neue Struktur: Ballast, Emotionsbal-

last, Ballastemotion »Tiefe« (ist aber eben ganz was anderes als math. Tiefe) (aber die »ästh. Tiefe« ja auch in der Math)
/das nun mein derzeit. Gefühl daß diese Faltungen seit wieder Denken bei mir besonders mühsam/nichtgelingen /erinnere dich jedoch an frühere Faltungen die Jahre gebraucht haben!! Beispiel Vorstellungen = Automaten etc. strange: *überhaupt nicht zu erinnern die Wege* u. Irrwege dieser alten Faltungen!!! scheint als hätte nur ein oder zwei *Stadien* Zwischenstationen irgendwie gegenwärtig (u. gottseidank das Endergebnis!) / viell. *besser folgendes Beispiel*: die Aufgabe, eine Struktur zu konstruieren, die d. Verwendung des Worts contingent akkomodiert ... eine einheitliche Struktur nicht möglich ... aber möglich: eine befriedigende Struktur für die interessantesten (philosophischen) Verwendungen /hinweisen: eine Definition ist *keine Struktur sondern auch nur eine Zeichenkette*. Eine Def. ist – gegeben die Sprache – *eine Hilfe zur Konstruktion d. Struktur*. Das Erlebnis jedesmal wenn ich »contingent« *außerhalb* der von mir erarbeiteten Struktur verwende (das Gefühl zu mogeln, oder einen kaum geeign. Behelf zu verwenden), also man muß auch den Mut haben gewisse Ähnlichkeiten als bedeutungslos zu erkennen –
/ mit Warhol zB: sonnenklar daß d. ästh. Prozeß pausenlos u. automat. arbeitet bei jedermann, u. daß also ästh. Erlebnisse auch auf Langeweile u. Lebensekel operieren. Hätte W. diese Einsicht so würde Resignation sofort verschwinden u. Interesse an gerade diesen Vorgängen: »Wirklichkeit«. Kunst als Verstehen des menschlichen Verstehens! oder auch: Verstehen als Kunst! W. aber wie viele Künstler zu dumm, also Kunst als »Sinn« = Mobilisieren von disparaten Strukturen ohne Einsichtsarbeit = Emotion, im Falle W. kastrierte Emotion, noch dazu im-

mer dieselbe, Variation durch »Inhalte« Elvis Marilyn Most Wanted Desasters
/übrigens: d. amerikanische Unglück ist die Bombardierung der Bevölkerung mit unbegriffenen Stereotypen Konformismus der »Kreativen« schafft eben eine »Sprache« die nur der versteht der auf Analyse seines »Sinnerlebnisses« *verzichtet*/die Zeit gewissermaßen den *Grund* garnicht hat – statt daß vielfältige individuelle Einsichten die Zeichenverwendung steuerten sichert zementiert Zeichenverw. den »Sinns«*)
/ das nun offenb. d. »Lebensgefühl« unterhalb dieser so unglaubl. hartnäckigen Meinung, man müsse »Wirklichkeit« durch »Sprachanalyse« in d. Griff kriegen.
zu oben: *Der Anekdotiker* er erzählt mir die Story er kann mir nicht mehr sagen. Ich frage ihn was meinst du? worauf zeigst du? (welche Struktur?) und er wiederholt seine Anekdote, bestenf. mit etwas anderen Worten. Er hat das Gefühl, das müsse doch die selben Emotionen bei mir mobilisieren, er hat nur das.
/ genau das ist d. *Primitive Denken*

— — — — —

Susi sieht phantastisch aus im Schneiderkostüm: Walter war da aber sie haben ihn noch nicht zu mir gelassen. War gestern mit Susi aus, Oswald & Kalb**), blau wie nie sagt Susi, blau wie am ... 23. Okt. ..... Auch sie haben es für das Ende gehalten.

Die Konkurrenz, wie stets, rotiert – Prof. H. schickt schon mal eine Beileidsdepesche los an Susi, aber an meine Adresse Walfischgasse!

— — — — —

*) Sic! (Hg.)

**) Wiener Szenelokal. (Hg.)

18:28. Regengrau. Tomograph, Magnetresonanz and what not. Vier Stunden Intelligenztest und Verwandtes, fast zuviel noch. Augen (l. u. r. Gesichtsfeld: teuflisch schlaue Methoden!) und mot/sens. Koordination. Intelligenztests sind offensichtlich nicht für meine Art d. Intelligenz (1972 diese psychometrische Farce für Hochbegabte) 1972 erschien im Frühjahr mein Beamtenhammer VdI[*)], malleus magistratorum; zur Buchmesse DM Arbeit von viereinhalb Jahren und mein »Durchbruch bei der deutschsprachigen Intelligenz« (Dissert. Nadja Andree Uni Klagenfurt 1985.
Ja mei.

— — — — —

20:20, Injektionen vor einer Stunde, fühle wie neugeboren (schon wieder!)
/geht nicht aus dem Kopf: im Labor nachmittags, Lachen und Scherzen, aber sonderbare Stimmung. Mustapha kennt SC u. versteht fast nichts? kennt auch d. Hauptthese VdI: Bürokratie als Netz von Standardintelligenzen der großen Intelligenz überlegen: evolutionäres Ersetzen eines osmotischen Signalsystems durch Verdrahtung: Nerven statt Hormone; Nachteile offensichtlich, Vorteil: Organismus statt Aggregat. Weiß Gott ich bin kein Sozia-

---

[*)] Auch die Mehrzahl jener Fachleute, die meiner »Puterweck«-These ablehnend gegenüberstehen, hat sich meiner Lesart dieser Abkürzungen nicht völlig verschließen wollen: VdI = XY, Verwaltung der Intelligenz, Neuwied 1972; DM = XY, Denkende Mechanismen, Frankfurt am Main 1972, dritte Auflage Frankfurt am Main 1986; SC = »Puterweck«s Aufsatz *Schmerz und der Computer*, zuerst als *Pain and the Computer* in: Mind, VOL. LXXVIII No. 311 (1979); KGGK = XY, Kalk Gras Gier Ka, München 1970 (dieses Werk ist aufgrund seiner radikalen Formexperimente freilich bis heute ein Insidertip geblieben). (Hg.)

list Doktor, aber wie merkwürdig der Hayek sein eigenes Argument übersieht: ist denn der »sozialistische Konstruktivismus« nicht selber ein Produkt der Evolution? »Es ist nicht möglich, die Entwicklung der Erweiterten Ordnung vorherzusagen« aber Hayek kann das doch, nämlich »Der Sozialismus bedeutet das Ende der Erweiterten Ordnung«. Die »Erweiterte Ordnung« Herr Hayek ist eine *Vorstellung*, Hayeks zeitgenössischer Gedanke. Ein Bluff zugunsten Jener, die heute ihre Marktbeherrschung damit tarnen – nicht der Sozialismus sondern die Bürokratie hat sich in den Markt gefressen, aber das kann ja eben nicht falsch sein; man muß die Evolution viel abstrakter begreifen.
Doktor: Der Vorteil der Bürokratie ist, daß sie das Verstehen des einzelnen Denkers überflüssig macht. Die Bürokratie ist ein in der Gesellschaft nachgebauter Komplikator ...
Susi: DM für Mustapha Es ist ein Krampf daß ich nie an eine populäre Darstellung meiner Ideen gedacht habe. Sollte versuchen, jetzt, solang ich noch so ... immerhin schon zwei Projekte.
/Einige Schritte auf diesem Weg: 1. ein Automobil, das von Halbaffen mit Spezialwerkzeugen gebaut wird, aber von einem intelligenten Menschen nicht repariert werden kann. 2. Unterricht: statt Empathie im einzelnen Fall ein formalisiertes Curriculum, zu dem Punkt raffiniert an dem eine immer schlechtere Qualität von Lehrern ein gesellschaftlich brauchbares Abgangsmaterial erzielt (Tabellen statt Bildungsgesetze: der Schüler wird nichts als Tabellen sehen). 3. bevorstehend: Mechanisierung der Entdeckungen. Über die Maschine von Laputa konnte man lachen, weil das Verstehen noch die Aufgabe von Menschen war – aber schließlich kam Zdenko Puterweck.

Merkwürdig meine Leser kann man in zwei Gruppen einteilen, wer meine Studien schätzt kann meistens mit meiner Literatur nichts anfangen und umgekehrt (M. kennt nicht einmal KGGK) Naja Hr. Doktor, mein bestes Buch ist VdI nicht, aber mein bester Haß ... lächelt: aber ßie ßind ja auch im Minißerium der wichtiße Mann ... Aber gehns, ... im Ernß, ßie vertreten doch manchmal d. Minißer ... Woher...? No: er hat doch immer angerufen, alß eß ihnen ßo schlecht ... Ja? Hat mir Niemand ... Hat geßagt, wörtlich: *vielleicht wichtiger alß ich* ... Ich habe den Minister ein einziges Mal vertreten, ein einziges kleines Mal, Doktor.

Hellwach auf einmal, wenn ich je wach gewesen ... Überwach. Angenehm, doch irgendwie krank. Bedeutungshalluzination? Basalsyndrom? Überklar der Spitalshemdknoten unter meinem Nacken auf dem plastikmattierten Rollbett. Eintritt der Chef und sieht mich bedächtig an. »Schweesta ...!« ... leere Gänge, Aufzug, mein bakterienfreies »Luxuszimmer«. Die weiße Porzellanvase in der meine Farne gewesen sind.

Ich bekomme das Gefühl, daß ich zu sehr auf meinen Nabel schaue. Wie konnte Wiesinger – ist er total plemplem? 14 Jahre Regierung ... Amtskorsakow?

— — — — —

Fast 23 Uhr/ hellwach wie zuviel Kaffee; Gegrübel Wiesinger Graug Amerika Wittgenstein völlig durcheinander, was hat das, hellwach fast angeheitert? es ist die Sache *Altmaterial*

In d. Diskussionen mit Graug als Marke der amer. Oberflächlichkeit, eigentlich Flachheit, immer den »Hang zum Indirekten« zitiert. Weil er selber mit seinem Beamtendenken. Aber das ist nicht gut gesagt: diese Flachheit kommt aus dem Pragmatismus, dieser aus dem

Spiel des »gesunden Menschenverstands« (= vorschnelle Abstraktion) mit der »funktionalen Äquivalenz« /Identität des Nicht- Unterscheidbaren.

— – Funkt.Aqu.: wie langsam Graug in den Schädel gekriegt hat was der Anstoß zu meinen Arbeiten: Logiker der er ist, eine Abbildung immer als Paarmenge etc. aufgefaßt, sieht nicht daß was unter dem Aspekt der Funktion irrelevant: *die Maschine, d. d. Abbildung berechnet*, eben unter Aspekt d. Denkenden Mechanismus das *Entscheidende*: zwei verschiedene Maschinen d.d. selbe Funktion berechnen sind eben *zwei verschiedene Strukturen* des Vorbereichs od. Nachbereichs od. beides – wenn ein Komplikator Strukturen analysieren kann, *wird er i.A. verschiedene Folgerungen* aus einundderselben Funktion ziehen: es kommt auf die Partitionen an, die in versch. Laufumgebungen akzeptiert werden!

/

D. Flachheit aus den Projektionen der Vorstellungswirklichkeiten auf den Sprachapparat, Konsensmechanismen, die dann die Stelle der Vorstellungen einnehmen. Worte, Sprachkonventionen statt dynamische Wechselwirkung von Vorstellungen. *Job descriptions* statt Intelligenzen. it‘s not in your job description. Europäern klingt es wie understatement, wenn von dem »image«*) einer Sache, eines Menschen, einer Organisation gesprochen wird, aber der Sprecher will nicht etwa die Unfähigkeit des Ausdrucksvermögens bezeichnen: er meint einen Konsens, der die Beschaffenheit der Sache ersetzt. Meinung als Sache: hat

*) Vielleicht ist die Anmerkung nicht überflüssig, daß XY eine ausführliche und seinerzeit vielbeachtete Rezension von D.J. Boorstins »The Image / A Guide to Pseudo-Events in America« veröffentlicht hatte (Rheinischer Merkur, Februar 1962). (Hg.)

niemand was dagegen; aber fast im selben Schritt wird die Sache »Meinung« zu jener Sache, die die Meinung gemeint hat. Als ob was über die job description hinausgeht obszön wäre, Verunreinigung, Irrtum. – Daher auch dieser Hang die Welt in Klumpen zu schneiden, das Überschriftengeben zB die Manie mit den Abkürzungen TBO NAACP MRI wo man *nur mehr* die Institution den Charakter *als Institution* assoziiert (wenn überhaupt! u. wenn nicht dann bist du außen vor) und keine Inhalte whatsoever, die amerik. Wortmagie. Und es nützt ja *doch* nichts! Wenn einem heute gesagt wird sales representative dann weiß man es ist eine Frau, person sowieso, chairperson. Geschäftlich: die durchschnittliche Käufermeinung (= Aussage) wird Produkt, der Markt verarmt. (Beispiel: diese herrlich duftenden ganz gleichmäßigen Gewürze, die nach nichts schmecken) – Politisch: (a) Visionen geschnitzt aus Wählerpolls u. Hintergrund kontinentaler Geschichtskitsch (b) der aus dem Konformismus erwachsende Vorschrifts- u. Überwachgsstaat. (Dessen Regeln von lebenden Menschen garnicht strikt eingehalten werden *können*.)
/*Ich* war *nicht* überrascht, daß diese Macht so schnell versagt – ich bin erstaunt, daß sie ins Glied gewiesen wird von Völkern, die nichts weiter können als ganz die nämliche Flachheit noch enthusiastischer zu betreiben. Außer diesem Ernstnehmen, Ausformen und Anwenden des Flachen habe ich nämlich noch nichts von den Japanern gesehen.

— — — — —

zB d. Witz mit d. 5th generation.

Daß aber die amerikanische Bürokratie fehl geht sieht man daran, daß sie sich den Eingriff ins Konstruktive verkneift: sie glaubt sie muß nur Umwelt stellen um Evolution zu steuern, sie will nicht Gen sein /– und muß es doch sein: ein Behinderungsgen. Beginn sollte Optimierung der Voraussetzungen sein: um eine amerikanische Steckdose zu montieren benötigt man drei verschiedene Schraubenzieher und eine spezielle Zange zum Einlegen der Drähte (oder einen speziell erlernten Trick, aber wer lernt das außer den dazu Abgerichteten). Diese unglaublich armseligen plumbing fixtures etc.etc. Diese armselige Qualität, mit der zweckmäßig umzugehen jedesmal Improvisationsgenie erfordert! An diesem Punkt mündet die Evolution, wie sie Hayek sieht, in der Katastrophe: diese Schrauben sind da und sie sind die billigsten. Diese Investitionen sind gemacht und nun verhindern sie das Weitere. Die Spitze ist high tech, aber wahrlich dünn und teuer: und von der Verwaltung erzwungen und bezahlt. darunter ist alles Ford.

— — — — —

beinah Mitternacht: daß es mir immer halbbewußt gelingt in *unwichtige* Unklarheiten abzulenken, das ist Gnade. Graug sieht das »Indirekte« nur an der sog. Massenkultur. Aber weithin ist die amer. Philosophie genauso »indirekt«, noch tiefer indirekt, sozusagen. Wenn Freud meinte, statt der Form des eigenen Traumerlebens die Traumerzählung eines Anderen – seine Worte und Sätze »inhaltlich« analysieren zu dürfen, so kann man das entschuldigen mit dem zeitgen. Stand der Methodologie. Heute? »Sind Träume Erlebnisse?« (Erfahrungen...) fragt Kollege Dennett in seinem sportlich (und aufsehenerregend) an Irrelevanzen verschwendeten Raffinement[*)]/Wittjenstein ick heea dia drabbsn! (»... Ob der

[*)]»Are Dreams Experiences?« in Daniel C. Dennett, Brainstorms, MIT 1981. (Hg.)

Traum wirklich während des Schlafs vor sich gehe, oder ein Gedächtnisphänomen des Erwachten sei? Es wird auf die Verwendung der Frage ankommen« usw
Meint: Was, wenn der »Traum« irgendwo irgendwann auf einer »Kassette« aufgezeichnet worden ist und die Kassette erst beim Aufwachen in den Erinnerungsschlitz gesteckt und abgespielt wird ...! Die Idee ist so schwer zu verstehen weil er es versäumt, sogleich zu fragen: was, wenn mein Ich jede Sekunde neu beginnt, weil jede Sekunde die Kassette meiner »bisherigen« Erinnerungen neu bespielt in meinen Erinnerungsschlitz gesteckt wird – und hier wäre die Gegenfrage ja garnicht zu vermeiden: warum zum Teufel sollten wir so etwas in Erwägung ziehen? Denn das eigentliche Problem verschwindet ja nicht: das Problem des Zusammenhangs der Welt: der nested structures. Auch noch im Solipsismus.

:

! Welche Mechanismen hat der Traum mit dem wachen Erleben der Intelligenz gemein und wie unterscheidet er sich davon – d.h. ist das Träumen eine Teilmaschine des Denkens, wie und »warum«
! Welche Arten von Gedächtnis sind zur Erklärung des Erlebens erforderlich (ist denn das Gedächtnis ein Computer-Speicher!)
! In welchem Verhältnis steht die Erzählung zum Erleben undsoweiter. *Das* sind vernünftige Fragen.

All dies ist ja den meisten auch heute noch völlig unklar, all diese Worte sind Schleier und geben vor zu klotzen. Und demgemäß: diese Philosophie bemüht sich erst garnicht, die Klötze der Alten umzuschichten oder besser, zu liquidieren. Sie produziert Zierfarne, die im alten Gemäuer wachsen und in der Brise Bewegung der Klötze vortäuschen.

Ich Graug, ich weiß wenigstens die Richtung. u. viell. ein bißchen mehr! Der Unterschied zwischen Traum und Formulieren einer neuen Idee ist doch offensichtlich, genauso wie die Ähnlichkeiten: Der Traum hält den Gegenstand nur vor – der Komplikator kommt im Traum nicht zum Eingriff, im Traum können keine neuen Regelmäßigkeiten konstruiert werden.[*)]

6. November.

Wachschlaf Nervenhangover /Wie del. vor einer neuen wichtigen Idee so oft . . .

07:30 Thermometer, Blutdruck, Blutentnahme, Injektionen. Pinsel. Machmud Mustapha (= Mohammed?). Musil meets Mach. Karriere: erst Psychiater (Wien –)

[*)] Dies ist wohl die geeignete Stelle zu einer prinzipiellen Anmerkung. In meinen Diskussionen mit dem Verlag bezüglich der Autorschaft des vorliegenden Werkes ist meine »Puterweck«-These immer wieder mit dem Argument in Zweifel gezogen worden, daß XY ja über viel weitgehendere und konkretere Vorstellungen von den Mechanismen des menschlichen Denkens verfügt hat als in solchen Zeilen zum Vorschein kommt. Dieser Einwand ist natürlich zu honorieren; man muß jedoch, meine ich, einen unter schwerstem psychischem Druck stehenden »P.« in Rechnung stellen, der sich hier eigentlich nur Nächsten, im Grunde einem durch äußere wie innere Umstände darniedergehaltenen Selbst offenbaren will, einem Adressaten, der zur rein faktischen Würdigung seiner alten gedanklichen Leistungen nicht adäquat ausgerüstet war. Im übrigen zeigen spätere Passagen m.E. sehr wohl, daß der Autor mit den Denkzügen XYs vertraut gewesen ist; ich bin sogar der Meinung, daß derartige Philosophismen überhaupt nur auf der Folie der soliden Ergebnisse XYs verstanden werden können. (Hg.)

2. Studium Hamburg Endokrinolog ... wem sagen Sie das, *ich* weiß das wie das schwer ist sich von der geisteswissenschaftlichen Salbaderei zu trennen. Wo doch die »Lösung« immer da ist nur keine Lösung ist. Wo man keine Ahnung hat aber alles versteht. Naturwissenschaft statt Ästhetik *Ich* kenne diesen Einschnitt ... ich war zuerst Dichter!
Immunologie. Tyler G. Mangiapane. AIDS spin-off.

— — — — —

14:25, Telephon ist da. cordless 40400 / 3332. Susi: Fernsehen will Interview, Jeder weiß. Suhrkamp, Thyssen, Darmstadt. FAZ; Liste.

— — — — —

Walter hebt nicht ab.

— — — — —

Aber Wiesinger ist da. Spielt einen Satz lang gerührt, teiglascher Intrigant: Kündigt ohne Umschweif wichtige Unterredung mit dem Prokil an ... als sei die Auferst/ als sei ich extra *dafür* reserviert worden! Thema? ... schonwissen. Ja. Seit ... schwants mir wieder. Ist aber mir, Hr. Minister: *ich* verschwende keinen Gedanken mehr mir fällt dazu nichts ein. Diese Heuchler mit ihrer Ökoscheiße links und rechts und ... Verantwortung. Was ist das für eine Verantwortung, wenn das Allerärgste ein Rücktritt ist in die Höchstpension? Oder Chef einer dieser Schweinebanken? Siehe Kap. 3 VdI. Ja. Zyniker, das ist kein Zynismus. Zynisch, das heißt zuerst einmal Möglichkeiten gesehen haben. Also nichteinmal Heuchler: Naive.

Und *ich* steh da als der Idiot: die Gedanken sind surplus. Der ganze Inhalt ist surplus wenn das Formale einmal steht. Natürlich, Keiner ist wirklich ein Minimalprogramm, auch sie hängen Idealen an. Den Idealen von Dreizehnjährigen. Das ist wie eine Gurke im Straßenverkehr, beziehungslos. Auch unwiderleglich: unerforschlich sind die Wege der Dialektik. Sie können nicht erkennen, was ihrem Kodex dient und was nicht, aber sie können von ihrem Ideal aus rechtfertigen, was die Maschine unter allen Umständen ohnehin tun wird. Schlechter: alles was die Maschine tut rechtfertigt ihr Ideal: die Verbindung ihres Modells mit der Wirklichkeit ist ein Schwamm. Und dann stehe *ich* als der Zyniker da, denn *ich* sehe, wie ihr Kodex dient u. was dies Hebelchen für unerwartete Stellungen einnehmen kann ... U. helfe ihnen ich Idiot »... immer mal zu technischen Eigentümlichkeiten aufgelegt, deren Rationale etwas abgehoben scheint« (Merkur, September 82) – wie es das »europäische Denken« zu sehen vermag.

— — — — —

20:13. Um sechs ein Scharren an der Tür: der Prokil, so eilig haben sies. Walter wird weggeschickt, aber der Prokil kommt durch. Immerhin: Mensch a pain; immerhin haben sie mich herausgezogen, auf ihren diplomatischen Kanälen. Aber selbst wenn: begreift man nicht was mir derzeit zugemutet werden kann?

»Sdenkerl! Alter!

Umarmt mich Liegenden andeutungsweise, Bussi auf Bäckchen zwei Zentimeter Abstand, sehe kurz durch seine Brille d. Wandschrank neben seiner einspringenden Schläfe verzogen, hängt den Mantel auf d. Ständer, nickt ums Bett herum und fällt in den Fauteuil, zigeunerdunkles Gesicht d. Rasierschatten bis unter d. Augen, im schwarzen Regenfenster sieht Marilyn etwas verzerrt um

die Bücherablage herum und zittert: die Scheibe ist nicht plan, Ko, und sie vibriert. Wozu diese Einzelheiten? Wartest du auf Manifestationen deines Zustands. Oder mußt du, bis ans nächste Ende, Argumente sammeln dein Hiersein beweisen?
Nein wie stets salviert es sich in der Wahrnehmung vor der Anstrengung der neuen Einsicht.

»Mir ham schon gedacht ... kannst dir ja denken«, lacht wie immer als hätte er sich verschluckt u. müßte es rauskutzen. »Sdenkerl!: wie stehts. Isja phantastisch, unglaublich. was. Der Herr Minister, ja. dein Büro, ja. Frau Einberger sagt. Dieser persische Doktor, du bist ja ganz der Alte!« Ich muß nicken, spüre Bedeutung aufwallen, es ist wie d. Gefühl tiefatmend nicht genug Luft zu bekommen, daß ich sie nicht sehe. Herbert Leonhard Prokil, genannt Graug. Sektionschef. Wieso Graug? Das schien /scheint! mir plötzlich sehr interessant. Sein Einleitungstratsch, unentwegt wandern die Äuglein. »No servus wie ich dich das letzte Mal (sieht meinen Blick auf seine Hand) ... Ja, hab ich mitbracht, Wart ein bisserl ...«

— — — — —

: *Graugans*! Graugans Prokil. /Lorenz. Weil er dem Minister nachrennt wie der Mutti? die Mama aus ... Cebu? Herrgott wieso zerrinnt alles.

— — — — —

»Sdenkerl kannst dich a bisserl konzentrieren.« Steht auf, öffnet die Eichentür und blickt den Gang auf u. ab. Nimmt wiederum den Mantel. Öffnet die Tür in der Kopfwand und sein Kopf verschwindet in der Wand. Geht zum Telephon rechts neben mir, hebt den Hörer ab, drückt groß den Knopf, wickelt den Hörer in seinen Burberry, schaut mich dabei bedeutend an, verschwindet damit in der Wand. Kommt die Hände gefaltet raus, geht zum Fenster, stutzt beim Fauteuil, öffnet es u. schließt es schlecht und die Regenbrise wispert wie das ß von Machmud Mustapha. Konzentrieren. Die Tischlampe wird kurz auf im Fenster bis mir gelb d. Pechelampe in d. Augen sticht, sogleich von einer Silhouette wieder abgeblendet – bist fesch?: ein großer Spiegel an der Innenseite der rechten Tür. Der Schlafrock ist ja schon da. Ist dagewesen, seit. Der graue Anzug, Hemden. Kravatten. Schüttelt den Kleiderständer. Kickt den Radiator mit der Humanicstiefelette. Hebt d. Nachttischlampe auf. Zieht die Laden. »Tschuldige.« Blättert in den Telephonbüchern. Rüttelt an den Nachttischtüren, Sinnepose in der Hocke, wie über seinem Biedermeierschreibtisch Zimmer 301. Hebt d. Haupt und setzt sich aufs Bett, dünne schwarze Wollkravatte, Gerngroßhemd u. zwei schwarze gekräuselte Borsten aus der Knopflochleiste: »es is extrem wichtig Pass auf:«

»Ja: sgeht ums Altmaterial. Shört wer sGras wachsen, die Grünen. Vielleicht. Pass auf Sdenkerl man hat dir da in des Büchl« – Groß im Fischaug kommt die Hand mit dem Ring und dem Taschenbuch. 'Only Apparently Real. The World of Philip K. Dick'*). Ein bärtiger Mann, das Hemd offen Yin-Yang-Medaillon, liest im grünen Lehnsessel, Milch und Pillen am Beistelltisch, Zigarette schwelt am Tischrand, Stehlampe, Gummibaum, offenes Fenster, Nacht und Blitze, eine Art Krake draußen hat ein Tentakel herein um e. Aktenschrank aus Metall, Ko wieso klebst du derart am Detail. eingegraben. Fern im

---

*) Eine Broschur dieses Titels habe ich eruieren können: Paul Williams, Only Apparently Real, New York 1986. (Hg.)

Tele die andere mit der Schildpattbrille. Gefährdete Arten, wir in Österreich verboten. Net?

Was ist das Wesentliche? Wieso entgleitet dir der Kern, wieso wie wenn du etwas scharf ansiehst, u. es wird gerade im Fokus trüb, wie gestern den ganzen Tag. *Es ist als ob alles gleich wichtig wäre.* Ein Anblick, ein Wort so gut wie das andere: Fädenkräusel. Als käme es auf Faltungen garnicht an; auf die Modulverzahnungen des Denkens in denen eine Zeichenkette als Input eines bestimmten Prozesses eine ganz andere Bedeutung hat als in einem anderen. Als ob die analytische Philosophie recht hätte.

in das Büchl da ein paar, Observationen, einepickt, weißt eh, schau dir das an nachher. Aber pass auf daß sonst niemand, am Besten auch Frau Einberger nicht ... ha ...« Lächerlich. Die Silhouette geht um das Bett, erschrocken über d. Schleifen am Ohr während ich mich höher aufsetze – Koordination Ko, Stich im Nabel. Regen prickelt auf die Patentfensterscheibe, seine Brust kriecht in meinen Schatten der auf d. Sessel fällt, d. Wangen gehoben als blendete d. milde Licht, wie ich im Traum. Was ist los.

Ja Graug, was soll ich, überhaupt jetzt, ich hab doch damit überhaupt nichts ... »So gehts net, net aso. Sdenkerl. Es warst *du* derjenige, der den Vorschlag, net, brilliant wie gehabt.« Und Du? »Und I? Ich weiß ja bis heut net einmal was Genaueres. Wies du recht gut ... Bredouille«.

Jeder Blick, jede Betonung, jeder Anblick saugt. Die Löcher? Der Oberkörper wird größer, im gewichsten Sesselleder das bekannte peinliche Geräusch in meinem Kopf wie d. Auftakt Fanfare von Eurovision, das Pathos, er ist frisch rasiert aber Schatten, d. berühmt enorme Bartwuchs, gestutzte Haare im Nasenloch und es nützt

nichts, gelbe Stellen mit Äderchen um die hellbraune Iris. Proteine arbeiten wie verrückt in diesem Gewebe u. ich sehe sie fast, als Punkte, als winzige Guillotinen u. hochsausende Kolben, rasende Geschwindigkeit, verhackstück, Leben, was ist Leben ohne Verstehen, Leben ist ein mechanischer Irrsinn, dieser Mann ist mir zu kompliziert, als molekulares System betrachtet. Aber er ist ein Verstand: die paar einfachen Gedanken die ein Mensch haben kann. getragen von 100 Milliarden Gehirnzellen, Billionen Körperzellen, viereinhalb Milliarden Jahre terrestrischer Evolution sind nötig um eine Titelseite des 'Kurier' zu verstehen. Arbeitet der Krebs schon auch in ihm? Nun ja, Tyler hat die Fliesen neu gelegt. Main Japan. Graug dir bleibt Einiges erspart (genauso wie ich dich immer gekannt habe ... so, wie der Sinn, so geht wohl auch die Tragödie an ihm vorbei)
Der Sinn.

»Sdenkerl, hast du je mit Jemand, ich mein, je mit ... geredet ..., es geht um viel mehr als du weißt um vüvü mehr ... Da Herr Minista« – ich sehe Graugs Gesicht vor mir hier auf der Seite auf die ich schreibe, die Wimper vierzig Milligramm Keratin auf dem schmalen alterssproßigen Tränensack, eher Hautfalte mit einem verzerrten Bild der Pechelampe auf der Brille darüber. Brillengläser sind konkav, Ko. Der Unterschied zwischen der Malerei der Autisten ist daß sie, wenn auch nur primitiv, den optischen Eindruck malen (wie primary sketch in computer vision) und nicht das Wissen, wie die Farbflecke in der Mechanik der Gestalt zusammenhängen. Cezanne. »Wir wissens doch daß du an eigenen Schädel hast, nojo, an speziellen eben ... und ... a bisserl vü Kontakt mit ..., Intellektuellen. Firan Berater des Herrn Ministas, garsovü bekannt. ... nanaa, versteh mich richtig, doch eh klar, immer schon, die Loyalität von dir ...« Steht abrupt auf er hat alles schon gesagt, der Anzug knistert fein, Es ist, Herrgott! wollte schreiben: es ist der sechste November, was ist los. Als wäre alles das, alles was mit dieser Heimsuchung, ja es ist eine Heimsuchung, ich bin »nervös«, jetzt noch viel mehr als während des Gesprächs. Heimsuchung. Aber in welcher Wahrnehmung steckt es. In welcher Gedankenbewegung. Welche Maschine müßte ich zum Anklinken bringen damit diese Zeichen die allwichtige Bedeutung erhalten. Deren Möglichkeit sich mir innen so aufreizend signalisiert.

Aber ich versteh nicht ganz, Graug Du tust ja als wärst Du persönlich ... »Sdenkerl. Es war *meine Wenigkeit*, verstehst, *I* war es, wie festgstanden hat daß da Hr. Minista, unser Wahrer Jakob, netwahr, sich wiedereinmal abseilen wird« ? ? »Na den Staatsbesuch aus Nordjemen hätt Ich ja auch alanig, net wahr, ham eh immer nur über Polizeiorganisation ezetera. ... *I* hab vorgschlagen daß *du*. Netwahr, weil du mit dein Kopf« Graug, »Jessas versteh doch! Ich krieg an Drohbrief. *I*! Da ranghägste Polizist von Österreich an, an *Drohbrief*! Steh ganz vorn auf irgendaner Listn. Und ich weiß noneteinmal was *passiert* is mit dem, na mit dem Altmaterial ...«
Susi? wieso Susi. Kann ... könnte Susi bedroht sein. Altmaterial. Seit dieser Doktor gestern so im Plauderton.

— — — — —

23:30. Zwei Stunden konzentriert versucht wegzuschlafen. Stelle fest, daß ich Halbschlafträume im Halbschlaftraum selbst als solche klassifizieren kann: ich »kommentiere« Halbschlafträume ständig verbal, nicht der Film beherrscht den Traum sondern einige Stränge laufen nebeneinander, ein visueller Ablauf ohne eigentliche Objekte (Sehgerümpel) und eine entfernt als Paraphrase empfundene Paraphasie, teilw. Satz, Wortwiederholungen teilw. Glossolalie. Der »sprachliche« Strang – der verselbständigte, von den Vorstellungen angestossene und gleich abgekuppelte Sprachmodul – steht zunächst im Vordergrund, als sei ich in ein unglaublich oberflächliches Gespräch vertieft und bemerkte kaum die Bewegungen in der Umgebung. Das kann lange dauern, der Körper schwitzt gelähmt. »offen u. abgeschl. zugleich«. Dann übernimmt allmählich das visuelle Geschehen, ich merks, Gestalten kommen, Handlung, abgezirkelter tiefer Atem, und wegtreten.

Der echte Traum hingegen vollautomatisch laufendes in der Hauptsache optisches und erst reaktiv ein flach gedankliches Geschehen, vom Selbstlauf abgesehen sind die Bilder echter als i.d. wachen Vorstellung
/weil »Aufmerksamkeit« nicht springt zwischen Substrat u. Komplikator
aber wie in der wachen Vorstellung bleiben Einzelheiten unklar, wenn ich sie nicht (im Wachzustand) ganz genau kenne, d.h. der Traum schafft eben kein neues Detail. Sprache spielt keine Rolle, außer d. Traumleute sagen was, u. wenn sie reden dann ohne daß ich schon vorher wüßte was. U. der Zus.hang zw. dem Gesprochenen und d. Situation ist hergestellt, wie absurd auch manchmal. Das heißt: die Orientierung, die Situation funktioniert.
/dh. keine Integration d. Substratkonglomerats

Was nicht funktioniert. Stelle fest, daß eine, die eindrücklichste, Art, aus Tieftraum jäh aufzuwachen dadurch bewirkt wird, daß ich im Traum versuche, etwas zu verstehen, mir ein Bild, eine Vorstellung von irgendetwas im Traum Dargebotenem zu machen, wie im Wachen wenn ich mir überlege wie etwas zusammenhängt. Ein logisches

Modell, einen abstrakteren Zusammenhang zu denken. Oder, als Vorstufe dazu, wenn ich einen Traumanblick genauer ins Auge fassen will (und selbst dann, wenn ich im Wachen mehr Detail liefern könnte als d. Traum). Oder noch früher: wenn sich mein Traumbewußtsein in zwei Ebenen zu spalten beginnt – das Traumich denkt zB ob das Traumgegenüber etwas bestimmtes denkt und eine Differenz entsteht zwischen der Erwartung des Traumichs und der Handlung des Traumgegenübers. Wie der Wiesinger als die Kette ab war. Wenn »Sinn« ins Substrat kommen soll wenn sich der Komplikator regt. Der Traum verschwindet jäh, d.h. jäh verlaufend, wie beim Onanieren der Genuß wenn man seinen Mechanismus beobachten möchte. Das ist wert, weiter verfolgt zu werden. Vielleicht steckt dahinter eine Möglichkeit, sich selber aus dem Traum zu wecken. (Natürlich: was kommt früher: subkortikale Initialisierung der Aufwachprozedur – oder der Traumversuch, zu verstehen; d.h.: stoßen die Nervenvorgänge dieses Versteh-Versuchs erst die form. reticul. an oder umgekehrt)

Hauptunterschied zwischen Wachvorstellung und Traum: im Wachen pendelt d. Vorstellung um einen Kern herum. Läuft nicht davon, wenn zerrinnt so zurückrufbar. Dieselbe Rufanstrengung im Traum: Erwachen. – Jedoch manchmal: regt sich der Komplikator so kann die Automatik Erwachen manchmal vermeiden indem die Frage die sich im Komplikator anzudeuten beginnt in eine Behauptung der Laufumgebung umgedeutet wird, der Traum nimmt eine neue Richtung.

Rede ich vielleicht im Halbtraum, so daß mich Einer verstehen könnte? Habe ich was zu verbergen? Oft sagt Susi ich schnarche, während ich wach zu liegen meinte. Bin übrigens ziemlich sicher daß ich es merken würde:

kenne irgendwie die Situation, in der sowas vorkommt, den Körperzustand: würde *verstehen, daß*, und aufwachen.

— — — — —

Diese Idioten sollen sich ihr Altmaterial ins Knie massieren. 02:19, eigentlich trauliches Licht, lautlose Stille, Regen vorbei? Schwerer Schädel, Brustschweiß, Vor zehn Minuten hat Mama hereingeschaut, Leibschüssel und Lexotanil.

— — — — —

Only Apparently Real.
/
Ja zum Teufel
Immer mit d. Bestandsaufnahme Ko Oben steht doch:

»'Only Apparently Real. The World of Philip K. Dick.' Ein bärtiger Mann. Undsoweiter. Das steht vorn. 6. November 20:03, sagen wir 20:18. Und ich brauche garnicht nachschauen weiß doch ganz genau was drinsteht »Milch und Pillen am Beistelltisch, Zigarre schwelt am Tischrand Aber *ich würde meinem Gedächtnis nicht glauben*!
Denn:

'Only Apparently Real' ist nicht zu finden – jedenfalls nicht im Umkreis des Betts. Gut. Das hat der Prokil vielleicht idiotischerweise. Zu finden ist aber ein wundernetter Paperback: genaudasselbe Format nur augenscheinlich doppelt so dick und der Einband blau mit einer Kugel und mit einem Labyrinth: *Mathematical Recreations and Essays* von Rouse Ball, und zwar auf dem verfluchten Nachttisch unter der Lampe. Und ich blättere abwesend. Und auf Seite 18 ist ein mit schlechtem Pauspapier kopierter Zettel eingeklebt – u. zwar so sauber und flach daß es in schreiendem Widerspruch steht zu dieser miesen Kopie. Und es ist e. Auszug aus e. Bericht?: »Im Sympat-

hisantenfeld zirkuliert d. Gerücht, man verfüge über Anhaltspunkte ... daß im Innenministerium um 1974 illegal Nuklearbrennstoffe für Zwentendorf*) beschafft wurden. 1978 sollen dieselben verschwunden sein. Spekulation d. Observanden über Proksch**) Nahost oder Nordafrika verschoben. Strategie: Öffentlichkeit, vermutl. Presse (Profil)***). Redaktionskontakte bestreiten. Hieramts dzt. Initiativen hintangestellt. Tragweite. Weisung erbeten.«
Hopperla.

— — — — —

Hopperla hopperla hopperla hopperla.

— — — — —

Dieses Buch hat mir der Prokil ans Totenbett gebracht, vor drei oder vier Wochen. Sinnigerweise.
Okeh, er hat es wieder mitgenommen. Wann? Welches Buch lag hinter den Schläuchen, beim ... beim Aufwachen aus dem Koma. Ohja, ich kenne 'Only Apparently Real'. Philip K. Dick schwer gestörter Bursche. Seine besten Schmöker sind wirklich gut z.b. 'We Can Build You'. Schöne Spannung und auf einmal geht total unerwarteterweise die Luft raus. d.h. auf einmal bist du in einem

---

*) Die Inbetriebnahme des einzigen (fertiggestellten) österreichischen Atomkraftwerks, Standort Zwentendorf, wurde aufgrund der Volksabstimmung am 5. November 1978 durch BGBl. Nr. 676 vom 15.12.1978 untersagt. Instrumental waren vor allem die wohlhabenderen (gebildeteren?) Bevölkerungsschichten zumal in den westlichen Bundesländern. Siehe dazu die Wahlergebnisse, publiziert vom Bundesministerium für Inneres, Wien 1978; siehe ferner die Broschüre »Volksbegehren im Jahre 1980 (Pro-Zwentendorf-Volksbegehren, Anti-Zwentendorf-Volksbegehren)«, Wien 1981, Bundesministerium für Inneres. (Hg.)

**) U. Proksch, Mittelpunkt eines Sensationsprozesses in Wien 1989/90. Die Vorverurteilung hatte allerdings bereits zu Lebzeiten des XY eingesetzt. (Hg.)

***) »Das unabhängige Nachrichtenmagazin Österreichs«. (Hg.)

völlig neuen Schmöker der garnichts zu tun hat mit dieser Spannung u. d. alten Geschichte. Garnichts? Klarerweise verstehst du den neuen Schmöker irgendwie auch noch auf der Grundlage des alten. Als wäre mitten im Faust plötzlich Weinheber eingebunden. Der Mann war loco, das hat er nicht absichtlich gemacht. Und wenn dann Hut ab. Ohja, ich kenne diese schwache Biographie. Ich hab sie in Krems gelesen als mir Interessantes schwerzufallen begann. Eine Art Krake draußen hat ein Tentakel herein um e. Aktenschrank aus Metall guter Stahl wie mein Nachttisch hier.

— — — — —

Hab ich dieses Titelbild gesehen in der Hand vom Prokil oder hab ichs »gesehen« als ich meine Erinnerung an den Besuch ins Notizbuch schrieb. Was ist eigentlich los hier. Was ist während meines »Halbschlafs« hier vorgegangen. »Bin eigentl. zieml. sicher daß ichs merken würde«! Wie müde ich bin. Auf Seite 19 »Fifth example. It may be noticed that cutting a pack of cards never alters the relative position of the cards provided that, if necessary, we regard the top card as following immediately after the bottom card in the pack. Das muß man natürlich mit »Abheben« übersetzen.

— — — — —

Idee:
weder

7. November.

Aus schwerem Schlaf, plötzlich erwacht Weckruf 7:30 (weil ich der Puterweck bin!) kommt viel zu spät. das Ritual, Blut, Temperatur, Injektionen Kamillentee Gervais und Gurkenscheiben. Pinselei. 09:45. Spritze den Speichel in die Semmel.
– regnerisch. MRI zeigt Austrocknen der Herde. Neue Ergebnisse der Amerikaner zeigen (Vogelforschung) daß Nervengewebe neu gebildet werden kann. Es ist unfair, mir Hoffnung zu machen.

Natürlich nur Vorbereitung für die erwartete schlimme Botschaft: der Intelligenztest. Überraschend: der pdbq-Test überragend! Also Konzentration doch völlig in Ordnung, was heißt, ungewöhnlich gut! Eigentlich alles normal, bis auf das Wichtigste. Kombination. Wahrnehmung von inhaltlichen Mustern und Zusammenhängen. Kreatives Verstehen Unterdurchschnitt, Persistenz: etwas klebrige »Verliebtheit in flugß gefundene Erklärungen«. Fällt mir ja selber auf: kalauernde Assoziation.

Erinnert – ßehr entfernt – an ßichische ßymptome blander Epileßie, ... Ich ßage daß Ihnen, Herr Puterweck, denn ihre Perßönlichkeit iß ßolchen Diagnoßen gewachßen. Bedenken ßie: ßiß nur der gegenwärtige Schtand.
Sie denken daran, einen weiteren Experten beizuziehen ... einen Ami?
Gedächtnis prima, kleine normale Ausfälle. Assoziation sonst normal. Wortverstehen sehr gut. Schlauchfiguren usw. noch normal.
Es trifft meinen Nerv, meine Arbeit.

— — — — —

Natürlich werde ich selber nie merken, *wo* etwas schiefgeht. nichts als ängstliche Erwartung. Trifft sachlich daneben, reine Nervensache. Sagt auch Mustapha. Die Abschweifung ist eigentlich Kleben am Detail, bilde ich mir das ein. M. meint, eine Art umgekehrte Anosognosie. eine der wertvollßen Begabungen meineß Berufß. Einerßeiß. Andrerseits ein wichtiges Anzeichen des einsetzenden Selbstheilprozesses. Aber zum Teufel, was habe ich vom Detail, wenn es sich nicht fügt?
Das muß erst einsinken: was ich für ein Symptom halte, ist keins. Nat. die Sinnestäuschungen ...
Die Sache mit dem Buch. Was sind hier Sinnestäuschungen.
Offenbar hat man es mit zwei verschiedenen Syndromen zu tun, rel. einfache u. bloß intermittierende Beeinträchtigungen des sensorischen Kanals. aber eben auch kortikales Aussetzen der integrativen Funktionen.

— — — — —

Mit diesen gelegentlichen Unschärfen im Sehbild kann ich leben. Straßenverkehr. Apraxie. Milde Apraxie. Eigentlich eine ungeheure Erfahrung, die mich nur bereichern kann. Ich glaube ich kann das nehmen, weil ich immer schon in mich hineingelebt habe, das Ich gesucht befreit von den Sinnen und der Schnittstelle; Interface nach innen verlegen, zurücknehmen der Grenzen in den Körper hinein bis man ankommt wo die Flamme, Zdenko Puterweck. Aber wo ist Zdenko Puterweck? Vorstellung, daß Sinnesapparat und Motorik ohnehin beliebig veränderlich, kalibrierbar. Drehen am Knopf, und gelbbraun wird blaugrün. Drehen am Knopf, und der Baum wird Energie. Drehen am Knopf, und die Innervation bedient statt des Beins eine Bewegung der Umwelt. Den Apparat beherrschen. Man müßte freilich Herr über das Knöpfedrehen und Schalterlegen sein. Das ist ein Zirkel, der alte Zirkel der Freiheit.

Oder Hinauswachsen in das Außen? Aber das geschieht ohnehin normalerweise, der Schalthebel in meinem Audi ist eine Elle. Man müßte ihn propriozeptiv innervieren. Seine Inanspruchnahme direkt im Hebel fühlen. Ohne es zu spüren fühle ich beim Schalten immer das Einschwenken der Zahnräder.

Aber dieses Hinauswachsen ist Wachsen der Vorstellung, sobald d. Vorstellungsmech. einmal vorhanden ist! Und wie sieht dieser Mechanismus selber aus, das ist doch die Frage, er besteht doch selber aus Vorstellungen. D.H. wie kann dieser Mechanismus eine Vorst. von sich selber konstruieren d.h. eine Struktur von allen Zeichenketten von denen er selbst d. Urheber ist. Noch 1980 schreibt Freund Searle*), (»äußerst relevant für die Künstliche-Intelligenz-Forschung« Schwachköppe) als hätte ich mein DM noch nicht veröffentlicht, »Angenommen, einige dieser ... Zeichen, die mich erreichen, kämen, ohne daß ich das wüßte, von einer mit diesem Robot verbundenen Fernsehkamera, und andere ... Zeichen, die ich ausgebe, steuern die Motoren in diesem Robot und bewegen seine Beine oder Arme. Ich betone, daß ich einzig formale Zeichen manipuliere: ich kenne diese anderen Umstände garnicht. Ich erhalte »Information« durch den »Wahrnehmungs«-Apparat des Robots, und gebe »Befehle« an den motorischen Apparat aus ohne mir über diese Tatsachen im Klaren zu sein. Ich bin der Homunculus dieses Robots, aber ich weiß nicht was vorgeht – im Unterschied zum traditionellen Homunculus. Ich ver-

*) John R. Searle, »Minds, Brains, and Programs«, häufig wiederabgedruckt. (Hg.)

stehe nichts außer den Regeln für die Zeichenmanipulation. Nun, in diesem Fall würde ich sagen daß der Robot keinerlei intentionale Zustände hat; er bewegt sich bloß infolge seiner elektrischen Verdrahtung und seines Programms. Und darüberhinaus: in meiner [Eigenschaft als bloße] Verkörperung dieses Programms habe [eben auch] ich keinerlei intentionale Zustände des hier relevanten Typs« – oder jedenfalls so ähnlich, wenn ich mich auf mein Gedächtnis verlassen kann. Das ist natürlich unamerikanisch, immerhin. Obskur statt flach. Steht alles in DM. ». . . research up to date has viscidly been concerned with 'internal representation' as symbol i.e., data structures. The challenge is construction of the mechanism that *generates* and *runs* representations. Internal world models possess dynamical, program-like structure. Time and time again the Austrian philosopher reminds us that – while certainly the program-generating mechanism (the 'complicator') will have to be *described* in terms of formal systems – implementation nonetheless will run on layered parallel devices derived from a new study of sensory and motor channels in humans, mainly their interfaces to cortical processing. This study is well under way. But computational neuroscience as we have come to know it has not yet addressed the problem of converting its classification devices – whatever their ultimate merit – into the dynamical machines that we encounter in introspection as conscious representations of the outside« (Ph. Morrison in Scientific American, August 1986). Oder so ähnlich.

— — — — —

Nicht wahr. Es geht um eine Maschine, die neue Muster in ihren eigenen Programmen entdecken und programmieren kann. Der Witz ist, daß sich die Sehnsucht nach dem Nicht-Formalen nicht in der Physik befriedigen läßt, sondern – u. in einer sonderbaren Wendung der Dinge – nur in einer genaueren Betrachtung des Formalen. Was John vielleicht vorschwebt: Sind *Strukturen* physikalische Objekte? Dann gibt es etwas Physikalisches, das nicht meßbar ist. Genauer: Strukturen werden durch Vorstellungen »gemessen« (u. Vorstellungen sind selbst Strukturen); u. die Strukturen unserer Vorstellungen können nur Strukturen »messen«, die wir schon als Vorstellungen haben, ev. mithilfe d. Komplikators gewinnen können (DM 104–215). In diesem Sinn wächst die Welt der Strukturen in der Zeit (sie wächst auch noch ein einem anderen, aber damit zus.häng. Sinn, Thermodyn.) Ein Impuls ist etwas Elementares nur als physikal. Ereignis. Aber schon: Ein Stein fällt ins Gebüsch und der Körper geht in ein neues Gleichgewicht. Ein Impuls*muster* ist eine Struktur die im Körper vorhanden ist – evolviert, oder eben gedanklich erworben, gefaltet. Unsere epigenetisch erworbenen Strukturen (Vorstellungen) zeigen uns immer wieder, daß auch ein »elementarer« Impuls ein Impuls*muster* ist . . .

— — — — —

Homunculus, du bist ein sehr spezieller Robot.

Folgende komische Vorstellung: der Robot sitzt in einem American Room, sagen wir in Searles dunkel getäfeltem *living room* in Berkeley. Der Robot liest in 'Only Apparently Real' und macht auf Frau Searle einen gedankenverlorenen Eindruck. Er braucht freilich ungeheuer lang – sagen wir, ein Jahr für eine Seite. Denn Searle sitzt im Robot u. empfängt Impulsmuster. Wenn es nur darum geht, »elementare« Impulsmuster zu »erkennen«, so braucht er selbst zunächst nur rel. einfache Strukturen (Unterscheidung eines »-..-« von einem »..-« usw). Die Impulse kommen rein, Searle klassifiziert sie mit Hilfe dieser Strukturen, schlägt jeweils in der Betriebsanleitung nach – das gehört auch noch zu den rel. einfachen Strukturen – und gibt die dort gelesenen Muster aus, nat. ohne Ahnung daß der Robot im living room sitzt und liest.

Searle schwitzt nat. gewaltig, denn er macht und tut. Ohne Unterbruch trägt er nach Gebrauchsanweisung im Robot Millionen Zeichen hin und her bevor er ev. alle Jahr einmal ein paar Zeichen ausgeben kann (der Robot blättert um), und die eingehende Post nimmt nicht ab. Aber da das eine rein mechanische Arbeit ist, kann er nebenbei herumdenken – seine bei der Arbeit nicht benötigten komplizierteren Strukturen laufen lassen. Da John sehr intelligent ist fallen ihm nach fünfzig Jahren gewisse – sehr abstrakte – Regelmäßigkeiten in seiner Tätigkeit auf. Freilich, die meisten Vorgänge bleiben schleierhaft. Aber andere kann er langsam schon vorhersagen. Er beginnt, die Regelmäßigkeiten ein wenig zu ordnen. Gewisse Zeichenanhäufungen beginnen, übergeordnete, manchmal aufeinander übergreifende Strukturen aufzuweisen – natürlich nur in Johns eigenem Denken. Nun nimmt die Geschichte eine zugegebenermaßen schwer glaubliche Wendung. John fühlt sich an etwas erinnert. Da er ein sehr konkreter, anschaulicher Denker ist, sucht er nach eigenen Vorstellungen und Erinnerungen, die sich auf den gefundenen Teil-Formalismus abbilden lassen. John ist ein Meister der Selbstbeobachtung. Und eines schönen Tages im hundertundzehnten Jahr fällts ihm wie Schuppen von den Augen: diese und jene Strukturen, wenn man sie so und so ineinander verschränkt, verhalten sich manchmal wie ein Mensch der an einem Tisch sitzt. Und dann gehts Schlag auf Schlag. Der Mensch sitzt und nimmt manchmal etwas vom Tisch und steckts in den Mund ? raucht ? Zucker ? Milch ? – in

Searles Vorstellung natürlich. Freilich bewegt sich alles in äußerst merkwürdiger Weise, und das macht Searle stutzig. Der Mensch hebt z.B. ruckartig das Bein, ohne es durch die dazwischenliegenden Raumteile zu bewegen, und mitten dahinein ist was mit einem Aktenschrank, und auf einmal das Meer, ja der Mensch zerfällt plötzlich und setzt sich wie in einem Zeichentrickfilm wieder aus Nase und Hemd zusammen ohne daß das gleich richtig zusammenpaßt. Im zweihundertsten Jahr denkt sich Searle, daß diese Ungereimtheiten wie ein Traum ausschauen, und sagt sich: nein, wie Gedanken. Dieser Mensch verhält sich wie die lebendige Vorstellung von einem Menschen in einem Kopf.

Wenn er nun einmal soweit ist – und die Menschheit hat dreihundert Milliarden Mannjahre dazu gebraucht – so dämmert ihm die Erklärung für die unzähligen noch nicht erklärten Zeichenhaufen. Er nimmt an: Manche dieser Zeichenhaufen gehören jetzt zur Gebrauchsanweisung. Die Gebrauchsanweisung schreibt sich selber fort; sie verändert sich langsam, und radiert sogar ein bißchen. Der Grundbestand war der Komplikator plus eine Menge von präfabrizierten Vorstellungen. Nur im Komplikator selbst und in einer gewissen Untermenge jener Vorstellungen wird niemals radiert.

Und nun beginnt John zu lachen: er liest nun nicht nur *Only Apparently Real*, denn er hat herausgefunden welche Strukturen den Buchstaben entsprechen, sondern auch – wenn auch nur zu einem Teil – die Gedanken des lesenden Robots. Zum Verstehen der Robotgedanken ist er freilich auf seinen eigenen Komplikator angewiesen. Sein eigener Komplikator greift natürlich ausschließlich auf seine eigenen Faltungen zurück, die sich demgemäß in ganz anderer Weise entwickeln als die des Robots, wenn auch gewisse formale Züge verwandt bleiben: sie sind ja Interpretationen des Robots und dessen Interpretationen des Herrn Paul Williams und dessen Interpretationen des Herrn Philip K. Dick und dessen Interpretationen der Welt, zu denen vielleicht auch eine Struktur von John R. Searle gehört hat.

Fazit: im dreihundertsten Jahr – der Robot hat die hundervierundachtzig Seiten des Buchs längst gelesen und blickt seitdem gedankenvoll im *living room* umher – hat Searle seine eigene Tätigkeit im Robot mechanisiert. Er hat die Zeichenhaufen gefaltet, also in seinem Kopf strukturiert und diese Strukturen als Automaten nachgebaut. Besondere Sorgfalt hat er auf die Imitation des Komplikators verwendet, wenn er auch nicht alles davon verstanden hat. Nun steigt Searle aus dem Robot und setzt sich ihm gegenüber. Sie beginnen ein Gespräch über 'Only Apparently Real' und Searle hat nun auch die Worte des Robots, dh der Robot bemüht sich jetzt aktiv, Searle seine Gedanken – die Searle ja bis jetzt nur als Strukturversuche in seinem eigenen Kopf gehabt hat, beziehungsweise als Erinnerung daran – zu erklären. Das geht jetzt einigermaßen (appar.?) *real time*, dh *human time*, denn nat. hat John die beste Elektronik benutzt. Der Robot äußert gelegentlich schwerstverdauliches philosophisches Zeug, aber Searle ist nicht sicher, ob das an seiner mangelhaften Konstruktion des Robot-Komplikators liegt oder an Mängeln seines eigenen Komplikators.
Tja.

— — — — —

Wieso fühle ich diese unbeschreibbare Müdigkeit in meinen Gliedern, ich meine wieso *fühle* ich sie. Müdigkeit, ein Wort für dutzende verschiedener Einbußen an Leistungsfähigkeit, Diese besondere, ein leichtes Ziehen, nicht Ziehen sondern ja was. Diese Müdigkeit ist ein aktiver Zustand, etwas tut etwas und und etwas reagiert darauf als käme es von außen. Eigentlich sollte man glauben, daß man Müdigkeit erst beim Bewegungsversuch merkte. Arme Wissenschaft, welche unbekannten Organe. Ich kann diese Müdigkeit von allen anderen Müdigkeiten unterscheiden. Als fehlte irgendeine Molekülart, der Stoffwechsel ist anders gepolt und das wird eben gemeldet. Aber die Sprache hat kein Wort dafür. Kein Wort wie eben auch z. Beisp. für dieses Verdicken und Verdünntröpfeln der Lichtreflexe auf einer Wasserfläche, für dieses Zusammenfließen von Gestalten, zu schnell fürs Erkennen, denn schon während etwas signalisiert: Achtung Gestalt! zerfließt es wieder, ich kanns nicht ins Auge fassen, und es wiederholt sich nicht das Selbe. Oder für d. schattierte, abmattierte Glänzen auf meinem Betttisch, ein beige Lichtbalken schräg quer ü. d. Fläche, oben und unten verlaufend. Das kann man schon längst computergraphisch machen (aber das ist ja eben auch interpersonal); faszinierend: es existiert ein Algorithmus aber das Wort fehlt. Oder das schSCHp des Winds in der Fensterritze.

— — — — —

Es ist die Kombinationsfähigkeit, die Einsicht. Das Einzige das zählt. Das Konstruieren von neuen Vorstellungsmaschinen. Der Gedächtnisausfall ist kein Gedächtnisausfall, es ist das Übersehen, nein das Nicht-Gebrauchen von Details die zum Bau eines neuen Bilds dienen könnten. Ich erinnere normal. Ich begreife bloß nicht (nicht immer . . .?) die Bedeutsamkeit. Mein Komplikator (wie treffend 1968 dieses Wort mir erschienen: »Falter«) ist beschädigt.

— — — — —

19:10. Susi alles erzählt. Ohne sie nichts. der Prokil glaubt doch nicht. Loyalität.

Im Seidenpyjama, man ist nicht Patient. Bücherregal noch leer, aber Bücher auf dem Nachttisch. Krebsgedanken. Meine Krebsgedanken.

Neben den Spitalspantoffeln stehn unter dem Bett meine alten Stefflitschschuhe – schöner runder Leisten, nicht so habsburgisch verbogen wie Nagy, u. nicht das Natürliche manirierend wie Lobb. Wie mir der alte Stefflitsch sein Archiv gezeigt hat.

Ich denke ich fange morgen an mit meinen Selbst-Tests.

8. November.

Blut, Messen, Injektionen: 07:30. Pinseln.

Aufs Klo gehen können endl. in diesem Luxus: kann d. Blasendrang schon recht gut beherrschen. Zum ersten Mal gestanden! Mühsamer Vorgang: Bettkante, auf die linke Seite legen, Beine anziehen, Beine angezogen langsam zu Boden lassen, Oberkörper mit den Händen aufquarren; auf einer Backe sitzen, Mißgefühl von den Injektionen wie Muskelkater. z. Erbarmen schwächlich, aber keinerlei Wundschmerzen! Nur Registrieren.

Dann langsam langsam, Mama hebt, die Beine balancieren den Oberkörper in die Höhe. Zehn zittrige Sekunden. Ein Ast steht kahl in den Regen vor dem Fenster. Ein Sieg der Wissenschaft.

Mama wird den Nachtkastlschlüssel suchen.

— — — — —

Ich kann nichts anderes tun als aufräumen nach dem Erdbeben. Sehen was noch funktioniert. Graugs Geschichte beunruhigt mich viel mehr als antizipiert. Im Traum heute, leider völlig weg, schon wieder so etwas wie ein Anklang an Wiesinger den Radioaktiven: ein Tagesrest vom Grübeln über diese schwachsinnige Aktion. Ich zwinge mich mir zuzugeben: und dieses Grübeln hat einen fataleren Grund als das Interesse der Öffentlichkeit (denn dazu wird es sicher kommen, wenn d. Berichte in den only apparently realen *Mathematical Recreations* fundiert sind.

ein Teil – der wichtigste! – scheint weg: wo es ist, wo ist unser ihr Altmaterial. Seit dem Besuch vom Prokil kein anderer Gedanke. *Lacuna*: Loch. Kann ichs riskieren das niederzuschreiben – ich muß es *lesen* um es nüchtern zu sehen. Wie merkwürdig mich Susi angesehen hat. Kennen wir die, die wir lieben?
Das hab ich schon oft gelesen:
»kennen wir die, die wir lieben?«

— — — — —

Rekonstruktion: Jedesmal wenn ich an diese Sitzung denke, alles stechend klar, bis zu dem Moment in dem ich mich zu Wort melde und sage: »D. einzige vernünftige Ausweg ist: murmel murmel murmel …«. Die beiden Anderen blicken mich in äußerstem Interesse an, d. Szene bleibt förmlich stehen. murmel murmel … Die Szene wird undeutlich, Nebel, *Gedankennebel*, wäre nicht zu malen, wie überhaupt Vorstellungsbilder nicht, —— Es sind, wenn man genauer darauf achtet, eigentlich auch weniger *Bilder*, d.h. rein visuelle innere Wahrnehmung, mehr motorische Innervationen, Körpergeometrie eingesetzt für den Anblick. Offenbar wird die innere Repräsentation zurückgekoppelt in den optischen Kanal, aber ziemlich weit kortikal; ein visueller Eindruck entsteht, aber eben natürlich nicht über den Sehnerv. Optik eben simuliert, viel weitgehender simuliert als die Motorik jedenfalls. Bei einer Neuauflage von DM muß ich diesen Punkt viel klarer herausarbeiten, das ist ja der springende für die Künstliche Intelligenz, das ist genau was die Stanforder und die MITler noch immer nicht kapieren: d. abstr. Strukturen sind in d. Motorinnervation verankert.

Gedankennebel: Maschinenteile die im Fokus nicht ineinanderhaken; ihre Form verschleift gerade dort, wo sie ineinander passen müssen. Die Maschine bewegt sich, aber sie wird *von außen* bewegt, nicht kraft ihrer inneren Abstimmung. Das Bein der Puppe ist abgerissen aber das Kind hält Rumpf und Bein zusammen und läßt die Puppe spazieren. Gedankennebel, wie im Traum, wenn ich genauer hinschauen will, Einzelheiten sehen (oder hören!), man wacht auf: Prof.Dr. Hillgruber und der Fremde nikken zögernd. Der grüne Aschenbecher glänzt glasklar, wie gestochen die Rauchfahne meiner erst ein Viertel verbrauchten Nr. 2 (denn Zigarren rauchen wir – Henry Clay!), der nicht von der Mundschleimhaut absorbierte Rauch ist bläulich u. vermischt sich in einer fünf Zentimeter dicken, sanft turbulenten Schicht mit dem grauen Rauch aus dem Mund, in Kopfhöhe über dem Hoffmanntisch im Besprechungszimmer, offenbar eine Mikroinversion hier herinnen. Die Römerquelle läßt nur mehr vereinzelt Blasen steigen. Autogeräusche vor dem edlen renovierten Fenster. Das Hochhaus diagonal im lastenden Sonnenlicht.

murmel ... Gedankennebel, etwas bewegt sich, Eindruck einer Bewegung dahinter, darin. Wie Susis verrührte Wange. Wie ihr Haar im Wellenreflex mitten in der Intensivstation. Die Narbe puckert.

— — — — —

22:30, schlaflos die Stille pocht mit dem Herzrhythmus im Ohr, Druck in den Halsschlagadern.

Ich habe nichts, keinerlei Unterlagen. Logisch. Auch in den Notizbüchern bisher nichts angemerkt, Loyalität. Wie soll ich, muß *ich* etwas verantworten? Ich habe einen Rat gegeben, das steht fest. Gottsblut! Aber welchen? Das ist doch nicht möglich. Also:

— — — — —

Ja. Also. also immer wieder versuchen. 22:55. Hier im Spital bespitzelt? Ko ich glaubte du bist am Genesen . . .!

Mitte August 1978 16 Uhr nachmittags, Innenministerium, Besprechungszimmer des Ministers. Anwesend: Prof. Hillgruber, Kommission Zwentendorf, Zdenko Puterweck in Vertretung des Ministers, Herr Joseph (Graug seilt sich ab: Sagen Sie einfach »Joseph« zu mir, nicht, mit »ph«! – der Scherzbold). Nie zuvor (und danach nie wieder) gesehen, dicklicher nichtssagender Staatsschutz mit schnellen Augen, zu gut angezogen. Ist doch auch Innen? Naja, du weißt nicht viel, Ko. Du bist ein Schriftsteller, kein Politiker. Ein kleiner Beamter mit speziellen Aufgaben. Public Image. »Meine Herren, kein Protokoll, keine Notizen . . .

»Problemlage uns allen Drein bekannt: die Öffentlichkeit wird das Atomkraftwerk verhindern. Wir haben Tonnen (!Fässer?) angereicherten Brennstoff lagern. In sorglicher Voraussicht zur Inbetriebnahme und überaus günstig unter Marktpreis – das ist wohl, sagen wir, das Motto gewesen.« Und ich dachte: wenn schon, dann Klarheit auch hier am Tisch: »Oder . . .« meine Stimme?, »Eigenkonstruktion von 'Kleinkraftwerken', Herr Joseph? auf gut deutsch: die österr. Atomartillerie? d. berühmte Waffenexport für den inneren Frieden?« »Nationaler Ehrgeiz,« er schaut anerkennend auf mein Seersuckersakko,

»österr. Genie. Leider ein wenig ... die rechtliche Aufsicht 'interpretiert'. Übereifer Patriotismus. Schritt halten. Einerlei meine Herren, wir sind nicht hier um zu urteilen. Unsere Aufgabe ist es, das Zeug loszuwerden. Unter allen Umständen, so schnell wie möglich, ohne Rücksicht auf Verluste.

»Muß wohl nicht gesondert feststellen, Verkauf usf. ausgeschlossen. Meine Herren machen sie sich klar daß Köpfe rollen. Vielleicht sogar, ja gewiß, Stabilität der Regierung. Lassen Sie mich darüber hinaus andeuten, daß an der Beschaffung verdient worden ist. Herr Professor?

»Die Fässer stehn seit längerer Zeit schon in Zwentendorf und können dort keinesfalls bleiben. Wenn wir einmotten. Neue Teams, man ist ja nicht unsterblich.

Welche Zeiträume müssen wir bedenken?

»Hr. Puterweck, wenn die Öffentlichkeit Wind bekommt ...

Müssen Sie mir nicht sagen.

»Wenn das Zeugs in falsche Hände gerät ...

Jede Hand ist hier falsch, Herr Joseph.

Wer weiß denn überhaupt.

»Die Anwesenden. Der Herr Minister. Sektionschef Prokil. Der Mittelsmann X. Zwei Mann vom Komitee, Herr Professor? »So ists. Dr. Kliemann sieht seiner Pensionierung entgegen. Für ihn lege ich meine Hand. Wer noch. Wie stehts mit dem Vermittler? »Einflußreiche Person des Wirtschaftslebens, garnicht zu überschätzende ökonomische Interessen in Österreich. Engste ... Verbindungen zur Regierung. Beginge öffentlichen und wirtschaftlichen Selbstmord. Wir garantieren. Gut, das ist nicht meine Sorge. Die Lieferanten? ... ? Tja. Aber nichts geht, wenn das Zeugs einmal verschwunden ist. Die Arbeiter? »Die Fässer sind raffiniert verpackt, keinerlei Anhaltspunkte, Routine. In Zwentendorf stehen viele Sachen herum ... Der helle Schwachsinn. Herr Professor Hillgruber: das Altmaterial ist doch ... radioaktiv ...

»Messungen derzeit nicht signifikant. Aber in zehn Jahren. in dreißig ...

Scheiße.

Eine Stunde Diskussion. Wenn und Aber. Salzburger Alpen. Donaukraftwerk Hainburg. Israel, aber der Kreisky ... »Der Herr Bundeskanzler weiß von nichts und darf nichts erfahren, das ist doch wohl selbstverständlich. Diese Idioten, glauben die denn ... und noch dazu innerhalb einer Stunde! »Jede Verzögerung ... besonders nun, da Sie, Herr Puterweck zu Rate, ich bitte zu verstehen, reiflich.

Hättet ihr vorher. In Österreich wird *alles* von Amateuren gemacht, und Jeder kann alles, wenn er die richtige Verbindung zur Amateurregierung hat. Aber willst du Profis, Puterweck? Nein. Ich will hier raus. Ins Schwarze treffen.

Tut auch Joseph nur seine »Pflicht«, kommt er in die Scheißgasse wie ich. Wiesinger. »Stört es Sie wenn ich rauche?«

Der dunkelgrüne Aschenbecher glänzt glasklar, wie gestochen die Rauchfahne meiner erst ein Viertel verbrauchten Nr. 2 (denn Zigarren rauchen wir!), gestochen scharf die Schlieren des bläulichen Rauchs an der Temperaturgrenze. Sodawasser perlt. Mattglanzfensterläden. Durch das langsame chaotische Drehen des Rauchs der scharfe gezackte Strich zwischen Sonne und Schatten auf dem Hochhaus

Ich denke ...

»Nun, Herr Puterweck?

Der einzige vernünftige Ausweg ist:

murmel murmel, ja, ich, was sagt diese Traumstimme, ich verstehe, ja das ist es, ich muß mir das einprägen, das ist ja eine ... eine ungeheure Einsicht, das ist, aufwachen und sofort notieren in das Notizbuch das immer Druckstift auf dem Nachttisch, das ändert alles was ich ...

»Ja. Das ist es.

»Glänzend.

»Meine Herren, eine kleine Denkpause. Erfrischung. dann zu den Einzelheiten.

— — — — —

Aber das ist alles was im Notizbuch steht. Ich kann noch so aufmerksam drin lesen. Ich bin nicht aufgewac

Jetzt bin ich wach – aufgebolzt. Tel. der Prokil. Wiesinger ist tot. Unfall auf der Höhenstrasse. Zwei Schwerverletzte. Teenagertod: Stockbesoffen. Wann? Dreiviertelstunde. Hillgruber im Bett – eine Woche nach dieser Sitzung! – nie aufgefallen daß da ein Zus.hang bestehen sollte – Kliemann? Altmaterial.
00:22.

— — — — —

Immernoch flötet mir d. Tel. im Ohr wie Gamelanschläge.
en sollte – Kliemann? Altmaterial.
00:22.

— — — — —

Immernoch flötet mir d. Tel. im Ohr wie Gamelanschläge.

9. November.

Thermometer, Blutdruck, Blutentn. Injektionen, Pencil. Wie lang noch, Doktor? Kann ich das nicht allmählich selber, Schwester? Aufsetzen, Aufstehen, alles ein wenig besser wie mir scheint. Honig, Butter, Semmel, Milch. Hätte Lust auf eine Havanna. Was ist Lust auf eine Havanna? Nun, von Zeit zu Zeit ist mir mein sporadisches Sitzen irgendwie nicht ganz vollständig, eine Handbewegung will beginnen, es ist als sei einem was befohlen worden u. man versteht den Befehl nicht ganz. oder hat ihn halb vergessen.

Doktor wie nennt man einen umschriebenen Gedächtnisausfall, einen d. nur ein einziges ganz bestimmtes Faktum betrifft, eine Art Minutenamnesie ... »Beschreiben ßie doch ...« Nun vor ... geraumer Zeit ... hatte ich einen Gedanken, ich weiß nur daß er sehr sehr wichtig war für ... meine Arbeit eine ... Einsicht. Ich erinnere mich fast eidetisch an die Umstände in denen er mir kam, und an die Umstände in die er passen muß!, aber d. Gedanke selber ... »Iß daß nicht etwaß recht normaleß ...« Ja, verstehen Sie, er war, er schien eine Lösung ... eines gedanklichen Problems wissen Sie. Und überdies, als ob ich ihn dann ... vor meinem ... Zusammenbruch ... ganz selbstverständlich gedacht hätte; als ob er zu meinem Leben gehört hätte wie, wie na z.B. wie d. Wissen daß man ein bestimmtes Paar Schuhe in der Wohnung hat! »Vielleicht ßollten ßie verßuchen eine ßeit nicht daran ßu denken Herr Puterweck. Der Geiß hat ßo ßeine Weiße ...« Aber es ist mir irgendwie extrem wichtig, Doktor, es ist als wäre ich nicht wirklich ich ohne diesen speziellen Gedanken; glauben sie das ist keine Bedeutungshalluzination (die kenne ich – glaube ich –

auch!) vielleicht hängt meine, nunja, meine Zukunft davon ab, ich meine, als Schriftsteller ...

Was mich so beunruhigt ... eben ... d. Gedanke muß allmählich in vielerlei Weisen mit meinem sonstigen Denken ... in Verschränkung geraten sein. Wärs um den Einfall allein, könnt ich vielleicht verschmerzen ... /das war blöd! sieht er d. Widerspruch) ... aber wie kann dieser Einfluß auf alles andere derart getilgt sein, oder merk ich es bloß nicht daß d. Einfluß ja da ist – wenn auch das Auslösende fort ... Nun sieht er mich wohlwollend an. »Dann müßen ßie um dießen Gedanken kämfen. »Wie? hier hört daß Medißinische auf, u. ich ßage daß ja auch nicht alß ihr Arß ßondern – ßoßußagen alß ihr Leßer: Ein Gedanke den ßenko Puterweck für wichtig hält iß etwaß enorm Wichtigeß ...« Will er mich pflanzen? Er sieht mir immer noch in die Augen ich sehe »in« sein linkes Auge. Ich habe das Gefühl er denkt genau das: »nun blickt er auf/in mein linkes Auge«. Ich kenne diese Situation, sie paralysiert mich, nun stottere ich auch noch ... So ein Gedanke verändert die Gesprächssituation drastisch, sie wird unmenschlich; Theorie statt Resonanz, ist das nicht die Situation des Robots. Die Tiefe, der Sinn, der *gemeinsame* Sinn verschwindet /e. andere L.umg. zahnt ein

D. Zweifel an dieser Tiefe ist schrecklich. Aber kehren wir nicht jedesmal in ihre Geborgenheit zurück – Wird das immer so sein? An d. Theorie werden wir *immer* zweifeln – aber jenseits eines best. Punktes werden wir nie mehr zurückfinden in jene Geborgenheit. Könnte nicht die Theorie bergen. Eine väterliche Theorie die uns das Selbstbewußtsein wiedergibt. Eine Seele in der Naturgeschichte.

»Ja. eß iß wichtig. ßehr ßehr wichtig« – er bewegt die Kinnlade beim Reden! Hätte ich davon nicht anfangen sollen. Könnte Jemand diese Notizen. Aber wie? Doch nicht im Schlaf ... Was anderes, Doktor ... ich vermisse ein Buch, es heißt »Only App. Real«, ja, nicht schlecht d. Titel nichtwahr. Paperback schwarzgrünes Umschlagbild mit rotem Rand, hols der Kuckuck ein Schmöker, aber viell. genau das Richtige für meine momentane Situation jetzt (sagt die plötzliche Wangenfalte ...) ...
Könnt es sein ... naja ... hat es jemand ausgeliehen? Vielleicht?

Ich komme mir vor wie ein Kind, ich ahme sein Gesicht nach, spüre diese Falte, spüre: fachlich interessiert Version Psychiater. »Ja Herr Puterweck meinen ßie ohne Ihr Wißen ...« Naja is nat. Unsinn Doktor, ich meine ja bloß. Viell. ... »Schweßer? ßie hören, Hr. Puterweck vermißein Buch, vielleicht findet ßiß ...« Ihre wundervoll geschnittenen dunklen Augen sind Knopfaugen. Ein Briefbeschwerer in dem es schneit. Kommt mir vor. Ein getrübter Silberblick in dem ich nicht bin.

Ich bin der allergrößte Idiot. Welche Information enthält dieser Schmöker, Graug, er war doch so ungeheuer schußlig die ganze Zeit. Ich könnte mich ohrfeigen. Und welche Antwort war denn zu erwarten?

— — — — —

Telefon: Susi. Fernsehen? Sollen kommen. Meinetwegen heute. 14 Uhr? ok. Berg Post? kann nicht. will nicht.
Walter hebt nicht ab.
Susi: Notizbücher 1975–80

— — — — —

Theorie und Geborgenheit. Tod: eine Maschine zerfällt. Bleibt: der unauflösbare Widerspruch der Zuneigung. Daß ich es nicht über mich gebracht habe Dich zu enttäuschen. Aus Deiner Geborgenheit dich rauszustören Ich habe Dich getäuscht: ich wollte immer in *Deiner* Geborgenheit leben. Ich habe mich zwischen sie und die Theorie gelegt. Um Dich im Glauben an die Tiefe zu erhalten.

— — — — —

Also Wiesinger. Wiesinger. Ironie, denn der Heurigenspezialist ist ja der Prokil, wie oft uns der Wein die Ansichten ausgeglichen hat ...! Der Wiesinger eher der Vodka, die Härteren, und auch nicht knapp. Bedauern? Wenig. Hat sich stets schlapprobust herausgehalten, lang bevors brenzlich wird. Auch menschlich. Mir wird klar, daß ich eigentlich kaum etwas von ihm weiß. Soeiner der im Suff erst recht zuwird. Der garnicht so seltene Vogel: ein Politiker, der sich vor den Medien versteckt ...

Aber wer weiß jetzt noch, ... der Prokil weiß was los war. Aber er weiß nicht wo. Joseph. »Das Weitere übernimmt meine Abteilung meine Herren. Sie beide haben an dieser Sitzung nicht teilgenommen. Der Herr Minister muß natürlich informiert werden. Danke. – Besonders Ihnen, Hr. Puterweck.

Ich weiß nicht das geringste, nicht einmal seinen Namen. Sein Aussehen ja, deutlich wie eine Photographie. Dicklich .... nichtssagend. nein. Wie ein Traumanblick undeutlich. Schnelle Augen, gut angezogen: das müßte durch ein Bild substantiiert werden um Sinn zu ergeben. Ich habe nur Worte z.B. das Wort Joseph. Die zuletzt erworbenen Funktionen lösen sich als erste auf. Ist meine Wortbegabung in dieser Hinsicht fundamental? In die Wiege gelegt? Es ... daß mir gerade Sätze (ganze Paragraphen) und Wendungen gestochen scharf im Gedächtnis, und keine Bilder. d.h. es entstehen Bilder erst beim Aussprechen irgendwie ad hoc, – keine Erinnerungsbilder –, Bilder die irgendwie das Gesprochene seicht durch eine »allgemeine« Erfahrung stützen, nicht durch die spezielle Erfahrung dessen, worauf sich die Worte eigentlich beziehen sollten.

— — — — —

Math. Recreations Seite 104: Erkenntnisse Sept. 1988 Gruppe beabsichtigt Weißbuch Angeblich Sitzung Innenministerium Sommer 1978, Teilnehmer: Minister Wiesinger, Sektionschef Dr. Prokil, Prof.Dr. Hillgruber, Zdenko Puterweck vom Innenministerium, Dr. Rausch vom Verbund. These: Umgehung der rechtlich zuständigen Stellen: Verschwörung Deckname Altmaterial. Tonnen (??) Plutonium Israel. Finanzierung unklar: Rechnungshof. Vorschlag hieramts Pressearbeit behutsam vorbereiten Dementi. Seite 105: Tesselation. Ach Tyler! Ziegler. Krank bedeutungsschwangere Meidinger. Einteiler.

— — — — —

Und wieder, der letzte Blick in das Besprechungszimmer doppelte Polstertür 204: Maigret gemalt von Magritte, belgische Volkskunst wendet mir den Rücken zu, graue Aschenwaben kleine Wespennester im schwarzgrün glänzenden Aschenbecher, junger tittiger Hochmut in Öl und Goldrahmen über dem Sims, Marilyn Modell 1830. Nein nein! diese »Bilder« kommen aus dem Gedächtnis. Und haben nichts mit Sprache zu tun. Ich fühle ja gar, wie die Beschreibung danebengeht.

— — — — —

Zylindermengen, Radioaktive Strahlung aus einer Edelstahltonne.

— — — — —

Telefon: der Prokil / Morgen abends. Graug: hast Du mir die *Mathematical Recreations* nicht schon einmal ge-

bracht gehabt? Jaja, hierher ins Spital. Na eben. und kennst Du übrigens Philip K. Dick? Nicht? den Science-Fiction-Burschen na den ... Nee?
Graug wann hast Du das Büchel wieder mitgenommen? Na die *Recreations*, wasn sonst ... »Sdenkerl I hab glaubt, no, daßdes eh net mehr, net brauchst, net.
Also vor der ... der Krise.
Es regnet. Die Pyjamajacke ist ganz naß.

— — — — —

Notizbuch 36. Ja, jetzt erinnere ich mich dunkel.

»Wären die Schmerzen nicht: es hat etwas Lächerliches, daß der Geist der Auflösung der ihn tragenden Hardware nicht nur zusieht, sondern daß der Schwund der Struktur zuletzt seinen einzigen Gegenstand bildet: auf der Hardware läuft nur mehr die Simulation ihrer eigenen Auflösung.

»Es ist lächerlich, daß die Details dieser Auflösung über äußere Bilder (Röntgen, Tomographien; Skizzen) zu seiner Kenntnis gelangen.

»Es ist lächerlich, daß der Geist sich gegen eine Natur auflehnt, die ihn mit Schmerzen so untrennbar verbunden hat daß er auch im freiesten Moment nur kraft der Möglichkeit von Schmerzen selber existiert.

»Es ist lächerlich, weil diese Auflehnung in seiner Konstruktion selber verankert ist: auch die Auflehnung noch ist verdrahtet.

»Aber Schmerz ist die Nachtseite des kreativen Denkens. Es gibt keine Kreativität ohne Erfahrung und ständige Präsenz des Schmerzes. Der Schmerz ist nicht zufällige, störende, Eigenschaft eines schlecht gewählten Materials. Er gehört zum Begriff des Schöpferischen als Gegenpol des Abgeschlossenen.« Es ist klar, daß ich das schrieb als ich nicht mehr denken konnte: dieses Pathos

klingt mir, als seien die Gedanken von SC in irgendeiner Hitze zu bunter Glasur zusammengeschmolzen. »Geist«. »Natur«. Es ist phantastisch, daß ich das – in rekonstituierter Intelligenz!/? – nun lese. (U. es stimmt ja auch nicht, denn das Bewußtsein der eigenen Auflösung kam vor der Auflösung zu Ende. Es hat nichts als »offen und abgeschlossen zugleich« buchstabiert, im Halbtraum, während Bilder von Landschaften, Traumdias klicken. (? woher kommt mir das? dringt nunmehr die Erinnerung also doch tiefer ein?)
Landschaften, scheint mir, die ich kenne, u. die mir nie sonderlich was bedeutet haben. Mir erscheinen oft solche Landschaften, nie habe ich eine Beziehung herstellen können zu dem was ich gerade tat oder dachte. Ich habe das irgendwo notiert. Doch einige wenige dieser Landschaften oder Landschaftsgefühle (Wachtraumanfälle) kommen regelmäßig. Warum erscheint mir z.B. beim Knoblauchschälen immer ein Steinhuder-Meer-Gefühl.

— — — — —

U. es ist bedauerlich, daß das Notizbuch 36 zur Überarbeitung und Drucklegung keinerlei Anlaß gibt. Der »Schmerz« im Titel von SC ist nicht bloß eine Chiffre für die zufällige Störung, welche den Komplikator zu einer Akkomodation zwingt. Und zielt nicht bloß auf d. Tatsache, daß d. Schmerz in d. vorbegrifflichen Klassifikation der Umwelt eine unersetzliche Funktion hat – u. daß d. vorbegriffl. Kategorisierung ein sine qua non der Intelligenz ist.

Ist denn Schmerz eine Art Sinneswahrnehmung, wie eine visuelle oder Gehörwahrnehmung? (Wahrnehm. i. Untersch. z. »Empfindung«) Wenn man zugibt, daß die Sinnesempf. immer noch ein großes Rätsel ist, man muß nur an den qualitativen Unterschied von Sehen und Hören denken – die Wahrnehmung ist ein viel kleineres Rätsel. Sinneswahrnehmung hat Funktion, die Qualitäten können außer Betracht bleiben. Kommen vielleicht hinten wieder rein in der Ästhetik. Ist Ästhetik Funktionslust. Lust, da ist man wieder. Auch der im Schmerz Stöhnende aber – wenn er noch denken kann – muß sich sagen, daß hinter seiner Empfindg. nur physikalische Abläufe im Gang sind. Wie kann ein physikalischer Ablauf Schmerz sein? Er kann es nicht. Müssen wir wieder nach einer Nach-Physik Ausschau halten? Oder soll der Schmerz zur Illusion erklärt werden? *Kann man den Schmerz wegerklären*, das ist d. Frage die sich SC stellt. D.h.: kann man Funktionen der Empf. angeben, so daß d. Rest, d. Empf. selbst, d. Rätsel, überflüssig bleibt? so furchtbar überflüssig?

SC fragt: Gibt es *kognitive* Funktionen der Schmerzen? (oder genauso unseriös, aber verständlicher: welchen Vorteil – für wen – gewähren Schmerzen?) Gewiß nicht das Nächstliegende: Antrieb zu schneller Veränderung einer für den Organismus ungünstigen Lage; dieser Antrieb kann durch bloße Reflexe ersetzt werden (u. ist es ja auch: Schmerz kommt erst, wenn der verbrannte Finger schon zurückgezogen ist; drastischer – auch der erste helle Schmerz ist nicht nötig). Sinnlosigkeit des Schmerzes? (Zahnweh!) (Wehen!) Der Schmerz einer Krankheit ist evolutionär sinnlos solange es keine mediz. Behandl. dieser Krankheit gibt. Aber ein Hinweis liegt ja eben gerade in dem Umstand, daß diese Vorgänge verläßlich, ja *unabweisbar ins Bewußtsein* dringen: Der Schmerz begünstigt Vermeidungshaltungen, die schon lange vor der Verletzungssituation wirksam werden: Pläne. Schmerz ist eine der »Ursachen« der Theorie, der Wissenschaft, der bewußten flexiblen Weltmodelle. Schmerz wird evolutionär sinnvoll, sobald die Plastizität des Verhaltens ein bestimmtes Niveau des Experimentierens mit der Umwelt umfaßt.

»Warum« ist aber die Erinnerung an den Schmerz so viel undeutlicher und so viel Schmerz-unähnlicher als die Erinnerung an Gesehenes Bild-unähnlich ist? Warum kann ich erfahrenen Schmerz nicht simulieren, wie ich mir dein Gesicht vorstellen kann, oder einen Klang deiner Stimme? Wenn ich mir d. Schmerz vorstellen will tue ich ja etwas Ähnliches: ich »horche« auf jene Körperstellen hin, die mir einmal schmerzten (als ob ich erwartete, daß noch ein Rest von Schmerz in ihnen steckte; dh nat. als ob ich erwartete daß die Leitungsbahnen nun auch irgendwie vom Kortex her gereizt werden können). Aber es bleibt blank, die Schmerzvorstellung ist nur Erwartung.

SC hat einen Teil der Erklärung: Schmerz ist nicht simulierbar weil Schmerz *keine Struktur ist* sondern atomar: Schmerz ist, *für den Komplikator*, ein nicht analysierbares *Zeichen*. Aber warum nicht für den ganzen Menschen?

/»Ich habe eine Vorstellung von 'Blaugrün'« bezeichnet etwas *Anderes* als »Ich habe eine Vorstellung von einem Sachverhalt«; Ich 'habe' einen Urmechanismus BG (= »Körpermechanismus« = für den Komplikator allein (ohne Effektor) unveränderlich), der anspringt, wenn etwas Blaugrünes in den Blick kommt u. manchmal dringt der Output dieses Mechanismus zum Komplikator durch. Aber »Ich stelle mir etwas Blaugrünes vor« - etwas Blaugrünes erscheint ja garnicht, sondern nur so etwas wie ein Zeichen das durch Blaugrün erfüllt werden kann, eigentlich ist nur die Aufmerksamkeit auf jene Stelle gerichtet, an der ein Output zu erwarten wäre wenn etwas Blaugrünes mir vor Augen stünde, eine Leerstelle die durch pseudooptisches Krimskrams aufgefüllt wird. Die

»Vorstellung von diesem und jenem Sachverhalt« hingegen ist epigenetisch erworben und kann verändert werden. Natürlich erscheint nicht die *Struktur* selbst (wie könnte sie es?): ich fühle nur: diese oder jene Struktur ist eingerastet und wartet auf Anstösse. Es erscheinen »Bilder«, doch was erscheint ist Surrogat: es kommt allein auf die eingerastete Struktur an und auf ihre Manipulation durch die Laufumgebung. Die Bewußtseins«bilder« sind epiphänomenal, dadurch bewirkt daß die kortikalen Zentren der Sensomotorik Bestandteil des Komplikators sind.

— — — — —

Als ich in SC behauptet habe: ich kann mir dein Gesicht *nicht* klar vorstellen, da habe ich gewissermaßen gegen mein Gefühl geschrieben. Und erst allmählich verstanden, daß das richtig und aufschlußreich ist. Es stimmt, ich kann mir eine Melodie klar vorstellen. Weil ich Nervenmuster bilden kann, die meinen Gesang stimulieren würden wenn ich sie an den Kehlkopf ließe. Z.B. Rhythmus: ist immer *gegenwärtiger*, konkreter Rhythmus. Ich kann mir räumliche Gegebenheiten klar vorstellen, indem ich meinen Körper, meine Hände zb., nachführe. Die Raumvorstellung ist ein kortikales Impulsmuster für eine – wie in der Traumlähmung – nicht ausgeführte Körperbewegung. Die Klang-, Raumvorstellung wird offenbar durch Rückkopplung dieser motorischen Aktivität ins Sensorische unterstützt, aber die Simulation eines visuellen Eindrucks hat Motorik nicht im selben Ausmaß zur Verfügung (höchstens Augenmuskeln etc.).

Ich kann dein Gesicht nicht einmal zeichnen. Beim Zeichnen weiß ich immer nur: nein, nicht so. Ich habe kein inneres Photo, das ich mit der Zeichnung vergleichen könnte. Und ich glaube daß ein Maler, der das aus dem

Gedächtnis kann, auch vor allem nur Bewegungsmuster seiner Hand etc., Raumvorstellungen hat. Aber ich habe dein Gesicht nie bewußt als deutliches Gefüge von separaten visuellen Einzelheiten wahrgenommen (was Motorik des Nachzeichnens ins Spiel gebracht hätte); ich habe mir nie gesagt: diese Linie des Lids, die Größenverhältnisse der linken Iris. Ich liebe nicht dein Gesicht sondern das, was dein Gesicht belebt. Und meine »visuelle« Vorstellung ist zum größten Teil Reaktion auf das Bild ohne Bild: eine Welle von Zuneigung zeigt an, daß die Vorstellung deines Gesichts, die nichts erzeugt als das Zeichen für ein allgemeines Gesichtsschema, hinreichend geglückt ist weil sie in diesem Moment auf meine Vorstellung von dir zeigt. Wie im Traum.

Der erträgliche Schmerz, eine Todessimulation, stimuliert also die bewußte Simulation der Umwelt. Wenn man aber vom unerträglichen Schmerz die Angst abzieht (das Wissen, daß etwas Schwerwiegendes nicht in Ordnung ist), was bleibt über? Übrig bleibt die ungeheuerliche Tatsache, *daß das Bewußtsein aufgesaugt wird.* Ich kann nicht mehr denken, ich bin ausgefüllt von d. Katastrophe. Wird da etwas materielles abgezogen aus der Hirnrinde, Transmittersubstanzen? Oder ein Zufluß abgeriegelt? Mensch à pêne. Oder ist es das Rauschen der überstimulierten Nerven? Ist dies die »Empfindung«?

Wie ich es erfahren habe, liegt hier auch das Benevolente des Schmerzes: er hilft sterben, verkürzt d. Auflehnung gegen das Unvermeidliche. Aber soll das auch noch »kognitiver Effekt« heissen.

— — — — —

Beherrschender Hintergrund von SC sind nat. die Ideen von DM, der gelenkte Zufall der Induktion. Nicht: existentialistisches Plaudern über d. menschlichen Zustand. Induktion ist das Bauen einer Maschine, eines Programms. Mechanische Induktion – Autoprogrammierung – ist natürlich ein Problem, aber nicht das ganze: es geht nicht allein um Induktionen (um Maschinen) die jeweils ganz bestimmten, dynamischen Randbedingungen genügen. Es geht um ständig im Entstehen begriffene und am laufenden Band modifizierte Maschinen (Programme): um gelegentlich und mühsam und in Schüben erzeugte, aber auch um ständige fast mühelose Umschichtungen, Erweiterungen und Verengungen, Neustrukturierungen der alten Induktionen. Anpassung der Struktur an veränderte Randbedingungen, und Ineinanderpassung der Strukturen. Aber diese Maschinen schmiegen sich nicht von selber in das neue Gleichgewicht, in die neue durch neue Aufstellung der Bedingungen veränderte Gußform. Arbeit ist nötig, die Arbeit des »Bewußtseins«: die Maschinen müssen derart in Komponenten zerlegt, die Komponenten müssen derart justiert oder umkonstruiert werden, daß die neue Faltung in die Hintergrundmechanismen paßt. Und das geht nicht durch »Verbiegen«. Oder nur bis zu einem gewissen Grad. Beispiel: Wenn ich eine Passage in einem Manuskript verändere, weil sie meinen Einsichten nicht mehr entspricht, dann wird eine ganze Serie von Veränderungen an syntaktisch total unverwandten Stellen erforderlich. Eine neue Integration der nun entwurzelten Komponenten anhand einer bewußten Prüfung. Oft ändere ich nun den Wortlaut garnicht, oder minimal, denn das neue Verständnis ist manchmal in den alten Formulierungen unterzubringen, aber ich merke deutlich die Änderungsarbeit am Vorstellungsautomaten – diesen Hebel hier raus, die neuen Gelenke soundso rein. (Umgekehrt muß ja auch der Leser z.B. eines Krimi oder Science Fiction aus dem Wust der gebotenen Daten eine verborgene Struktur konstruieren – das kann auch nur durch Konstruktion von Maschinenteilen geschehen, die in der richtigen Art ineinander verschränkt …

— — — — —

10 Uhr immer wieder, beim Schauen im Zimmer, es versucht immer irgendeine grad halbbewußt bemerkte optische Form im Zimmer mit einer andern zur Deckung zu bringen, irgendwie zb die Rundung des Glases vor dem Mund so halten daß sie zur Rundung der Deckenleuchte parallel wird, irgend wie Lust, Befriedigung

— — — — —

am unangenehmsten sind i. Grund diese ständig wiederauftauchenden Bedenken daß ich meine eigenen alten Ideen nicht mehr fassen kann: was ist dran am Puterweck. was war dran.
die Komplikatoridee wie sie in DM zuerst entwickelt

Eine vorgelegte *Zeichenkette* (ein »Sinnesbild« oder ein »Bewußtseinsbild«) fällt entweder auf

(1) eine bereits vorhandene *Laufumgebung*. Eine L.umg. ist eine bestimmte »Algebra« von Turingmaschinen, dh sie ist selbst eine Maschine, in der d. Untermaschinen in bestimmter Weise *ineinandergefaltet* = *kompliziert* sind. D. Wort »Faltung« nat. in zwei (verwandten) Bedeutungen gebraucht: »Faltung einer Zeichenkette« = Konstruktion einer Maschine d. d. Z.kette *akzeptiert* oder *erzeugt*; »Komplikation einer Turingmaschine« auch »Intrikation« = d. best. Art u. Weise i.d. die Schleifen d. Maschine ineinandergeschachtelt sind. Also die Z.kette »fällt auf« eine L.umg. wenn sie von einer vorhandenen Submaschine akzeptiert wird u. diese Submasch. ist stufenweise in immer globalere Algebren eingefaltet (impli-

ziert), bis die unterste Stufe dh d. Stufe der sensomot. Mechanismen erreicht ist:

Der Körper ist eine Theorie der Welt u. alle epigenet. Faltungen haben diese i.d. Evol. entstandene Urfaltung zum Bestandteil bzwse zur Bedingung.

– oder (2) d. Komplikator *konstruiert* zu einer vorhandenen L.umg. eine neue Faltung: indem er e. neue Maschine baut, d. in die L.Umg. »passt« u. zugleich d. Z.kette akzeptiert

diese Masch. kann als *Projektor* aufgefaßt werden (»Projektion« d. Z.kette auf d. L.umg.) oder als *Modell* d. Z.kette.

Das ist es eigentlich schon.

— — — — —

Z. Punkt Innatismus also: »angeboren« sind Sinnesorgane u. der Komplikatormechanismus (Schirm u. d. eigentliche Falter); postuliert wird daß Sinnesorgane u. Motorik *Strukturen d. Umwelt* sind bzwse. durch Erlernen ihres Gebrauchs dazu gemacht werden (Primärmodelle)

— — — — —

Z. Punkt Induktion demnach: die Faltung *ist* die Induktion. Zwei wichtige Einschränkungen folgen unmittelbar aus der Komplikatoridee: (1) Jede Konstruktion geschieht auf einer *bereits gegebenen* L.umg u. ausschließlich im Hinblick auf sie; da eine neu zu konstruierende Struktur *in die L.umg. kompliziert werden muß* folglich die Auswahl jeweils enorm beschränkt. Dies der Ort des Ökonomiegedankens.

D. Ökonomiegedanke *unumgänglich* (2) durch d. *Beschränktheit d. vorhandenen Kapazität* = Speicherkapazität u. »Überblickbarkeit« = Ausmaß d. in einem best. Komplikator geg. Parallelleistung. Eine gegebene Kapazität kann nur einen best. maximalen Grad d. Komplikation entwickeln – folgt, daß i.A. diese maximale Faltung relativ zur Kapazität *eindeutig* ausfällt.

— — — — —

Z. Punkt Sprache: es exist. ein *Sprachmodul* gekennzeichnet d. bes. Leistungsfähigkeit Gedächtnis f. Lautkombinationen u. Bindung solcher Kombinationen an L.umgebungen, speziell an Modelle; u. durch Grammatikgedächtnis. *Sprache ist für Funktionieren d. Komplikators nicht wesentlich* sondern nur förderlich (Sprachausdrücke rufen Modelle u. triggern d. Kalibrierung d. gerufenen L.umgebung. beides muß *individuell erlernt* werden u. setzt also d. Komplikator bereits voraus)

D. Kapazitätsüberlegung zeigt, daß ein Mensch, theoretisch, einen anderen (mit rel. gleicher oder geringerer Kapazität) zwingen kann, etwas genau so zu verstehen wie er selbst. er muß dazu so viele Zeichenketten vorlegen wie sie die fremde Kapazität *eben noch* falten kann. I.d. Praxis nat. unmöglich, obwohl zb Math.Unterricht so ähnlich vorgeht /Nachdenken wie, genau, erzwingt man *gleiche Modularität* d. Modells

— — — — —

ad »Kausalität«: »kausal« heißt der Übergang einer Vorstellung (im Hirn verkörperter Automat in L.umg. kompliziert) von einem ihrer Zustände zum nächsten. »Kausalität in der Natur« heißt Übergangsgesetzlichkeit im Modell. U. Gesetzlichkeit hier? Wiederholung. Regelmäßigkeit. U. Regelmäßigkeit? = Maschine. Ein Zirkel? Ja und nein. Ja, daher d. Vorstellung »kausal« unfertig. Nein, denn d. Komplikator baut Modelle von Modellen (Vorst. von Vorst.); eine Regelmäßigkeit in der Natur ist ein Modul einer Vorstellung u. eine Regelmäßigkeit in einem Modell ist ein Modul eines Modells dieses Modells. Turingmaschinen im Kopf – aber wie berücksichtigt man den berühmten Einwurf daß eine Maschine kaputtgehen kann? die Komplikation der Laufumgebungen kontrolliert in vielfacher Weise das korrekte Laufen eines Modells: das Modell kann sich nur in ganz bestimmter Weise »bewegen« um die L.umg. zu erfüllen u. die Maschinen der L.umg. sind in vielfacher Weise ineinander gefaltet. D. Laufumg. ist d. »Erwartung«. In jedem Moment »weiß ich korrekterweise was ich meine« denn *ich bin d. Laufumgebung*! Nat. sind daher die Möglichkeiten d. Irrtums u. seiner Korrektur vielfältig. I.d. Komplikatoridee könnte man sie sogar klassifizieren.

»Möglichkeit«: klarerweise = beobachtetes (modelliertes) Laufen eines Modells. »das ist möglich« = »ich habe eine Vorstellung von dieser Sache u. diese Vorstellung ist in mir gelaufen u. dabei habe ich diese u. jene Stellung der Vorstellung beobachtet« d. Möglichkeit in d. Natur ist das tatsächlich bereits geschehene Laufen der Vorstellung. Wer ist d. Beobachter? D. Komplex Komplikator/ L.umg.

— — — — —

— — — — —

tja das wärs wohl. Im Großen U. Ganzen. an sich völlig klar, auch jetzt noch.

— — — — —

Erinnerung wie mir d. Komplikatoridee nach dem Lesen von Wittgenstein erschienen. Immens unbefriedigt von Witty: einer d. meistübersch. Denker d. Jahrhunderts. Wie das so geht? d. »Phil.Unters.«[*)] wahrsch. bloß

[*)]Ludwig Wittgenstein, Philosophische Untersuchungen. »Puterweck« zitiert die Paragraphen 23, 43, 109, 119, 193, 199, 362, 370, 498, 500, 689 sowie aus den Seiten 204, 208 und 211 der Originalausgabe Oxford: Blackwell (1953). (Hg.)

ein Sudelbuch Witties: vage Zweifel, keine Lösungen. Eigentl. das ärgste daß er sich vor einer eigenen Meinung drückt.

Starke Erinnerung an dieses gequälte Gefühl beim Lesen. ruminations. immer wieder ziehts ihn zurück zu den alten Bildern vor denen er so oft schon hilflos gestanden. Seine Selbstquälerei er schaut etwas an so genau er nur kann (tut selber was er sagt die Philosophen tätens) aber er schaut wie dressiert daran vorbei. er »sieht« nicht. welche Ironie: *Witty besaß Turings Aufsatz*!*) Turing hat seine Vorlesung über Phil. d. Math. besucht »seltsam schüchtern ...« *u. hat nie mit Witty* – bei diesen endlosen Diskussionen über »Regel«! – *seine Maschinen diskutiert*: die Erklärung von »Regel«!!

»Die Philosophie ist ein Kampf gegen d. Verhexung unseres Verstandes durch die Mittel unserer Sprache« »D. Ergebnisse der Philosophie sind die Entdeckung irgend eines schlichten Unsinns und Beulen, d. sich d. Verstand beim Anrennen an die Grenze d. Sprache geholt hat« und glaubt selber daß die Verwendung eines Worts schon alles ist was über seinen Sinn ermittelt werden kann! Es *gibt* das alles für ihn:

meinen Absicht Zustand Vorgang Erinnerung Beschreibung Denken Ich Bewußtsein verstehen Bedeutung Inhalt Sinn Begriff Vorstellung Sprache

u. man kriegt die wahre Beschaffenheit davon heraus wenn man nur ganz genau zusieht wie die Worte verwendet werden. all diese unbeholfenen Volkskürzel Notgeld Volkspsychologie die sich über Unbegriffenes hinwegmauscheln ...

---

*) Alan Mathison Turing, On Computable Numbers etc. (Hg.)

/D. ganze Problem Witty ist: er sieht nicht, daß Sprache = Zeichenketten genauso wie die Welt = Zeichenketten, und daß Struktur im *Hirn*; als sei Struktur im *Handeln*, in d. *Welt*. »Das Wort Sprach*spiel* soll hier hervorheben daß das *Sprechen* der Sprache ein Teil ist einer Tätigkeit, oder einer Lebensform« : kein einziges Wort über diese »Tät.« *was* für eine Tätigkeit Witty! Lebensform. »Einer Regel folgen, eine Mitteilung machen, einen Befehl geben, eine Schachpartie spielen sind *Gepflogenheiten* (Gebräuche, Institutionen)«! Wie kann das die Späteren so eingeseift haben?: Denken als Phänomen der Kommunikation in einer funktionierenden Gemeinschaft ... »Meinen« etc. könne vom einzelnen isolierten Individuum nicht behauptet werden! »Nicht, was Vorstellungen sind, oder was da geschieht, wenn man sich etwas vorstellt, muß man fragen, sondern: wie das Wort »Vorstellung« gebraucht wird« /Was Witty »Privatsprache« nennt ist zwar keine Sprache, aber das Wichtigste an der Sprache. Und gerade das bleibt draußen: das Begreifen, der Aufbau einer Struktur durch d. Komplikator, ist die einsame Leistung des Individuums: sie kann ihm nicht abgenommen werden, nur erleichtert durch geschicktes Aufstellen der Umgebung (zu der *auch* Sprache gehört ...

Und W. sieht d. genaue Gegenteil: beim Lehren scheint es »als ob der Lehrer dem Schüler die Bedeutung *beibringe* – ohne sie ihm direkt zu sagen« – wie macht man das, die Bedeutung direkt sagen! »daß aber der Schüler endlich dazu gebracht wird, sich selbst die richtige Erklärung zu geben. Und hierin liegt unsere Illusion« – also gerade das was in der Tat geschieht ist für ihn Illusion. Oder das: irgendeine Verbindung (welche? keine Antwort) besteht wohl zwischen einem Wort und einem Gegenstand »nur nicht, wie du sie dir vorstellst: nämlich durch einen geistigen *Mechanismus*«! nunja, die Verbindung besteht aber gerade durch den Mechanismus der individuellen Vorstellung; ob der »geistig« heißen soll allerdings ...

Witty – ausgerechnet Witty der sagt: »Versuche nicht, in dir selbst das Erlebnis zu analysieren!« oder »Vor allem, denk nicht »Was mag da wohl im Aug' oder im Gehirn vor sich gehen?«« – wie soll der zu einer brauchbaren Theorie des Verstehens kommen? Wie soll der über Sprache was herausfinden, der nur den breiigsten Begriff von Sprache hat? U. die berühmteste Behauptung ist die sinnleerste: »Die Bedeutung eines Wortes ist sein Gebrauch in der Sprache« – Was *ist* denn dieser Gebrauch? Ist der außerhalb der Vorstellung von ihm vorhanden? »Milch mir Zucker« »hat keinen Sinn ... Wenn gesagt wird, ein Satz sei sinnlos, so ist nicht, quasi, sein Sinn sinnlos. Sondern eine Wortverbindung wird aus der Sprache ausgeschlossen, aus dem Verkehr gezogen« : neinnein es ist gerade *sein Sinn sinnlos*, quasi; die Struktur, die ich für diesen Satz konstruieren kann, ist in der Laufumgebung, in die ich sie falten müßte, nicht unterzubringen: so muß es heißen.

Ja: Da hatte ich die Idee: Nicht das ist das Rätsel, daß die Sprache manchmal nicht funktioniert – erklärt muß werden, wie Sprache überhaupt je funktionieren kann, das war mein Anfang: Sprachverstehen ist eine bes. Variante des Umweltverstehens.

— — — — —

11:30 und das Phantastischeste: Witty hat den richtigen Gedanken *beinahe*
zb »Eine *Art* der Aspekte könnte man »Aspekte der Organisation« nennen.« = Modelle. »Wechselt der Aspekt, so sind Teile des Bildes« = Zeichenketten »zusammenge-

hörig, die früher nicht zusammengehörig waren«. »Wir könnten sagen, die Maschine, oder ihr Bild, sei der Anfang einer Reihe von Bildern, die wir aus diesem Bild abzuleiten gelernt haben«! *und wendet sich ab*! Redet von »Maschinensymbol« statt von Maschinen. und dieses Nichtsehen lähmt vierzig Jahre analytische Philosophie!! er faßt nicht daß die Maschinen *wirklich da sind* : *im Hirn* laufen /vgl zb das bedauernswerte Opfer Black[*)]:

»Man kann sich leicht vorstellen, wie das Bedürfnis, das Mögliche durch das Aktuale zu erklären, teilweise befriedigt werden könnte. Angenommen man erlaubt mir, die Stellung, während ich über meinen Zug nachdenke, auf einem Taschenschach aufzubauen, und die Züge frei *auszuprobieren*. Dann könnte man Jemandem, der sich über den Ort der »möglichen Züge« im aktualen Spiel Gedanken macht, die Züge auf dem Zusatzbrett zeigen. Die möglichen Züge in dem einen Spiel wären dann die aktualen Züge in einem anderen. ... In jedem Fall könnte man sagen, daß es da ein *aktuales* Ausprobieren oder eine vorbereitende Handlung gibt (das Ziehen der Figuren auf einem anderen Brett, Bewußtseinsbilder, das Aussprechen von Wörtern): es ist nicht nötig, eine Realität mysteriöser »Möglichkeiten« über das hinaus anzunehmen, was im Prinzip direkt beobachtbar ist. ...« Na also! Denkt man. Und nun?: »Solche Versuche, das Mögliche auf das Aktuale zu reduzieren müssen fehlschlagen, weil sie der Weise, in der wir die Worte »möglich«, »Möglichkeit« und die modalen Worte »kann«, »könnte«, »würde« etc. gebrauchen, Gewalt antun« !!! der Weise in der wir

---

[*)]Max Black, Possibility, abgedruckt in Models and Metaphors / Studies in Language and Philosophy, Ithaca, New York: Cornell University Press (1962). (Hg.)

die Worte gebrauchen Gewalt antun. muß fehlschlagen. »Man bedenke, was vorgeht, wenn man einem Kind beibringt, wie man korrekt von einem Mechanismus sagt, er *könne* sich in einer Weise bewegen aber nicht in einer anderen. Sicherlich würde ein Teil dieser Ausbildung aus dem aktualen Bewegen des Mechanismus in den fraglichen Weisen bestehen, und insofern wäre Bezugnahme auf das Aktuale gegeben. Aber wenn sich das Kind in jedem Fall zu sagen weigern würde, daß sich der Mechanismus in einer bestimmten Weise bewegen *kann*, bevor er aktual in dieser Weise bewegt worden *ist*, dann wäre die Ausbildung fehlgelaufen. Wir könnten nicht sagen, ob es die modale Feststellung als bloße Meldung dessen versteht, was aktual vorgefallen ist. Sprachverwendungen, in denen »kann« und »möglich« vorkommen, unterscheiden sich scharf von solchen, in denen nur für indikative oder kategorische Feststellungen Platz ist.« Sprachverwendungen!! Menschenskind das Kind baut doch den Mechanismus in seinem Kopf nach! Hat die Lösung direkt vor der Nase und schmeißt sie weg!

— — — — —

»Everyone who thinks at all has noticed that our language is practically useless for describing anything that goes on inside the brain« George Orwell 1940, hat Witty über sowas gelacht

— — — — —

Das habe ich doch in einem Vortrag einmal sogar ganz umgangssprachlich dargestellt: Philosophischer Zirkel im Innenministerium. »Hempel und Goodman über Induktion« nichtwahr. »Die Gütemarke Puterweck: glasklare Sektion. In einem bedauerlicherweise schwach besuchten Vortrag in der Wiener Hofburg demolierte der international bekannte österreichische Philosoph und Dichter die analytische Philosophie« komplett mit Photo: der Prokil (natürlich), frontal, ein Fremder, ich, unsere Namen (Prof. Bichler Uni Wien): »Die Diskussion war lebhaft und engagiert – bekanntlich nahm die analytische Philosophie von Wien aus ihren Lauf um die Welt« (Die Presse, November 1981. Nat. hat d. Hr. Schalek vom Feuilleton, mein Fan in d. »Kritik«, wieder einmal wunderbar vereinfacht ...). d. Prokil ohne Brille. Aber es ist doch wirklich unglaublich was diese Leute für d. Problem halten u. womit man in Akademia berühmt wird.

Et ego in Akademia. Den Vortrag habe ich an einem bestimmten Detail aufgehängt: die logische Behandlung der Negation. Ein Zeichen, das bestimmten Regeln unterworfen wird, wird als »nicht« interpretiert, aber d. Gebrauch dieses Zeichens kann von dem anderer Zeichen einzig durch Unterscheidung der Regeln unterschieden werden, die speziell und ganz allein eben auf dieses eine Zeichen Anwendung haben. (Ich bin ja wohl garnicht darauf eingegangen daß zu dieser Einsicht – daß eine Regel des Formalismus als Aussage über ein bestimmtes Zeichen gesehen werden kann – etwas nötig ist das nicht im Formalismus zu finden ist: hier hat Wittg. übrigens noch recht, u. von einem wiener Philosophenzirkel wird man doch voraussetzen können daß er ein bisserl an d. Witty Wave – hatte ich gedacht!) Aber im Denken ist »nicht« ja etwas ganz Anderes: es ist der Umstand, daß eine *Erwartung*, eine Vorstellung, eine Maschine danebengreift. »Nicht« ist immer »nicht Dieses«, und »Dieses« ist eine dyn. Struktur, eine Vorstellung, eine im Kopf des Denkers vorhandene Maschine. U. genausowenig ein Zeichen wie das »nicht«.

Und diese Maschine, und sie allein, legt fest, in welcher je besonderen Beziehung »A impliziert B«; z.B. in welcher je besonderen Hinsicht A B »ist«. Der Rabe schwarz »ist«. Dieser hier Zdenko Puterweck »ist«.

Die »Bestätigung« einer Hypothese muß ein Schlüssel sein, der in ein kompliziertes dynamisches Schloß paßt. Dieser Schlüssel kann eine Zeichenkette sein, die von der Maschine *akzeptiert* wird; oder selber eine Maschine (eine Hypothese, eine Vorstellung) die mit der »Schloßhypothese« in bestimmter Weise zusammenwirkt. /u. – *selbstverständlich* – die Bestätigung ist doch kein Sprachausdruck!

Der analytische Philosoph sieht die Dynamik nicht, weil sie in ihm selber verkörpert ist. Der Philosoph sieht nur Zeichenketten, denn die die Zeichenketten verarbeitende Maschine ist sein Gehirn. Die Maschine ist der »Sinn« der Zeichenketten, aber dieser Sinn kann weder in der Logik, wie wir sie kennen, noch linguistisch erfaßt werden: nur als Konstrukt der *Automatentheorie*.

Eindruck einer Wunderlichkeit der ganzen »analytischen« Argumentation entsteht wegen Verwechslg. v. »log. Variable« mit »Vorstellung« – der Hauptgrund für d. Versagen der amer. KI*). Hempel und Goodman, tutti quanti, wird in der Geschichte der Philosophie dereinst eine eigentümliche Stellung zuwachsen. Sie haben verstanden, daß sich eine logizistische Erkenntnistheorie in unauflösbare Schwierigkeiten verwickelt. Das ist ihr Verdienst. Aber sie zeigen das bloß durch ein indirektes unfruchtbares Argument. Daß sie sich von der Logik an die *Sprache* wenden gar an die »Sprachgemeinschaft«. statt sich von Zeichenphilosophien radikal abzuwenden, daß sie Jahrzehnte von neuerlicher Schwafelei ermöglicht haben ...

---

*) Künstliche Intelligenz (Hg.)

Und nun erst dieser Goodman mit seinem Gruebleen. Wenn man einem Gruebleen-Sprecher*) sein »grue« ins Deutsche übersetzt hat als »grün vor Mitternacht 31. Dezember 1999, und danach blau«, (dieses Affendatum werde ich wohl nicht erleben
schon fangen die Originellen wieder mit »fin de siecle« an/ als wirkte das Datum auf die Zeit . . .
wird diesmal gar »millenaire« heißen dürfen

so kommt das auf nichts anderes heraus als auf eine *andere Struktur der Wirklichkeit*. Nämlich falls diese Struktur das Selbe leisten sollte wie die zur Zeit verwendete, outputmäßig u. relativ zu den Laufumgebungen. Angesichts der knappen Kapazität des Menschen in der Vorstellungsbildung wäre das nat. eine Sensation ersten Ranges – auch wenn diese Struktur weniger ökonomisch sein sollte als die heute übliche. Freilich steht es 1000:1 daß diese Struktur irgendwo zu anderen Voraussagen führen wird als die derzeit favorisierte (daß es empirische Zeichenketten gibt, die in den beiden Maschinen zu verschiedenem Output führen). Die Annahme, daß das gruee Ding in jenem Moment für Deutsche seine Farbe wechseln wird, muß auf einen komplexen Zusammenhang von Beobachtungen also von Hypothesen also von Maschinen gestützt sein: auf eine Theorie. Und diese Theorie müßte sich auf Messungen, Wahrnehmungen, Praktikalitäten stützen, die auch für Deutsche äußerst interessant wären, denn es handelt sich nicht einfach nur um eine andere

---

*)Leser, die den im Text ja nur angedeuteten Gedankengängen näher folgen wollen, seien auf N. Goodman, Fact, Fiction, and Forecast, Cambridge, Massachusetts, 4. Auflage 1983 verwiesen, oder vielmehr – wesentlich im vorliegenden Zusammenhang! – auf XY, Latter-Day Philosophy and Artificial Intelligence, in: J. Philos. Logic VOL. 17, 1979. (Hg.)

Sprache. Es sind Gruebleen-*Denker*, und erst infolge davon Gruebleen-Sprecher.

Soweit ist ja der Goodman auch selber schon gekommen, bisweilen hat man das Gefühl Na:! na:! ... noch ein Ruckerl!: »Die Bestätigung einer Hypothese durch eine Beobachtung beruht in ziemlich schwerwiegender Weise auf anderen Eigenschaften der Hypothese als auf ihrer syntaktischen Form«! Ja! Ja! und auf welchen? Aber nein ..., »Falls an meinen Darlegungen etwas Richtiges ist, so liegen die Wurzeln der induktiven Validität in unserem Sprachgebrauch«! Im Sprachgebrauch wiedereinmal. »Wir sind selbstverständlich« !! »nicht damit befaßt, zu beschreiben wie der Verstand arbeitet, sondern mit einer Beschreibung oder Definition der Unterscheidung, die er zwischen gültigen und ungültigen Projektionen trifft.«

Wie könnte denn Sakrament das eine vom anderen zu trennen sein! o Witty! /u. d. ganze alte Repertoire, irreale Bedingungssätze, »d. neue Rätsel der Induktion« alles liegt auf d. Hand – außer für Sprachphilosophen.

Nun gut, in diesem Vortrag bin ich nicht sehr tief auf meine eigenen Ergebnisse eingegangen ... ich erinnere mich noch, wie ich in der anschließenden Diskussion sagte: eine Menge im math. Sinn, als gleichzeitig vorhandene Sammlung von Elementen, gibt es in diesem Universum garnicht. Oho! – Nunja ganz abgesehen von d. Relativität ...: das raumzeitliche Kontinuum ist doch nicht einfach ein vierdimensionaler Vektorraum; die Veränderung einer Raumkoordinate bedingt stets die Veränderung der Zeitkoordinate. Diese Feststellung begründet nicht nur den Begriff der Maschine ... sie enthält eine Beschreibung unseres Denkens!

Und Graug sagt: in der Praxis is doch »A impliziert B« nur a Abkürzung von an komplexaren Sachverhalt; wir ham doch imma eine Menge von Aussagen: »A impl. B1«, »A impl. B2, B3, …« »B2 impl. C1, C2, …«; *und*: »B1&C2 impl. D« etc. *und* »F impl. E« etc.; und die Hypothese ist also nix als wira Graph, z.B.

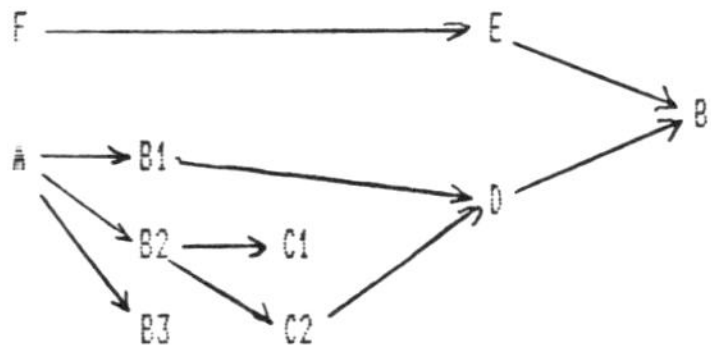

oder so, netwahr!

Beinah richtig, Graug! Bleibt die Frage: wie, und wo, wird entschieden was Du für F einsetzen darfst, zum Beispiel, oder für D oder A undsoweiter.

Aber Sdenkerl! F is doch nur a Abkürzung wiederum! Wannsd F expandierst kriegst an neichn Graphen!

Reden wir aneinander vorbei oder nicht Graug! Ich frage: Erstens: welcher Mechanismus *konstruiert* den Graphen! Der Graph schwimmt doch nicht auf der Nudelsuppen daher. Zweitens: was ist der Mechanismus, der uns da auf der Tafel als Graph erscheint, der Graph ist doch nur ein *Zeichen* für den Mechanismus! Glaubst Du denn daß man mit den Ableitungsregeln auskommt! Die Ableitungsregeln beschreiben doch nur Eigenschaften *der Zeichen* – was für eine bestimmte Struktur doch überhauptnichts besagt . . . Na? Ha?

Köpfeschütteln, immerhin zögernd. Ich höre mich sagen: »Schon die bloße Tatsache, daß wir die Menge der möglichen Ableitungen aus einer gegebenen Menge von Sätzen nicht überblicken können, weist auf eine dynamische Komponente hin, die nicht in den Sätzen liegen kann« (das einzige Argument übrigens, das bis in Schaleks Artikelchen gedrungen ist!) /- –

- – Aber das kann ich doch nicht gesagt haben. Die »dyn. Komp.« in diesem Satz besteht ja eben gerade aus den Ableitungsregeln, das führt doch garnicht weiter! Wie sollte ich je so etwas gesagt haben? Ich müßte gesagt haben: »Die Tatsache, daß das menschliche Denken ständig und immer wieder 'Ähnlichkeiten' zwischen Zeichenketten konstruieren kann, die sich in einem »Kurzschluß« über d. gegebenen Ableitungsregeln des Kalküls hinweg herstellen (die wie jeder heut weiß manchmal im Zeichenformalismus garnicht hergestellt werden *können*); daß wir 'Projektoren' konstruieren können, die innerhalb einer Vorstellung zwei Zeichenketten aufeinander projizieren die vor dieser Konstruktion *nicht* 'ähnlich' waren . . .«.

— — — — —

Ist das schon wieder . . ., dieser Druck im Kopf.

Nocheinmal. Ja: Ich *weiß* daß ich gesagt habe was der Schalek geschrieben hat. Wie eine Schallplatte im Hirn. Aber das ist doch Unsinn. Ich kann doch nicht etwas sagen dessen Dummheit mir offen vor Augen liegt gelegen ist. Das in offenem Widerspruch zum Inhalt meines Vortrags, zu meinen Ideen steht. . . . ich *kann* das nicht gesagt haben. Als ob rückwirkend was der Schalek schreibt *dann* – *danach* – von mir gedacht wird. Als ob Geschichte durch Rückgriff auf d. Vergangenheit korrigiert.

— — — — —

Aber das *habe* ich gesagt: Man wird dereinst einmal das Funktionieren irgendeiner bestimmten Hypothese, des gesamten – ungeheuren, wenn man die Umgebungsmaschinen bedenkt – Apparats, und seis nur aus didaktischen Gründen, bis in die letzten Einzelheiten konkret auf eigens dafür geschaffenen Maschinen – speziellen Computern vielleicht – durchspielen. Man wird dann sehen können, was an dieser Hypothese in den Bereich der Sinnesorgane (Maschinen, die uns fertig gegeben sind ...) gehört, was – bei gegebener menschlicher Kapazität – an Vorstellungen neu gebaut werden kann, und was – unter Ausnützung dieser Kapazität – an diesem Aggregat von ineinandergeschachtelten Maschinen derart umgestellt werden kann, daß die neue Gesamtstruktur immer noch die gleichen Voraussetzungen (empirischen Zeichenreihen) erklärt.

U. auch das: »Vielleicht ... nein sicher: man wird diese Anstrengung so weit treiben, daß Faltungen auch unter Voraussetzung weit höherer Kapazitäten durchexperimentiert werden. Eine im Vergleich zu Menschen sehr große Kapazität wird naturwissenschaftliche Lösungen ganz anderer Art finden. Einige davon werden vielleicht so einfach ausschauen wie die menschlichen Lösungen – man wird sie anstaunen, anwenden können, bewundern wie sie empirisch funktionieren, aber eben ohne den Weg nachzuvollziehen (ohne die Maschinerie begreifen zu können, die sie produziert hat).

Da haben sie schön geschaut. die Beamten.

Grue ist alle Theorie ... ist dem Schalek dazu eingefallen, denn die Presse ist überparteilich. Aber. Es wäre ein Fehler, eines zu übersehen: der Prokil ist nicht blöd, er ist nur nicht kreativ. er hat nur keinen Geschmack (aber schöpferischer Geschmack ist die sublimste Form der Intelligenz). Vielleicht fehlt ihm nur der Mut, seine Wahrheiten einmal von außen anzuschauen, seinen Kodex sein Jungideal. Kennt seinen Neurath, seinen Carnap aus dem Effeff und verteidigt wie Petrosjan gegen Fischer. Es ist ja klar, daß man für ein veralterndes Paradigma noch lange mit Juristentricks ins Feld ziehen kann, und das kann

Einen, der mit Neuem kommt, ganz schön ins Schwitzen bringen – das war eine Diskussion, aus der auch ich gelernt habe ... steht in den Notizbüchern eine Menge drüber.

— — — — —

19:15. ORF-Team, ein Fräulein Privoznik: »Ihre Gemeinde hat das Ärgste befürchtet, ich glaube nicht zuviel: herzl. Genesgs.wünsche d. ges. kult. Öffentl. patati patata.« Ist doch nicht schlecht. Plaudere, noch etwas stokkend und kurzatmig, Neues Buch, Erfahrung.

Und ein kleines Hackl, völlig unerwartet: »Werden Sie ins Innenministerium zurück, nun wo doch der Herr Minister, Tragik, wo doch so gute, *ja intime* Zusammenarbeit ...« Und ich: im Lichtteich, die beiden Strahler, heiß im Morgenrock, von Susi und Mama in den Klubsessel bugsiert: *was heißt hier intim*, die Videokamera steif ins Gesicht. Greife daneben, wie ich das hohe Wasserglas, daneben, obwohl ich genau auf das Glas schaue und die Hand völlig ruhig. Man kann sagen: zielstrebig daneben. Das war nicht Verwirrung durch »intim«. Das war wieder.

Kamera und Ton ab durch die Tür, Frau Privoznik ... was haben Sie vorhin mit »intim« eigentlich gemeint? »Nasist doch bekannt, Hr. Puterweck, Sie haben doch mit Hr. Wiesinger ganz heikle ...« z. Beispiel? »Naja viell. nicht mehr i. d. jüngsten Zeit nat., aber i. d. Siebziger ...« etwas rotzig?: »Das wissen Sie doch selbst am Besten«. z. Beispiel? Sieht sich im Zimmer um, es regnet. Mama an der Tür, zeigt den Nachttischschlüssel. Als wollte sie mit diesem dramatischen Auftritt ins Fernsehen. »Nasist doch bekannt daß d. Hr. Minister einer ihrer glühendsten Fans ... außerordentliche Meinung von Ihren diplomatischen Fähigkeiten gehabt hat. Wie wir alle, Hr. Puterweck«. Schaut mir ein bißchen grinsend in die Augen, ein bißchen lang. Susi steht am Tisch, ganz bleich.

— — — — —

Ich meine, das muß doch einmal erledigt werden. Ich schlafe zu wenig, überhaupt die Umstände, eben noch tot, eine wohlbekannte Müdigkeit, leichtes Zittern und Kreislauf Kopf auf der Rückenlehne. Habe mich mit dem Remington ein bißchen aufgeschabt, es zieht auf der Wange wie müdes langsames Blinken eines gelben Lichtleins. »Ko: ist es Dir eingefallen?

Susi ich hab Dich doch gebeten: sprich nicht mit mir darüber. Du kannst mir nicht helfen. Höchstens wenn ... wenn ich Dich darum bitte. Weißt Du wo Werner ist?

Verschwunden. Beleidigt? Aber das ist doch. Mein einziger ... Kumpan. Seit – nach wie vor. Mein Beichtbruder. Aber ich glaube ich verstehe: Er muß erst in sich ausrotten alles was er gedacht hat seit er dachte ich sei tot. Die innere Uhr zurückstellen. Aus einer möglichen Welt in eine andere.

— — — — —

19:40 Die Zeit besteht aus Grübeln und Traum, nichts dazwischen. d.h.: Ständiges Bewußtsein, Bewußtsein das mich nicht verläßt. Gibt es diese Schwärze nur ... Gibt es keinen Feierabend für das Bewußtsein, nur Umschalten der Gangart: Halbschlaftraum, Tieftraum, Grübeln. Tieftraum ist nat. nicht Tiefschlaf; Was ist mit meinen Buchplänen? Ich kann nicht anfangen, die Gedanken nicht ausrichten. Käue nur herum: Immer wieder, wie durch schäbigen Stoff hindurch, erscheint das Altmat. An den unmöglichsten Stellen.

Wenn schon keine Pause, wenn schon diese ständige Störung meiner Anstrengung zum Kreativen, so mußt du dich wenigstens sinnvoll ablenken

Simple Intelligenzübungen. Mit meinem Handicap scheine ich offenbar in der Tat ein wenig so zu denken, wie es die analytische Philosophie beschreibt; es ist als fehlte eine tiefere Schicht. Könnte ich selbstbeobachtende Studien treiben wie früher. Ich liebe mich weniger als mich die anderen lieben u. bin mein schärfster Kritiker selbst.

10. November.

... Aus schwerem Schlaf ...
... Plötzlich erwacht ...
... Die Augen weit auf ...
... Über den Sternen ...
hängt ein..e
?

Peitsche.
dassas ruru
dassi keke
der Rücken krampft, der Unterarm
dass .. da!
dass .. da!
ku die Ket
te Knute sirrt
die Kraft platscht aus dem bohrenden Gekröse!
dassas ruru, dassas Schiff,

vierlang im Schmerz ein Dreieck lang zum schwarzen Horizont im schwarzen Rauch ein schwarzer Strom Insekten und da kommt er schon wieder Oh da kommt da steht er, der ... Urheber ... strahlt, er strahlt mich an mit dem Zerfall ... ätzt die Augen, peitscht den Krampf in mich hinein der Schöpfer ist eine Bestie weil ich denken muß empfinden muß. SCHEI SSE*)

nur der brennende Bauch die Knoten Schenkelbeugen Achselhöhlen Strahlen. Und blendet kalt ein kalter Blick schwemmt an der nur sagt: ich sehe dich. dassi keke ... daß es mich geben muß. Ich bin alle diese, und daneben, da ... o Sus... schSCHp ...ianne wenn wenigstens Du nicht sein müßtest, o nicht! o liebe liebe den vor mir wer ist ... oh das ist Tristram ... Shandy ... warum, nein, und vor ihm ein Affe, gelbbrauner Orang ... und davor! und vor dem! der Igel und das Lamm und weiter! to alogo kai to provato**) und ho .. schSCHp! Ketten Ketten ... weiter alle ... vorn die Spinnen, vorn die Eiche, dass .. da! ganz vorn! das lange schmale enge Schiff die ... Algen Stromatoliten die schleiernde Helle und dahinter? dahinter die Eisenkatastrophe und so der Herr ... hau her nur Bestie mit deinem Atom ... Atom schSCHp! du weißt wos wehtut aber da!
meine Kette! da! ... im Aug jaah! aber eins! Gammastrahlen auf den Urschleim ja aber ... eins! aber .... eins! ku die keke!! das weißt du nicht! ... *ich darf es nicht denken* ... rissen ... keke rissen ... wenn du dich umdrehst ... stürz dich auf das Rädertier! dann bin ich ... lepschi *nichts denken* schSCHp der Bauch ach! schaut er so ... schSCHp er siehts? er hats ... gelesen! der Gehasste der

---

*) Deutet diese Einfügung – falls sie eine ist – wie allgemein auch die vielen Abkürzungen darauf hin, daß meine Datei die Abschrift eines Manuskripts ist? (Hg.)

**) Neugr.: »und das Pferd und das Lamm«; idiomatisch in der Bethlehem-Erzählung. Vgl. auch (!!) : XY, Bemerkungen eines Laien zur Etymologie der Dhimotiki, in: Plirophorume / Hansgeorg Raspe zum 65. Geburtstag, Hg. Takis Madalo, Weinheim 1972. (Hg.)

nicht denkt liest es in meinem Denken! da beugt er sich her in meinen Haß Schöpfung, da lacht das Licht da zeigt er, die Fessel da strahlt er ins Aug da fasst er ich seh nichts! nur Licht! nur Schmerz! da legt er höhnisch die Empfindung mir auf die Stirn, da raschelts mir ins Ohr ... Bürschchen ... schSCHp ... du gehst wenn ich, paß schön auf du bist ja so einfach: ... wenn ich das will ... denk schön ... immer schön denken! o wie siehst du aus Haß was ist dein Gesicht er iss schon gut ... iss ja gut ...«
is ja gut!
Und ... Neonlicht.
Das Neonlicht. Die ... Schwester die kühle Hand mir auf der Stirn, die Hand am Puls.
Das ... Zimmer! Das Sterbezimmer!! Ich ... !!! Ich bin nicht ... Der Urbetrug ... Ich bin immer noch da ... es geht ... weiter ...!!
muß
Lebegesindel.
— — — — —

10:05. Sitze nämlich! am Tisch! Als Mama u. Mustapha raus setze mich langsam auf, stehe! bloßfüßig 20cm-Schlürfchen zum Kasten, Schlafrock. Ohnmachtsanfall weil ich die Hände hochgehoben habe um zu sehen ob Bücher auf dem Schrank

das Buch: ein- zweimal Verzweiflung wie ein Erblindeter der etwas seiner Hand Entfallenes am Boden nicht finden kann: Tücke des Objekts. Ohne Spiegel findet der Finger nicht das Flankerl in d. Zahnlücke das die Zunge stört. d. Zunge: Witties Denkorgan. Das wird doch wohl nicht auch noch plötzlich weg sein! Suchen: suchen im Vorstellungsraum, intermittierend verglichen mit dem immer vorstellungsstrukturierten Außen.
schnürt den Hals ein wenn man zugleich den Kopf zu-

rücklegt, auf den Stuhl gesackt und ein paar Minuten etwas ... bedrängt. Dieser Mangel an Blutzufuhr ist auch neu.

Blutzufuhr ist auch neu.

Blutdruck normal heißts immer in der Früh. Es regnet, seit ich hier bin habe ich keine Sonne gesehen und nicht einmal genug Schimmer um eine Idee von Himmelsrichtung zu haben. Ist es eine unterernährte Buche? Wage noch nicht zum Fenster zu schlurfen. Eine Art unglaublich weiter Hof, weit drüben Fassaden zu ahnen Die alte Adler! Schwarze Schreibunterlage, 1000 Blatt Leykam Hartpost. Lederner (?) Papierkorb ... (antiseptisch?!) ich bleibe beim Notizbuch. Marilyn schielt durch d. zarte Muster des unordentlichen Betts und d. ordentlichen Wand darüber. Amerika du hast es leichter: deine Menschen sind einfacher.

Ich werde das vielleicht nicht schaffen, jener Traum kann überhaupt nicht in eine literarische Form gebracht werden. Mir scheint daß hier noch mehr als die übliche Schwierigkeit vorliegt, Projektion eines Traums auf die total durchkonventionalisierten Medien des Ausdrucks. Vielleicht ein total neuer Stil, der es dem wirklich guten Leser ermöglicht, seine eigenen Traumvorstellungen zu mobilisieren, statt seiner Vorstellung vom Traum. Aber kann man das? das ginge wenn die Mobilisierung seiner Wachvorstellungen Thema wäre, wie soll er Traumvorstellungen konstruieren können. Mir scheint die erste Niederschrift 26ten viel besser, obgleich natürlich auch schon alles andere als spontan. Wir können nichts anderes als unsere Wachvorstellung, ihre bes. Weise, für Traumvorstellungen einsetzen. Unterschied nat. weniger in der Erscheinungsweise als in der Einstellung des Ich. Dieser Unterschied freilich entscheidend, denn in der

Wachvorstellung, also auch b. aufmerks. Lesen, sucht der Komplikator ständig die erscheinenden Eindrücke auf Regelmäßigkeiten ab und projiziert sie auf Details des inneren Weltmodells, welche ihnen Sinn geben. Der Traum ist aber Selbstbewegung d. L.umg. ohne Komplikator, pures Erleben, tierisches Erleiden. Gebanntsein in die alten Muster.
ein paar Wochen warten damit. dieser abgelutschte Expressionismus. Puterweck als Kitschiant. Ich versuche so ehrlich, so *verbissen* meine alte Kreativität zu mobilisieren und was kommt heraus? Etwas total Unansehliches, Bedeutungsarmes, Peinliches. Dies kommt nicht aus meinem alten Erahnen von Zusammenhängen. ist plump, sprach-, nicht einsichtsgesteuert. Mach dir klar Ko: so etwas hättest du nie hervorgebracht, vor. Als ob dein alter Stil von Germanisten analysiert, Rezepte.

Aber wie sonst? Umständliche phänomenologische Beschreibung? Daß d. Bedrohung vom Stil mobilisiert wird, nicht von d. Bedeutung d. Worte und d. grammatikalischen Tricks. Stil. Stil verrät mehr über die Naivität des Schreibenden als Inhalt. Wenn der Leser besser ist als der Schreiber. Ich muß weniger »ehrlich« sein. Die »Lüge« fördert die Erkenntnis. Aber ich bin noch nicht wieder kompliziert genug.

/oder wie Joyce Finn.wake? genauso nichtssagend, geziert, auf die primitivsten Strukturen überhaupt projiziert? wertlose Mehrdeutigkeit?
?

2 Ideen pkto Ausarbeitung Traum: Dieser Traum zeigt, daß, was es ist das uns leben macht, »Gott«, daß Gott in unseren Schmerzen schlemmt: mein Leiden ist simpel seine Milch, ich bin ein Haustier. Zweitens: die Evolution ist der Versuch einer Lösung eines Problems,

Gottes Problems; »Gott« hat das Spiel vor 20 Milliarden Jahren gestartet; die Lösung seines Problems (wahrscheinlich ein Spiel für ihn) ist nicht berechenbar, er braucht einen unberechenbar wachsenden, immer komplexer werdenden Automaten. Das Universum. Denn wenn er Absichten hat, Bewußtsein etc., dann ist auch ER ein Automat. Wenn die Lösung dann da ist – »Die neun Milliarden Namen Gottes« aber kombinatorisch gehts ja eben nicht! – geht das Universum aus.

Drittens: Bewußtsein eine *Zwischenphase*; Milliarden Jahre kein Bewußtsein. Dann für kurze Zeit Bewußtsein, in dieser Phase anders keine entscheidende Weiterentwicklung möglich. Über Bewußtsein wird eine komplexere Stufe erreicht, in der die Sache dann wieder algorithmisch funktioniert. Mein Pech, unser Pech daß wir die Automaten aus der Zwischenphase sind.

4. D. Nichtsdenkungsgedanke im Traum ist viell. ganz gut.

— — — — —

Mittag: Kalbsschnitzel natur, wias Weanaheaz gean hobm tuat.

Bloß keinen Fernseher hier im Zimmer. Ich habe mich so oft im Fernsehen gesehen daß mir der bloße Gedanke an diese sich selbst nicht hassende Visage Unbehagen verursacht. Frage mich wirklich wie ich das immer wieder tue trotz meines Zorns u. Verachtung. Niedrige Magie.

Traum-EEGs gibts auch bei Dekortikalisierung/

— — — — — —

Tyler – Als ich mich bei Mr Crosbie vor zwei Jahren beklagen wollte, daß meine Hosen am Bund innen etwas nachlässig genäht waren, sagte er mir – sind wir nicht beinah Freunde? – lieber Mr Puterweck, wir tun das absichtlich. ? Ja, wir möchten unseren Klienten daran erinnern, und zwar immer wenn er es anzieht, daß er etwas speziell für ihn Angefertigtes besitzt. Etwas Makelloses Eigenes, aber die Zuneigung zu diesen (ja immer seltener werdenden, machen wir uns nichts vor, wenn ich aufhöre ists vorbei mit diesem schönen alten Geschäft!) diesen Kostbarkeiten macht sich doch an einem Makel fest. An einem kleinen, versteht sich. Intimität. Z.B. reissen unsere teuren Knöpfe relativ leicht ab, aber die Kunden lassen sie mit ordinärem festerem Zwirn wieder annähen. So bin ich auf die Innenseite des Bunds verfallen.«

Berechnungen gibt es in vielerlei Stufen. Eigentlich möchte ich von Berechnung erst sprechen, wenn der Berechnende die Kost, die er dem Berechneten anbietet, selber in keiner Weise zu schätzen weiß. Wenn er sich nicht in ihn hineindenkt, sondern die innere Struktur formal verkürzt. Wenn er mir Charlie Parker synthetisiert weil mein EEG dann ein Zielmuster liefert. Während ihm selbst diese Geräusche gleichgültig sind, Formen, tobt die Empfindung in mir und diese Energiemuster treiben seine Mühlen.

— — — — —

Traum der Schriftsteller: Durch die Mehrfachbedeutungen der Worte u.d. grammatik. Konstruktionen unter dem sofort Verstandenen ein *zweites Modell* zu evozieren. im ubw, eine *andere Struktur* – egal ob das nun die »eigentliche« sein soll oder eben einfach eine andere. Aber ist die – selten klar bewußt werdende, u. dann eben meist in sich unkonsistente – »abweichende« Struktur nicht das *Normale* beim Lesen? Sie äußert sich als Stimmung, als ein »Mehr« des Verstehens ...

— — — — —

22:30. Es wird schlimmer, es ist ... schlimm. Werde ich überhaupt notieren können was ich erlebt vor einer

Stunde erlebt habe. Das Blut rauscht daß ich den Regen nicht höre. Das Kratzen des Stifts auf dem Blatt onduliert mir im Herzrhythmus im Ohr. Folgendes.

— — — — —

/

— — — — —

Der Prokil klopft kaum an u. stampft rein wie im Büro. Burberry bohnengroße Wasserflecken, er kommt natürlich im Dienstwagen. stampft zum Bett, steht abrupt, schweigt. »Tschuldige.

Der Mantel schält ab, schwingt zum Kleiderständer im Eck beim Kasten. Der braune Anzug quillt leicht schaukelnd zum Fauteuil und klappt hinein

»Sdenkerl. Es war kein Unfall. Naa, gfunden ... hamwir nix. Für die Polizei is alles klar.

»Aber net für mich. Er hat doch gewußt, nichtwahr.

Aber Graug: wenn man Information braucht, schüttet man doch nicht die Quelle zu!

»Vielleicht isses schief gegangen. Sie wollen ihn schrekken, kleiner Unfall oder so. Oder ... kidnappen

Möglich? Haben wir derart harte Burschen in Österreich? »International, Sdenkerl denk nach. Wie wars, Palmers[*)], und is nur um den Schilling gangen. Wir ham a Menge zusammtragn, tätst staunen. Sdenkerl ich muß, *ich muß* wissen was damals beschlossen worden ist.«

endlich: explicit lyrics. Ist ja klar daß das kommen mußte. Klarissimo.

Seh ich garnicht so, Graug, überhaupt nicht. : was Du nicht weißt macht Dich nicht heiß. Du hast dich mit gutem Grund herausgehalten bisher, oder.

[*)]Eine Anspielung auf eine seinerzeit großes Aufsehen erregende Aktion bundesdeutscher Terroristen in Österreich. (Hg.)

Will er ein Geschäft ...? Politik? Ist es vorbei mit einer sozialistischen Innenpolitik? Will er mit den Chaoten packeln?

Der Anzug wie über biegsame Röhren gezogen, ein früher Mikl*), ein Ärmel baucht, ein Zylinder spreizt. »Also gut. Man hat mich angrufn, daheim. Gleich nach dem ... mit dem Wiesinger. In der Nacht. Ich wär der Nächste« na und die Polizei? Du bist doch ...

»Gä Sdenkerl. Erstens. Unser Polizei. Und ausgerechnet duu sagst ...? Zweitens. Netwahr. Die Integrität, unser Integrität im Amt steht aufn Spiel. Die Polizei doch ... aus der ... Politik, heraushalten.

»Sie wissen daß du, Sdenkerl eigentlich wolltichs garnicht sagen, net. Sie wissen nix, aber sie wissen wegen der Konferenz. Daß *du.* Ich glaub du bist eh sicher. Weil ... weil sie auf di stehn irgendwie, net. Weil sie, wegen, naja, was sie ehnet verstehn undsoweiter, weil du irgendwie zu ihren Ideen gehörst.

Danke ergebenst. »Aber *I* Sdenkerl I bin a rotes Tuch. Immer schon gwesn. Sowieso ...!

Und Du willst im Ernst diesen mörderischen Arschlöchern ... »Das Hab Ich *Nicht Gesaagt.* : I muß wissen, welches Risiko, und überhaupt. Sdenkerl mir is doch sonnenklar daß rechtlich, undsoweiter. Aber ich bitte dich: Bitte. Sag mir was du weißt, damit ich anfangan kann, Gegenmaßnahmen.

»... Mord. gut und schön. ... a Minista. *no* besser. Aber do viel ärger no is do ebn Sdenkerl das *Altmaterial* ... irgendwie, oder. Da Herr Bundeskanzla muß infor-

---

*)Joseph Mikl, ein in den Fünziger- und frühen Sechzigerjahren in Österreich hochgeschätzter Künstler, später Professor an der wiener Akademie der bildenden Künste. (Hg.)

miert werden: in welchem Stil. Wir müssen an großn Plan machn. Vielleicht kannma, Korruption und Terrorismus, gleichzeitig in einem Aufwaschn. Aber *diskret* versteh mi richtig. Ich weiß doch, daß dei Idee wirklich gut gwesn sein muß: wahrscheinlich, höchstwahrscheinlich sogar Umwelt undsoweiter. ... Sdenkerl ...: *wo iss* ...!«
Warum fragst Du nicht den Herrn »Joseph«. Er is doch Dein Untergebener, und Sonderverpflichtung hin und her ...

»Der 'Joseph' existiert doch nimmer. Zwei Jahr danach Abschied, nie wieder gsehn wurdn. Sdenkerl wir ham ihn klarerweis durchgeleuchtet bis aufn Nobel. Nix. Polizeilich Abgemeldet – is nie jemand aufgfalln wie er sich obmeldt. Nie auffällig worden. Lepschi (sagt wirklich: lepschi). Wahrscheinlich Ausland ... nie wieder Paß erneuert
Mit wasfüreinem Geld? *Nicht*: »Der Türriegel ist sichtbar«. Die Vase ohne Farn verdeckt ihn.

— — — — —

Und wer hat denn wirklich noch Graug, wer hat sonst davon auch nur eine Ahnung. Mir ist ein wenig übel, nein nicht nur dieser Tanz, eher von innen. Die Grübelei ... Dieses Altmaterial hängt mir aus der Nase aber ich kanns irgendwie nicht wegschneuzen.

Wieso seid ihr so unfähig? Wieso versteht sich diese Polizei immer nur als Werkzeug personifizierter Strukturen, wieso kann der gesunde Verstand nicht, wieso habt ihr so garkein Augenmaß. *Heraushalten*? Wo hier die Polizei seit ewig nichts als Instrument der Innenpolitik? *Kulturinstrument*? Ihr wollt demokratische Beamte sein? Ihr seid ein Haufen Hausmacht. Ein Hebel. Deine 'Integrität' ist ja wohl ein Witz, nach allem was passiert ist. Wo

ist eure Übersicht? Gerade wenn Du von Integrität jetzt noch schwafelst bist Du erpreßbar. Und? Immer wenn ihr nicht aus und ein wißt kommt ihr zu mir, einem Toten. Ich hab den Topf voll Graug.
Und wirklich. Der Bursche ist doch intelligent. Den Goodman hat er so gut vertreten, daß ihm bei den Intelligenteren im Amt der Spitzname geblieben ist: Graug: der mit den grünblauen Augen. Oder: mit den grünen Augen die am Abend blau werden.

Während dieser ganzen Zeit sitzt die Gestalt im Schatten, den Rumpf bewegt beim Reden statt der Hände. Nun sinkt das Haupt in die Hände, die Brille zwischen Daumen und Zeigefinger, der Ringfinger massiert den Augenwinkel. Nun hebt sich der Kopf bis er im Nacken ruht, die Hände senken sich auf die Armlehnen. Die Brille schimmert im Dunkeln. Die geschlossenen Augen blicken mich schmerzlich an. Und öffnen blinzelnd – wie der Chefarzt zum Mustaffa – die Lider. Die Iris ist grünlich blau.

— — — — —

Ein heftiges Ablenken in der rechten Kopfseite, alle zwanzig Sekunden. Ich gäbe mein Leben dafür, wenn ich diese Empfindung erklären könnte. Der Mikl im Fauteuil ist zu einem Rainer*) geworden. Von dem scharfen Rasierschatten, von der Schattengrenze bei den Nasenflügeln abwärts von der Schattengrenze schräg über d. alte Hochhaus gegenüber ist der Prokil seitlich und zwar nach links unten rinnend übermalt. Dunkelgraublau wehend überschüttet. Ich will ihm wieder in die Augen sehen und der graublaue Rauch wirbelt und hebt wehend sich zum dunkel grauen Fenster. »Sdenkerl is was . . .

*)Arnulf Rainer, international bekannter österreichischer Künstler; Professor an der wiener Akademie der bildenden Künste. (Hg.)

— — — — — —

Ja.

— — — — — —

Steif krant der Mikl im ITA-Anzug*) über mir und starrt mich an daß ich mir denken muß: hier ist Sorge im Spiel. Grünlich blau, gräulich blau. Gelbe Fleckchen, Äderchen.

Graug ich. Ich bin nicht gesund. Ja. Ich habe ... Halluzinationen. Sinnesausfall. Gedächtnisausfälle. Koordinationsausfälle. »Ja aber du schaust doch blühend ...
Mein Hirn ist vielleicht hin. Vielleicht nie wieder ...
Laß nur es geht schon wieder. Geht schon. Kannst mir vielleicht, Wasser, »Soll ich net lieber, die Schwester

Es knarrt im Bett. Der Anzug am Schrank vorbei. An der Tür vorbei. taucht in die Wand bei der Klotür. Wasser pritschelt. Der Schrank ist ... stabil. Die Tür ist normal, der Riegel glänzt, die Vase. Meine Lampe. Ich richte mich ein wenig auf und beuge mich vor: die Klotür ist offen und kommt der Prokil mit dem hohen Glas »Ich bitte ...

Das Wasser ist normal. Ich habe es ohne besondere Vorkommnisse zum Mund geführt. Im Glas natürlich. Nun steht das Glas wieder auf dem Nachttisch. Es ist zwei Drittel voll. Mit Wasser. Nur links. Nur links schnarrt wieder das Gestell im Fauteuil, eine Hand reibt eine Stirn, verdeckt die Augen, die Brille am Henkel.

»Sdenkerl I ... Ich hab doch keine Ahnung daß du noch so. HabedieEhre, bin ganz.

Ist schon ok. wieder. Hörzu Graug. Graug. Ich *weiß nicht wo das Altmaterial hingekommen ist.* Ich kann mich nicht

*) Geschäft für Herrenbekleidung in Wien. (Hg.)

erinnern welchen Rat ich. Es ist ein Loch. Immer wenn ich versuche:

D. einzige vernünftige Ausweg ist: ein dunkelgrüner Aschenbecher aus Glas, es ist großartig daß ich erst ein Viertel von dieser ausgezeichneten Nr 2 geraucht habe. Der Rauch steigt wie eine Jugendstilverlegenheitslösung am Rand eines embossierten Alpakarahmens, aber blaugrau, bis er auf einen unsichtbaren Widerstand stößt. Cremefarben mattlackiert das Fenster: sechs fast quadratische Rechtecke. Leicht gibt ein Auto Gas. Der wiener Sommerglast zerschneidet d. Hochhaus diagonal. Die Sonne ist ums Eck gegangen. Vor einer Stunde noch war sie auf den linken Fensterladen hereingefallen. Während das Bild mir durch den Kopf zieht ist es im Zimmer ganz still, Keiner hat ein Wort gesprochen. Was soll ich für Worte machen?

Graug es ist wie radiert. Es ist zum Verrücktwerden. Graug?

Der Mikl ist aufgestanden. schaukelt leicht zum Thonetständer faltet sich in den Burberry. Keine Wasserflecken. Rückt nahe zur Liegestatt vor. »Sdenkerl, was immer, Ich handel, versuch, nach bestem Wissen. Und Gewissen. Weiß daßd verstehst. Es is so unheimlich wichtig. Der Mantel ruckt zwanzig Grad im Uhrzeigersinn.

»Es tut mir ... furchtbar ... leid, warum sagst denn auch ... garnichts. I laß Dich jetz in Ruh. Armer Kerl. Geht rückläufig zur Tür, verhält im Rahmen, rechte Hand auf der Messingklinke. Schnieker Riegel. Keine Speranzen.

Graug! »Ha?

Wenn ich, wenn es wieder kommt. Wenn ich irgendwas ... vielleicht kannst auch du mich, morgen, auf dem Laufenden. Ich brauch dir nicht sagen wie mich das quält. Der Arzt sagt es wird. Aber wann?

D. Prokil neigt sich nach rechts, von mir aus gesehen, als würde er mit nur einer Schulter zucken. »... Pfiati.
das heißt: habedieehre.
gsund schauma aus.

Sehe noch fünf Sekunden danach den durchsichtigen Umriß auf der Eichentür. Das ist wie im Traum, wenn man verschiedene Staffage zugleich ... nicht wahrnimmt, sondern ... zusammenweiß. Oder wie in Kinderzeichnungen: nicht der Anblick wird gemalt sondern was man weiß.
Katastrophal.
22:50.

11. November.

06:00

Denn Zigarren möchten wir rauchen – Montecristo Nr. 2. Der Prokil glaubt mir nicht. Nicht daß er *nicht* glaube. Er ist unsicher, der alte Taktiker das hat er nicht kalkuliert. Er ist in einer schrecklichen Lage. Er muß ja glauben daß ich etwas i.d. Hinterhand habe. »Sdenkerl es könnt fast der Eindruck entstehen daß Du mit diesen sogenannten Linken sympathisierst ...« Sinnepose halb über den Biedermeierschreibtisch gelehnt. Du kennst mich schlecht, Prokil, trotz deiner Intelligenz. Ich sympathisiere nicht. Ich hungere nach Ideen, aber *diese* Ideen sinds nicht was mich zum Schwitzen bringt!

Aber Einiges muß er doch voraussetzen. Er weiß daß ich mein Amt ernstnehme obwohl ich selten arbeite. Aber

kann er professionell überhaupt irgendeine Psychologie, irgendeine Menschenkenntnis. Er kann sich keine Vermutung erlauben bevor er sie völlig kalt geprüft hat. Und dann noch immer nicht. Er muß in einem Inventar von Möglichkeiten leben von denen keine je ausscheidet. Ein Schriftsteller im Innenministerium! job description? ein Fortschritt: Zweifel im eigenen Haus, Menschenverstand. Kluge Fragen, unbekümmerte, das ists was fehlt (u. nicht etwa Theorie ... da haben sie zuviel davon). Aus einem Kopf, dessen Ohr nicht mit Phrasen zufrieden ist. Fragen die sie nicht überhören dürfen weil der Frager eine Instanz ist. ist nat. bloß d. job description vom meiner Seite her. Ist er orientierungslos, ins Bockshorn gejagt? Ein derart erfahrener Bock, nein. Die Drohungen? Weißt du Ko ob das überhaupt. Schwierig abzuwägen, will vielleicht doch abkassieren. Beim Stern oder Spiegel. Mein lieber Graug, wenn ichs nur schon wüßte – ich sags dir um Ruhe zu haben. Ich habe Wichtigeres weißgott. Hab ich? Könnt ich mich nicht einmal noch engagieren ... Und doch. Gefühl, daß d. Prokil weiß wo »Joseph«. Lepschi ...! lepschi = liebsch werden. Wahrnehmen.
Das war doch ungeheuerlich, das mit den Augen, mit dem schrägen Regenvorhang.

Immerhin – er ist die graue Eminenz der Staatspolizei. Wenn er zum Feind wird. Feind? Nach all diesen freundschaftl. Diskussionen? Zwischen Geistigen? Susi? Werner?

— — — — —

Also um diese Tageszeit muß man ihn anrufen – auch hier neue Gewohnheiten! Werner kommt um drei. Absolution erteilen. Hat mich im Fernsehen gesehn. ? Na schmal schaust aus Ko! prima! Aber weißt! daß Du schon wieder an ein Buch denkst! GottseiDank typisch! Na um drei erfährst du was es auf sich hat, alter Freund.

— — — — —

08:00. Zeremonie. Seit fünfzehn Tagen fieberfrei, aber mit meinen zerstochenen Armbeugen, zerstochenen Arsch. Wunde heilt gut, freilich nicht wie mit zwanzig. Die Injektionen: ein toll komplizierter Prozeß. Nehmen Blutmolke (Serum) und züchten spezielle Antikörper, die der Körper selbst nicht herstellen kann. Schleusen ein radioaktives Atom. was? ... schon wieder vergessen kurze Halbwertzeit) in jedes Großmolekül an genau der richtigen Stelle, will mir chem. Strukturschema photokopieren. Witz dabei, daß d. Antikörper auf meine spezielle Immunologie getrimmt sein muß. D. Antikörper binden bloß, an Krebszellen, vernichten sie nicht. Radioaktivität erledigt das langsam. Schicht um Schicht um Schicht abgeschält und wandert cca. 3 Tage im Blut herum. Kein Wunder der flaue Zustand. Ein best. neugebildeter Molekülkomplex muß in bestimmter Weise zerfallen um über d. Nieren ausgeschieden werden zu können. Kostet? Kostet teier. Ein Laborjob höchstqualifiziert Schnellausbildung Fredericton allein für mich. Telephonrechnungen allein astronomisch, wahrscheinlich. Demnächst frische Tomogr. aber spüre täglich wie das wirkt, hinter den Hoden. Nebenwirkungen? Ich werde versuchen, eine Stiftung ins Leben zu rufen, sobald ich heraußen bin. Mangiapane-Stiftung.

Und: was ist mit dem Hirn, Doktor? Injektion nerve growth factor und N-CAM-Aktivator. Nichts mit Krebsforschung zu tun. Gleichfalls im Erprobungsstadium. Eigentlich wollte ich immer woanders der Erste sein, Doktor!

— — — — —

Am 6. November klar und deutlich: hellbraune Augen. Wußte es u. hab doch zurückgeblättert. Wars der Schatten? Aber wieso ists mir nicht gleich aufgefallen: der Prokil hat doch nicht braune Augen. Ist doch amtsbekannt. Graugans! idiotische Erklärung. Hat einmal einen Vortrag gehalten, »Evolutionäre Erkenntnistheorie, ein neuer österr. Beitrag zur Philosophia Perennis« Kleines Photo Prokil im Profil, (Brille) (sogar da noch der Rasierschatten deutlich): »Dr. Leonhard Prokil, einer der neuen Männer im Innenministerium, ein Privatgelehrter mit philosophischem Interesse, sprach gestern in der Hofburg über die von dem Österreicher Konrad Lorenz begründete neue Bio-Philosophie« (Die Presse, Juni ? 1972). Die evolutionäre Erkenntnistheorie ist ein alter Hut, Graug. Sie ist nichteinmal eine Erkenntnistheorie. Hast du überhaupt über die Graugans damals ein Wort ...?
Susi: D. Kartons mit den Zeitungsausschnitten.

— — — — —

Das ändert nichts. Schock. Schockklischee. Ist meine Wahrnehmung nunmehr von meinen Gedanken abhängig? Irgendwie habe ich gestern, hat *es*, hat es *gefolgert*, sozusagen, daß. Ich *wußte* zuerst, dann *sah* ich. Only App. Real. Steigen in meine Löcher meine Theorien, meine These DM daß schöpferisches Denken intim, schon wieder dieses Wort.
Intim mit Mechanismen der Wahrnehmung und der Motorik. Kann es sein, daß bei gestörter Balance die Vorstellung zurückstrahlt.
Reine Störung. Wo bleibt der nerve growth factor. Wo bleibt der versprochene Spezialist? Ich muß selber draufkommen, experimentieren mit mir.

Wo liegt nur d. Buch herum. Komischer Name ... Seit vorgestern verschwunden. und ich bin total zerrissen zwischen drei oder vier Aufmerksamkeiten, die wie von außen mir übergestülpt werden. Auf dem Gespenst des Altmat. errichten sich Notwendigkeiten. Völlig ohne mein Zutun. Ich muß über mich Bescheid wissen. Was ist Sache. Es ist klar daß Mathematik noch zu anstrengend, man ist schließlich kein Mathematiker. Aber Unterhaltungsmathematik. Müßte mir ein gutes Bild vom Zustand meines Begriffsvermögens geben. Klein Klein.

— — — — —

Auf den Knieen gesucht, irgendwie flehend? Ich bin als Kind sehr lang auf allen Vieren, lang noch als ich schon gehen konnte: abgewöhnt erst als ich *verstand*, daß Gehen und laufen einfach praktischer u. schneller, beim Spielen mit der, ja wie hat die wieder geheißen, Gertrud? was mit O.

— — — — —

Gefunden.

Im Nachtkastl. Merkwürdig.

— — — — —

Und würde ich heute mit Graug diskutieren, ich würde bestimmt unterliegen. Denn meine Klarheit und mein Verstehen ist dahin, ich kann nur mehr in Metaphern argumentieren. Statt mit Kraft die schwachen Punkte anzureissen würde ich unsicher anklagen. Und er würde den Kopf schütteln »Sdenkerl daßdes no immer net einsiehst ...

Sieh es einmal so, Graug. Wir stehen am Rand eines Bassins. Die Wasserfläche schaukelt in stehenden Wellen die sich langsam aber regelmäßig, wenn auch kompliziert, verändern: eine Brise weht und trägt einen gewissen Teil zu der Veränderung bei. Lichter spiegeln sich an der Fläche. Wir wissen: da ist ein Mensch über dem Bassin, der mit verschiedenen Gegenständen hantiert. Es sind diese Gegenstände und ihre Bewegungen, deren Spiegelungen wir beobachten. Aber wir sehen ihn und die Gegenstände nicht – wir wissen das, weil wir selber immer wieder in seiner Position sind und dann die durch unsere Tätigkeit modulierten Reflexe beobachten, wenn auch von dem besonderen Standpunkt *über* dem Bassin aus. (und deswegen ist das eben *kein* Platonismus Graug!)

Was sollten wir von einer Wissenschaft halten, die zwar richtig erkennt, daß die Wasserfläche ihre eigenen Gesetze hat, die jedoch darauf besteht, die Bewegungen der Lichtflecken als System der Wasserfläche zu beschreiben? Selbst wenn es ihr gelänge, gewisse Zusammenhänge zu formulieren: wenn so und so ein Lichtfleck dies und jenes macht, dann wird da und dort so und so einer erscheinen? Sicher kommt es auch auf die Eigengesetzlichkeit der Oberfläche an. Sie muß aus dem Bild gefiltert werden damit die Bewegung der gespiegelten Gegenstände hervortritt. Das ist aber auch schon fast alles. Und dennoch gibt es Philosophen, die uns das Denken allein aus Syntax und »Semantik« erklären wollen. Wieso ist es immer so schwierig gewesen, sie zu kritisieren? Weil es so schwierig ist, das in der Selbstbeobachtung so klar Ersichtliche – den fundamentalen Unterschied zwischen der sprachlichen Beschreibung des inneren Geschehens und diesem Geschehen selber – in der Diskussion nun auch klar zu vertreten. Und wieso das? Weil wir in der Sprache argumentieren müssen, und unser Interlokutor es leicht hat, immer nur auf unsere Worte hinzuweisen. Sicher, bald einer wird lächelnd zugeben, daß Sprache und Denken verschieden sind. Und dann legt er los und sagt alles in Ausdrücken, die undeutlich immer beides zugleich bezeichnen, Vorstellung und Satz. Zum Beispiel Goodman. »Projizierbarkeit« – sein Privatausdruck für Induktion –

»kann syntaktisch und semantisch nicht definiert werden«, so kommt er uns entgegen. Und als ob das garnichts bedeuten würde, gleich danach und vorher immer wieder, »Naturgesetze sind *Sätze*, die ...«. Als läse man Ayer ...

»Sdenkerl. I bin zufrieden wennsdu zuagibst daß geeignete Sätze das *Wesentliche* aun an Gedankn erfassn. Genügt vollständig.« Aber ein Satz kann eben das »Wesentliche« nicht erfassen. Er erfaßt überhaupt nichts. Und wieder von vorn. Im Kreis herum, ich mit meinen Löchern auf den Wellen.

— — — — —

17:00
Geschlafen, auf einmal steht Werner am Bett.

Eine halbe Stunde nur über ihn geredet. Geht immer hin und her, elastisch, lacht die ganze Zeit. Aber ich verstehe daß er sich freut. Daß ihm vielleicht mehr als mir noch das Wunder.

»Ko erzähl mir noch nichts über! Ich hab das gespürt! wie Du ...! Was ist ein Mensch ...!

Eine Algebra von Maschinen Werner. Aber, leider, sieht so aus als ob ich ein bisserl dealgebraisiert dasteh. Derzeit.

»Gägägä! Der alte Hypochonder!

Wenn ich sensorische und motorische Ausfälle habe.

»Undschon! Wird sich doch geben!

Und wenn nicht? Hast Du unsere Diskussionen vergessen? Denn um die Chance zu haben, ein Muster sehen zu können, muß ich das, was mir das Muster zeigen wird, als Vorstellung organisieren können. Dazu brauche ich normales Funktionieren der kortikalen Motorabschnitte. U. genau diese Funktionen sind offenbar gestört Werner. Subkortikale Kommissuren jedenfalls. Und auch ein Teil sensorisch; ich brauche zumindest jenen Teil des visuellen Kanals z.B., der in die integrativen Zentren ausfächert: ich muß ihn aktivieren können um ein Bild zu simulieren. Wenn hier etwas nicht normal funktioniert – wie soll ich eine neue Regelmäßigkeit, ich mein, eine relevante, sehen können?

»Doziert wie ein Professor! Thema!: ich Professor Puterweck kann Ihnen sehr geehrter Hörsaal und Freunde! nicht erklären wie ich denke! denn mein Denken ist gestört! Der Grund ist der folgende! Und nun kommt die Erklärung zuerst des Denkens! und danach werden die Punkte aufgezeigt an denen es nicht funktioniert! Siehst Du nicht selbst ein daß das lächerlich ist! Der einzige Unterschied zu merken das is weinerlich Ko!

Ja, das auch. Das eine steht jedenfalls fest ? alles ist schon passiert ?? und daß es nur besser werden kann? Er hat ja recht,

»Ko! Du hast soviel gemacht in deinem Leben! Jetzt schon! Soviel mehr als ... na als jeder Andere! Fast als jeder Andere!

Du bist gut. Wie soll ich weiter ... ausruhen? dämmern, grübeln? fernsehen? Weil es der Evolution gelungen ist, dem Alter Funktion zu geben? Aber ich werde diese Funkt. nicht erfüllen können, d. Körper lebt trotzdem noch zwanzig Jahre und dissipiert Energie. Hab ich der Evolution so treue Dienste geleistet, daß sie mich in Pension entläßt? Die Evolution ist keine Wohlfahrt.

»Aber das ist doch Statistik Ko!

Also werde ich der Fall sein, der die Standardabweichung praktisch rechtfertigt. Und mein Bewußtsein, Werner, was ist damit? Muß sich das nicht weiter ausfalten, damit ich bin? Ein stagnierendes Bewußtsein: ein Würfel, der immer nur auf seine Seiten fallen kann. Brauchst nicht antworten, mein Lieber. Ich werde verstehen, was ich verstehen kann: bestimmte Eindrücke immer in der selben Weise. Was mir vor einem Jahr leicht schien, wird mir schwer, tief und bedeutend vorkommen, weil es meine reduzierte Kapazität übersteigt. Was ist, Werner, wenn die Sache grausam abläuft, wie sie eigentlich bereits so grausam läuft. Wenn ich ständig *im Wissen verharren muß*, daß ich reduziert bin. Wenn von allen Funktionen gerade die Kritik am längsten überlebt. Was ist Leben ohne Verstehen?

»Aber es gibt zumindest ungeheuer viel zu sehen Ko! So viel! das auch Du noch nicht entfernt! ... und Sehen ist Verstehen! wenigstens der Anfang von! Angenommen der ärgste Fall! Das eigentliche lebendige Verstehen ist doch ... hab das doch von Dir! ... das unklare Verstehen! ohne das keine klare Einsicht ...! das »Gefühl« von etwas! Zum Beispiel das dumpfe zeitgenössische Verstehen von »Evolution«! Das dumpfe Gefühl für Ähnlichkeiten ... Zusammenhänge!

Das ist es ja eben, Werner. Genau das. Ich habe das, naja na eben das »Gefühl« daß genau das nicht richtig funktioniert bei mir. Meine »Zusammenhänge« sind nur, Wortwitze. Puns.

Und wie oft haben wir darüber gesprochen, Werner. Die Uniformität der Welt, sobald der Verstand gereift ist: nämlich zum Stillstand gekommen. Wir können nur die Bagger sehen, die Bauleute, die Mistgstätten, die englischen Rasen. Reifenspuren als Antithese des Titicaca. Das windzerfetzte Plastiksackel im Dornbusch eine Blasphemie.

Ein anderer Blick (um den ich gerungen habe!) würde das Neue sehen: neue Schönheit im Gemeindebau, nicht die Schönheit des Geplanten, sondern die Schönheit der

Natur gerade in dem, was die Naiven für den zivilatorischen Zerfall halten: neue Zusammenhänge.

»Das Naturgefühl auf den Buttes Chaumont Ko![*] Eben nicht, Werner! Mythologie des Jergitschgitters? Rigipsmysterium? Kollabosophie der Wellenfunktion? *Kein*: Heimholen nach Gaia. Den Giftteich als Katalysator. Das Plastiksackl als tiefgreifender Hebel; das Komplizierterwerden. Die Menschen als Übergänge. Aber das ist ja gerade was so schwer ist: über das hinausschauen was wir »wissen«, über unseren Anthropomorphismus. Humanismus: Mithras und Amlodi betrügen mich um die Schönheit der nackten Mechanik, ihre Unendlichkeit. Was wir aus uns selbst über die Pläne und Vorstellungen der Menschen wissen ist uninteressant. Was wir wissen müssen: welcherart sind sie im Mechanismus unausbleiblich und wie setzen sie ihn fort – ganz ungeachtet der subjektiven Bilder vom »Zweck«. Sendero Luminoso. Der Schwachsinn in der Gazelle. Das Verstehen des Rädertiers, und der Forscher weiß daß er – sollte es wissen daß er selber ein Rädertier ist, ein Loch, in das nur paßt was den ausgefransten Rand füllt als wärs eben erst herausgerissen worden. Und mein Loch hat scheints jetzt einen ziemlich glatten Rand . . .

»Und redest wie in Deiner . . . besten Zeit Ko! Was Du sagst hast Du gewußt als Du Deine besten Sachen! Und hast sie übrigens doch geschrieben, und hast uns Allen was gegeben!

. . . wie in meiner besten Zeit! Auch er hat nichts als Trost für mich. Ist mein Schwachsinn schon so offensichtlich. – Werner, Ohne neue Einsichten . . »Ach die 'neuen Ein-

---

[*] Ein Abschnitt in L. Aragons »Le paysan de Paris«, deutsch »Pariser Landleben«, München 1969. (Hg.)

sichten‘! ... Wieviel neue wirklich neue Gedanken hast Du denn gehabt! Du weißt ich spreche als Freund! sag nur was Du immer gewußt hast! Keiner denkt raketenhaft Neues! Der Mechanismus der Induktion selber läßt das nicht zu! Wir sehen nur Muster die von Andern schon vorbereitet sind! Die Legendendichter erzählen uns daß der Einstein Revolutionär! Sie glauben es selber! Wo wär Einstein ohne den Lorentz! Ohne den Poincaré!

Ohne Fitzgerald, ja, ohne Larmor ...

»Eben! Hat die Lösung vor der Nase! Wo wäre er ohne die dreihundert Anderen! die die gleichen Fakten im Kopf zusammenzustellen suchten! die ohne es selber zu wissen schon ein paarmal über die Lösung hinweggehuscht sind!«

Nicht »hinweggehuscht« Werner. Formal haben die Lösung schon *gehabt*.

»Eben! Wo wär er ohne einen zeitgenössischen Denkstil! Wo wär der spätere Einstein ohne die von Anderen gedachten Tensoren! Wir bauen nicht großartig auf den Gedanken der Anderen! Wir geben ein Brösel dazu und wenn Glück dann kippt das Mobile ein Stückerl! Wir sehen bestenfalls die Muster die sie nicht sehen konnten weil sie ihre ganze Kraft brauchen um das im Gleichgewicht zu halten das uns Dazugekommenen das Muster zeigt! Du siehst etwas als Erster weil eben gerade Du mit gerade Deinen Grübeleien gerade in diesem gesegneten Moment in gerade diesen Anblick rollst!

Hm das war nötig.

»Das Geistige! Hats nie gegeben, Ko!«

Aber, Werner, Einstein wurde zur Legende weil er den einfachen zugrundeliegenden Gedanken fand, den *Inhalt* der Formeln, die tiefere Faltung *unter* dem Formalismus, die sofort Folgerungen ermöglicht die aus den Formeln allein nicht zu ziehen waren. Den *tieferen* Zusammenhang ... und nun will ich Dir aber konkret sagen, was eigentlich los ist.

Der einzige vernünftige Ausweg ist: der Aschenbecher glänzt schwärzlich wie, naja daß mir das Wort nicht einfällt ist wirklich nicht so wichtig solang ich die Vorstellung habe. Ich habe einen großen keilförmigen Brocken in der Walfischgasse im Arbeitszimmer ich arbeite in dem Zimmer in dem ich wohne ein Arbeitszimmer gibt es bei mir nicht. Es ist ein Splitter, nicht ein Brocken, ein keilförmiger drei Kilo schwerer Splitter schwarze glasartige Lava, splittert scheibenförmig, in den Splitterfurchen ist noch der graubraune Lehm des Fundorts. In der Steinzeit hat man Messer daraus gemacht, ich habs probieren wollen aber der Keil ist mir zu viel wert als Andenken. Genauso pechig glänzt der Aschenbecher, der graue Schmutz in der Kehle d. Aschenbechers ist zerriebene Asche einer Zigarre, die ein Bürger in Österreich nicht kaufen darf. Das Wort ist Obsidian, na bitte, ich habe zwölfmal »Indesit«[*)] gedacht und bewußt verdrängt. Ich habe nicht nach dem *Wort* als Wort gesucht, sondern mir den Gegenstand vorgestellt und gewartet daß das Wort von selber kommt.

Werner: ich hab geholfen, irgendeine Menge höchstwertiges Uran zu verschieben, aus Loyalität und weil man mir geschmeichelt hat. Ich – nun ich weiß nicht mehr welchen Vorschlag ich gemacht habe. Alles was seinen Inhalt betrifft ist weggewischt: nur die Bilder sind scharf, einige wenigstens. Die Aschenbecher im Besprechungszimmer. Luftblasen im Wasser.

Ich weiß was die Anderen gesagt haben. Aber nur das,

---

*) Anspielung mir unverständlich. (Hg.)

alles aus dem ich keinen Schluß ziehen kann auf meinen Rat. Alles Übrige.
»Redest Du im Ernst Ko!
— — — — —
Ich habe mir gedacht wie Du mir helfen kannst. Wir werden darüber diskutieren – nicht unbedingt heute; sobald Du darüber nachgedacht hast. Aber: Du darfst zu niemandem drüber reden: zu Niemandem.

»bittich Ko!

Du kennst mein Denken: wir werden einfach vermuten, was ich sagte, und die Konsequenzen ausdenken. Wenn wir auf etwas stoßen, das ... auch heute noch vernünftig scheint, dann ists wahrscheinlich das gewesen. Vielleicht kann ichs wiederholen

»Ein Spiel!

Spiel. Es ist möglicherweise gefährlich. Ich habe lang ... Dich einzuweihen. aber: etwas sagt mir daß es zu wichtig ist. Aber in meinem geistigen Zustand, ohne Hilfe. Werner ich habe Beklemmungen. Nicht meinetwegen, was verlier ich jetzt noch. Vielleicht ginge ich selber an die Öffentlichkeit, wenn ich nur wüßte. Aber klar ist, daß die Regierung ... Versteh: letzten Endes ist mir die Regierung scheißegal. Aber mich *drängt* irgendwas. Von innen. Es kommt immer hoch, wenn ich an die Arbeit denken will. Wenn ich todmüde bin und kann nicht einschlafen. Kommt hoch: Ko du mußt mußt mußt. Der Bleistift in der Hand vom Hillgruber und kein Papier. Keine Notizen. Es war ein gelber Faber & Castell mit stumpfer Spitze. Die hellrot-hellblau gestreifte Kravatte. Ich habe den Seersucker an den mir der Crosbie anfangs garnicht machen wollte weil das Material so schäbig ist. Hat erst mitgemacht als ich ihm sagte mein Snobismus. Milch und Zucker.

»Milch und Zucker!

Na das heißt das, Seersucker: Milch und Zucker. Woher weiß ich das? Ich weiß viele Dinge von denen ich nicht weiß wieso ich sie weiß. Und sie fallen mir ein oder nicht. Tauchen auf wenn in irgendeiner kleinen Schwankung eine ein wenig andere Spur über die Vorstellung zieht.

»Unglaublich Ko!

»Uran!

»Wahrscheinlich ist das Zeugs längst in irgendeinem Reaktor verheizt! Ich kann mir nicht vorstellen daß Du einen Rat gibst der im geringsten! die Umwelt! ... naja! Schiefgehen kann immer was!

»Was wirst Du gesagt haben! Ko!

: Was werde ich gesagt haben.

— — — — —

»Ich glaube eher! Um anzufangen! Daß Du an ein ... Versteck denken würdest! Vielleicht nicht einmal in Österreich! Das wär natürlich ideal! Spuren total verwischt! ... und total unzugänglich nach menschlichem Ermessen! Radioaktivität nicht zu messen!

Vielleicht. Aber bitte fang nicht mit Salzbergwerken an, Hallstadt vielleicht und so. Katakomben und so.

Und in ein Staumauerfundament haben wirs auch nicht eingemauert.

»Das Meer! Ko!

»Nimm an! Die Besatzung hat sich retten können! Wie können wir herausfinden wohin Ladungen im fraglichen Zeitraum! Ist natürlich selbst wenn! nicht ausgemacht daß untergegangen! Teil der Ladung über Bord ...!

Ach Werner mit solchen Räuberpistolen kommen wir nicht weiter. U. d. Idee selber widerstrebt mir. Übrigens. Du solltest mich besser kennen: ich bin alles andere als ein Grüner. Ich hab kein Herz für das »enweiament«, wenn das heissen soll: »wir wissen was Natur ist«.

»...??

Verlaß Dich drauf: wenn ein Teil dieses Globus ein naturgeschichtliches Museum wird, so einzig deswegen, weil das ein Geschäft sein wird. Unsere Diskussionen über »Naturschutz« sind nichts anderes als Diskussionen darüber, wie der Reibach zu machen ist und wer ihn macht.

»...

Werner: »Naturschutz« ist was wir immer gemacht haben: in unseren schwachsinnigen Ideen umgehen mit den Sachen, definieren und benutzen ... das einzige was mich interessiert dran: der »Naturschutz« kann auch nichts anderes als die Sachen komplizierter machen. Das einzige was passiert: die »Natur« wird was anderes als sie bisher gewesen ist. Und ich lache Werner, denn gerade dieser »Schutz« läßt die Natur verschwinden in der Form in der sie bewahrt werden soll: erst jetzt wird die Natur sentimental. Und ich lache noch mehr: über die Anmaßung dieser Sentimentalität.

»Aber Ko! da ist doch jetzt was Ernsteres dahinter! Das Leben auf diesem Planeten!

Ich bin neugierig auf die neuen Krankheiten. Ich freu mich wenn alle Gasmasken tragen.

»Das kann doch wohl nicht ...!

Und ob. Ich freu mich auf das neue Wissen das dadurch erzwungen wird. Und wenn nicht ... auf das Ende dieser Intelligenzform. Wenns Plutonium war – was ich nicht glauben kann ... – Werner ist dir klar was ein Kilogramm Plutonium anrichten kann?

»Ja da siehstes was die Wissenschaft! Und Du sagst ...!

Ja. Balanzieren. Noch prekärer. Noch spannender.

»Aber … Blödsinn! Selbstmord!

Lassen wirs. Zudem steht nicht fest, was die Andern draus gemacht haben. Ich habe nur einen Rat gegeben. Auf der einzigen wichtigen Sitzung auf der ich den Wiesinger je vertreten habe.

»Staatsbegräbnis! am 17.!

Susi: warum keine Tageszeitungen? Notizbücher, alle.

— — — — —

Nichts vom Prokil. Schlafen, nicht träumen. Heimische Schwärze. Beiseitewischen diesen Unsinn. Manchmal springt was am Rand des Sehfelds. Bin noch immer nicht beim Fenster gewesen. Auch nicht am Klo. Komisch mit diesem Buch.

Von Werner ist doch überhaupt nichts zu erwarten. Das war wieder ein schwerer Fehler Ko.

in dem Versuch gestern, den Traum zu bearbeiten. Daß halbbewußt ? »Daß das Ruder nicht brach / Daß die Kette nicht riß / …«[*)]. Aber in diesem Gedicht wollen die Sklaven offenbar türmen, weil sie leben wollen. Nicht weil sie sterben wollen. Salamis.

Susi Minen für den Druckstift

12.November 6:22

Unruhiger Schlaf und immer wieder in das Warten auf den Schlaf versetzt kann ich immer nur die Oberfläche der Fragen antasten. der Mechanismus arbeitet noch der das Problem *darstellt*, aber nicht mehr derjenige der die Faltung versucht.

——

[*)] Arno Holz, Phantasus. (Hg.)

Daß ich je älter ich werde am Schriftsteller Puterweck immer mehr den *Philosophen* schätze, der »Belletrist« tritt immer mehr zurück. An meine »literarische« Arbeit denke ich ja kaum mehr! Sicher, der Schriftsteller hat Sehnsucht nach der Macht der Wissenschaft und neidet ihren Bilderreichtum; ihre Kommunikationsmöglichkeiten. Die Stringenz (die vielleicht nichts als das Ausschöpfen der Kapazität ist).

Und dabei geht etwas Unersetzliches verloren. Wenn die Philosophie die Theorie ist, so ist d. Literatur das *Experiment.* Verhält sich ganz analog zu theoretischer und Experimentalphysik. Ich darf diesen Zweig unter keinen Umständen verlieren, gerade wenn ich im andern was leisten will. Zumindest nicht fahrlässig aufgeben.

— — — — —

Es ist lästig geworden wie dem Kümmerer der Lebertran, wie Eltern läßt man nicht ab von mir, sticht in den Körper, saugt den Baaz raus (Beize) und preßt ihn wieder rein. Und stabilisiert wird ein Defizit. Normalißiert.

Lachsbrötchen. Mama schaut mir sogar kurz in die Augen oder täusche ich mich. Sie hat sich an mich gewöhnt. Obgleich sie nichts kennt von mir außer diesen Körper aus dieser merkwürdigen Perspektive. Wir nehmen wahr nur was stört. U. meistens eliminieren wir nicht die Ursache sondern akkommodieren sie. Denken ist die sichtbare Spitze dieser homöostatischen Vorgänge. Es hört auf wenn wieder ein Gleichgewicht erreicht ist.
/es flattert was wo ich nicht hinschaue. Wind geht durch die Wiese. Und in der vollen Bewegung da sagt dir was daß sich diese Blume da anders bewegt. Und es schaut nur mehr auf diese Blume in dem ganzen Fließen. Und nach fünfzehn Sekunden kommt die Hummel hervor.

Und was kenne *ich* von diesem Körper? Bin nicht sicher daß ich meine Beine auf einem Foto identifizieren könnte. Vielleicht die Hand. Als sie mich untersuchten, damals ..., durfte ich ins Koloskop schauen: schöne saubere rosige Darmwand, im Querschnitt regelmäßige dreieckige Wulstgeometrie. Eine Fahrt wie im Tunnel auf der letzten Plattform, wie im Ruderboot im Liebeskanal. In der Galeere. *Mein* Darm. Wenn ich einen Stein schleudere gegen die schwarze Kanalwand; wenn der Aufprall verstärkt wird im Gefüge und die Massen beginnen auf das Schiff zu stürzen. Caduta massi. Mantschenbein. dann muß ich doch einfach sagen: *mein* Kanal.

Der blaue Rauch, diese Fatalität, steigt immer wieder zwischen die Augen u. d. Heft. Wenn ich aufblicke vom Papier: der Schrank baucht wie ein Faß. Feuchtigkeit in den Augenwinkeln. Schweiß u. Herzklopfen.

Es ist 11. Die letzten zwei Stunden mit »Mathematical Recreations« verbracht. Eigen, daß im deutschen Sprachkreis solche Werkchen überhaupt nicht populär, was heißt – kaum zu finden. Erzieht zu einem beobachtenden u. fragenden Denkstil: Suche nach klarbewußten Regelmäßigkeiten wie sie in jeder Kleinigkeit stecken. Was bei uns hier völlig fehlt. Sicher hat dieses angelsächsische Faible Nachteile: Kleinlichkeit, diese gew. Flachheit: Regeln auf der Oberfläche. Wir wälzen viel lieber tiefe undeutliche Gedanken. Aber letzten Endes wird beides wichtig sein.

— — — — — —

die liebensw. irgendw. kindl. mittelalterl. Abzähltricks u. die netten Trugschlüsse. Bei letzteren fiel mir auf: wie wichtig die Erfindung, d. Stoßen auf solche Trugschlüsse, ihre Konstruktion ist. Was es über das menschl. Denken sagt.

Ein Testobjekt ausgesucht ohne viel nachzudenken. U. seither nachgedacht ohne zu denken. Höre inwendig »a < b« ungutes Unerkanntes regt sich vor dem innern Blick »a minus b« schwebt unwirklich vor dem innern Blick als schielte ich.

Seite 49: Wahlarithmetik »Hier sind zwei einfache Beispiele. (i) Gegeben zwei Kandidaten und a Stimmen für den einen, b für den anderen (a < b); die Wahrscheinlichkeit dafür, daß bei d. Auszählung die Anzahl d. Stimmen für d. Sieger stets größer bleibt als jene für d. Verlierer ist (a-b)/(a+b)«. Muß der Nicht-Sieger immer »Verlierer« heißen. U. d. zweite gleich mit: »(ii) Gegeben p Wahlmänner mit je r Stimmen, von denen höchstens s einem einzelnen Kandidaten gegeben werden können, und n Männer sollen gewählt werden: dann muß d. kleinste Anzahl von Wahlmännern, d. sicherstellt daß ein Kandidat gewählt wird, größer sein als pr/(ns+r)«.

— — — — —

Beim Aufstehen hingefallen. Der Schädel kracht auf die offenstehende Tür des Nachttischs Geräusch als fiele ein Felsbrocken ins Unterholz, draußen. Blut am Hinterkopf. Mit den Fingern aufnehmen und ablecken. Die geplatzte Haut unter den Stoppeln entlangtasten. Die Stoppeln mit Kamillentee waschen. Den blutigen Kamillentee trinken. Es verbergen sonst lassen sie mich nicht aufstehen. Geistige Nahrung und köperl. Training.

Erschöpft liegen und warten daß etwas ausreift daß Stoffwechsel sich zu Gedanken auswächst. Wo ist da *Ich*. Ist Ich der Stoffwechsel oder der Gedanke. Den Stoffwechsel gibts und den Gedanken gibts – Mich gibt es nicht.

Nichts an dem d. Blick hängenbleibt. Immer wenn ich Marilyn sehe Impuls, wegzuschauen als wär ich dem Macher dieses Bildes gegenüber indiskret. Als wär das Anschaun unfair. Habe eine Technik entwickelt, nicht den Druck zu sehen sondern die Spiegelungen im Glas. Graues wiener Herbstfenster. Kein Regen diesmal.

— — — — —

Ich kann mich nicht ablenken. Es ist wie vor ... zwei Monaten: versuche was zu denken, zu beobachten aber damals hat der Schmerz mich in jede Regung begleitet, nun ists diese verfluchte Geschichte. Edelstahlfässer die ich nie gesehen habe. Spiegeln sie? Sehe mondig mein Gesicht in ihnen, in jedem einzelnen zugleich, wieviele sind es, wie Beleuchtungseffekt in einer Computergraphik, hunderttausende, millionen, verschwinden im Hintergrund wie die Galeere im Traum, die ganz hinten vor dem Nebel sind graublaue Punkte u. haben mich nur als schwarzen Punkt im maßlos stechenden Lichtpunkt. Es werden fünf oder zehn sein. Zylindermengen. Ich schreibs weil eben Schreiben, mir tut Der leid der das einmal lesen muß: mein Biograph. Und weil die Einsicht daß das alles nur Geschwätz mich sonderbar erfreut: das ist wenigstens eine Einsicht.

Wär ein Witz wenn die Zyl.mengen was damit zu tun hätten. Wenn mich das Altmat. in den Tod gewiegt hätte. Dieses immer-wieder- zurückgezwungenwerden in diesen Nebel *ist* der Schmerz. Wie im Schmerz kann ich immer nur kurz über diese angeschicksalte Präsenz hinwegblikken, durchschauen wie durch einen Zaun. Als sei die Justierung der Brennweite auf das Dahinterliegende zu anstrengend.

Es ist ein weiterer sehr unangenehmer Gedanke gekommen. Das ist doch völlig ausgeschlossen daß das Altmat. in meinem Leben so jäh auftaucht (und verschwindet) wie in meiner Erinnerung. Ich müßte doch viel mehr wis-

sen. Ein mehr-oder-weniger PR-Beamter, wenn auch ein hochgeschätzter, der wird doch nicht einfach so auf dem Gang angesprochen, herst Sdenkerl hast a Momenterl Zeit mir haben da ein Problemerl, geh kumm hüf uns. Was war vorher? Was ging dem voraus?
Nichts, sagt mein Gedächtnis.

— — — — —

12:30. Forellenfilet schreckt mich aus dem schrecklich langsamen, unkonzentrierten und kindlichen Denken. Versucht, das erste »Rätsel« im Sturm zu nehmen, die Lösung (a-b)/(a+b) ist doch von so einfacher Form. Versucht, für (a-b) eine Bedeutung zu finden aber nichts außer der alleroberflächlichsten = Differenz d. Stimmen gefunden. Nach dem Essen (kaum zu essen) schließlich eine konkrete Idee: stelle mir den Auszählprozess vor, ein Stapel Stimmzettel.
Insgesamt Permutationen (a+b)!/(a!b!)
Der oberste muß ein a-Zettel sein, und der nächste auch.
Der dritte kann ein b-Zettel sein, oder ebenfalls ein a.
Ist der erste Stimmzettel ein b-Zettel, alle diese scheiden aus = (a+b-1)!/(a!(b-1)!).
Ist es ein a, es gibt also (a+b-1)!/((a-1)!b!) zu untersuchende Fälle.
Weiter: ist der zweite ein b, dann scheiden weitere (a+b-2)!/((a-1)!(b-1)!) aus. Bleiben (a+b-2)!/((a-2)!b!) zu untersuchende Fälle.

Aber der dritte Zettel darf nun ein b sein: (a+b-3)!/((a-2)!(b-1)!); u. davon scheiden jetzt (a+b-4)!/((a-2)!(b-2)!) Fälle aus, wenn auch der vierte Zettel ein b ist. In diesem Zweig bleiben also (a+b-4)!/((a-3)!(b-1)!) Fälle zu untersuchen, das entspricht dem Anfangsstück aaba......; dazu kommen noch (a+b-4)!/((a-3)!(b-1)!) für das Anfangsstück aaab..... und (a+b-4)!/((a-4)!b!) für aaaa....

Also für a = 4 u. b = 2 habe ich 5 Endglieder, durch (6 * 5)/2 gleich fünfzehn also p = 1/3 die gesuchte Wahrscheinlichkeit. Das stimmt überein mit (4–2)/(4+2) = 2/6. Also das ist die Lösung, ich muß nurnoch eine Formel finden für die Addition der günstigen Fälle am Ende dieses Baums. Man muß die Fälle zählen in denen (a+b-c-d)!/((a-c)!(b-d)!) = 0!/(0!0!) = 1 also c = a u. d = b; u. nat. diese Anzahl dividieren durch (a+b)!/(a!b!).
Verstand scheint ja doch zu funktionieren, wenn auch etwas knarrend.

— — — — —

16:00 Irgendwie, das ganze geht mir durch Kopf und mischt sich mit Zigarrenrauch. Irgendwie, etwas sagt mir daß da eine Regelmäßigkeit ist die ich übersehe. Wann habe ich das letztemal daran gedacht, vor dem Blackout. Mir ist fast als hätte ich nie mehr wirklich einen Gedanken dran gegeben. Als hätte Joseph mit seinem Auftrag, die Sache zu vergessen, tatsächlich etwas bewirkt. Denn ist das Verschieben von Uranium eine Kleinigkeit die untergeht in den alltäglichen Verrichtungen. Ich habe als Untergebener gehandelt, nicht als Verantwortlicher. Loyal. Wer kann mir einen Vorwurf machen.

Das sieht mir aber nicht ähnlich; ich habe immer meine Nase reingesteckt, in alles was ich erfuhr. Eine Meinung gehabt. Und diese Meinung ziemlich laut geäußert.

— — — — —

Die Regelmäßigkeit ist ja völlig offensichtlich, u. meine Lösung stimmt noch nicht ganz. Es scheiden alle Fälle aus, in denen beim Herunterzählen c = d wird. Eine sehr wahrscheinliche Idee: wie ich mich kenne – ? – habe ich wahrscheinlich daran gedacht, das Zeug einfach stehen zu lassen. Zwentendorf, ein Labyrinth. Muß Betonmauern haben wie eine Pyramide. Und Grabkammern. Prof.

Hillgruber meint. Was der meint. Wie ich mich kenne spekuliere ich doch außerdem immer noch auf Umschwung der öffentl. Meinung, was eben so heißt. Die öff. Meinung ist nichts weiter als ein ephemerer Umweltfaktor. Aber wie könnte man so etwas machen. So, daß keiner was ahnt. Auswarten.

— — — — —

Das fällt mir an meinem Denken immer wieder auf: jede Idee kommt mir zunächst in primitiver gewissermaßen kindlicher Form, ich muß sie zuerst so denken wie es einer eingewurzelten automatischen halbbewußten naiven Auffassung entspricht. Dann arbeitet an ihr was ich in der Zeit gelernt habe und langsam wird etwas daraus das ich auf meinem derzeitigen Stand akzeptieren kann. Es ist fast unheimlich, wie diese Arbeit, der ganze Vorgang, selbsttätig abläuft. Oft braucht das nur Sekunden und oft Tage oder Wochen, und so merke ich garnichts. Manchmal aber geschieht das in Minuten und ich schaue entgeistert zu.

Wenn Graug mir einen Witz erzählt (wer sonst?) habe ich immer zuerst den Impuls zu lachen. Der Impuls wird in Schüben überdeckt von Urteilen bewußterer Instanzen u. ein Lächeln erscheint schließlich wirklich – weniger Höflichkeit als vielmehr Verblüffung über die Form dieser Abläufe.

— — — — —

Worte statt Sachen oder Erfahrungen führen zu einer Scheu, persönliche Erfahrungen zu benutzen. Das Mißtrauen der Sprache gegenüber ist viell. so zu verstehen: man hat es verlernt, durch die Worte hindurch auf die eigenen Vorstellungen hinzuachten. Man horcht nur auf die Sprache und verläßt die innere Bewegung.

— — — — —

E— — — — —

Nun ist das Halberwartete eingetreten. Alles ist halberwartet, in meinem Zustand.[*)] 19:29, vor drei Minuten Telephon.

»Hr. Puterweck?

»Gratulieren zur Genesung. Hr. Puterweck.

Wer spricht?

»Freunde, Hr. Puterweck. Die sie noch nicht kennen. Hr. Puterweck. Aber sie werden uns noch kennenlernen!

»Wissens was uns besonders freut an ihrem Wiederaufkommen. Hr. Puterweck. Daß sie jetzt wiedergutmachen können was sie 74 falsch gemacht haben.

»Sinds noch da, Hr. Puterweck? Sie wissen schon. Altmaterial, Hr. Puterweck. Es gibt noch aufrechte Österreicher Hr. Puterweck, frau glaubts kaum.

»Sagens einfach 'Joseph' zu mir, Hr. Puterweck. Erinnerns ihnen ... Sinds noch da? Hr. Puterweck? Der einzige vernünftige Ausweg is: raus damit an die Öffentlichkeit. Hr. Puterweck. Fetzen werden fliegen aber sie selber bleiben ganz, garantiern wir. Im Gegenteil. Herr Puterweck, sie werden ein Held. Neben allem was sie eh schon sind. Was mir wollen – Klarheit. Hr. Puterweck. Mir glauben, ihnen steht das besonders an, ihre aufmerksame Leser.

Was immer Sie im Sinn haben sollten, Gnädigste, wenn ich Ihnen helfen soll so müssen Sie schon zu mir kommen

[*)] In der Datei ist hier eine Passage derart versetzt eingefügt, daß sie an eine Fußnote gemahnt: »/Wie beim Schreiben d. Gedachten neue /Gedanken kommen d. b. Denken d. Nichtgeschriebenen /nie kommen würden D. Schreiben ist wirklich: Entfernen /des Gedankens damit man ihn betrachten kann. Man bringt ihn in /Sicherheit aber manchmal eher noch man bringt sich /in Sicherheit vor ihm« (Hg.)

: (meine widerliche Stimme) : Sie wissen ja offenbar wo ich bin Frau . . . Joseph,
»Es ist *in ihrem werten Interesse.* Hr. Puterweck. Können uns garnicht vorstellen daß ein Maunn wie sie. Nicht zu reden vom Interesse ihrer verehrten Frau . . . Gemahlin. Überdenkens das doch. Auf Wiederhören, Hr. Puterweck.
. . . ..
ein Auto gibt leicht Gas.
klack.

— — — — —

Den Prokil angerufen Das war d. Stimme einer älteren Dame, Graug. Na das kann man eben, das Alter an der Stimme, kaum zu machen. Schongarnicht bei Frauen. Aber jedenfalls schönbrunnerische Nuancen.
Ja, vielleicht hätt es gradsogut ein Mann sein können, jetzt wo Dus sagst.

Graug, Graug was ist mit Susi? »Sdenkerl. Was glaubsdenn ich bin a Amatör, blauäugiga. Is doch klar Sdenkerl, wird die Frau Einberger observiert. Selbstverständlich. Seit . . . seitem Wiesinger, net.

»Warum I nix sag? Warum soll I dich beunruhigen, warja nur a Vorsichtsmaßnahme, bisher, schau, so wiesdu beinand bist. »Passauf. Mir hörn dei Telephon ab, gö, sowieso. Empörend? begreifst no immer net was los is? »Ja, hammwir natürlich. Das heißt hoffentlich, wenn der Spezialist funktioniert. Naa, wieso, wenns vor fünf Minuten erst passiert is.

»Sdenkerl: du hilfst uns weiter, verstehst, oder. Ja, genauso reden wiesdes eh gmacht hast, gscheit. Passauf, naa aber naa, nix wird sein. Überlaß das doch mir. Ins Spital? Sdenkerl die wollen doch daßd mit ihnen, net, nanaa die geh wie sollensdenn des machen, Kinderl. Außerdem ...

Außerdem?

»Mir haben doch klarerweise Beamte dort. Ja, jetzschon. doch klar, net? Natürlich, wissens, du glaubst doch net, die Verwaltung muß doch selbstverständlich

»Wer sonst no? Sdenkerl kümmer dich um das Altmaterial, gö. du mußt dich um nichts anderes kümmern als um die Gsundheit und um das Altmaterial. Es wird langsam eng, Sdenkerl, eng. Sdenkerl. Was is mit dir, is dir was eingfalln. Sdenkerl das ist doch das Aller allerwichtigste, alles andere steht und fallt damit, naa sag nix am Telephon. Ha? I kumm morgen oder so. Net viel? Sdenkerl du *mußt*, um Gotteswillen, die Zeit ...

»I kumm morgen oder so. Reg di net auf, was; naa, joo, weiß ja eh Sdenkerl. Weiß ich doch wer du bist, net. Aber streng um Gotteswillen an dein Hirnkastl dei berühmtes.

Mustapha weiß, was weiß er. Daß ich in ... anderen Umständen bin? In welchen?

Also so ist das. Der Prokil.

— — — — —

Kaum aufgelegt rufe ich gleich nocheinmal an. Graug, Du mußt unbedingt morgen kommen, ja, mir ist was eingefallen, nein, aber im Zusammenhang damit. Ich muß was wissen ...

— — — — —

Ich hätt an Graugs Stelle genauso gehandelt.

Würde mich nicht wundern wenn er froh wäre daß sich der Druck auf mich verstärkt. das hat mir noch gefehlt. Staatsschutz im Spital. Sitzen sie vielleicht nebenan, Schwachsinn. Der Prokil weiß genau wie ich daß die mir kein Haar krümmen. Sie wollen wissen wo es ist, aber mein Körper ist sicher vor ihnen. Der Prokil will verhindern daß die mit mir reden.

— — — — —

23:14. Sinds noch da. Man muß sich konzentrieren auf die Ablenkung. Aber ich kann nicht denken, Scheiße. Joseph. Wieso wissen die. also zähle ich bloß ab. mechanisch. die rechten Finger sind die a-Stimmen, die linken die b, eine Verschränkung auf dem Polster ist eine Permutation. Irre mich andauernd, bis schließlich doch klar wird: es stimmt schon.
Wie oft und oft mir das schon aufgefallen ist: ich denke nach u. merke von Zeit zu Zeit daß dabei eine Melodie mit, daneben gesungen worden ist. Hinter allem Denken jetzt wie so eine Melodie, mein Altmaterial

— — — — —

01:10. also schon der

13. November

Schwarzgrau regenverhangen das Fenster Grisaille mein Leben hier (a-b) bedeutet (a+b)-2b, nämlich Gesamtanzahl minus b b-Stimmen minus b a-Stimmen. Verdammt aber man sieht nicht weiter. Jedenfalls stimmt der gefundene Algorithmus.

— — — — —

Stimmt.

— — — — —

13. November

Vom wirren Traum in wirres Daliegen. Leichtes Fieber, Blutdruck normal, Blut, Injektionen. *Kein Pinseln* – die ganze Zeit ein bisserl, fast peinlich, ich habs gewußt u. jetzt schreib ichs her. Harnstottern in Gegenwart des Doktors immer. Dysuria psychica. Mama drückt das Skrotum mit dem Handrücken hoch. Leichtes Rühren immer im Organ, vollautomatisch. Werde ich je wieder feuchte Träume haben?

Würde ein Samenerguß schmerzhaft sein, Herr Doktor? »Daß iß eine Frage die ßeigt beßer alß alleß andere daß ßie auf beßem Wege ...

Aber, Herr Puterweck. Daß Geschlechtliche: immerhin ßind ßie, Elektroreßektion ... part. retropubische Ektomie ...

war ja nur eine Frage.

Habe ich ja schon gewußt, bevor. Lang vor dem 22. Oktober.

Eigentlich nur ein wenig Melancholie. Wehmut ist alles was ich aufbringe. Wiesinger. Im Grunde ein angenehmer Gedanke: Geschlechtlichkeit ist Sklaverei. Evolutionswahnsinn. Dennoch: der einzige Gegenpol zum Schmerz. Nein: Erkenntnis. Lust verhindert Einsicht. Für mich schaut es aus wie ein bloßes Instandhaltungsservice, ißt und fickt damit der Körper ohne Ablenkung das tut was das einzig Wichtige: Verstehen. Aber genau umgekehrt: Einsichten, damit es besser ficken kann. Die Kette reißt mich zurück. Wie die Mutter das Kind vor der Auslage.

Deswegen, allein deswegen darf ich mit Erkenntnis spielen. ich würde gern erst sterben wenn ich weiß, wie Lust und Schmerz mechanisch erklärt werden müssen.

Automaten die Schmerzen *empfinden*. Oder eben daß die Empfindung Illusion, und was kann man damit meinen, »Empfindung ist Illusion«. Wenn ich mich als Automat, voll u. ganz als Automat verabschiede. Wenn ich auch die Melancholie überkomme, als gesetzmäßigen Zustand einer Maschine. Warhol »Ich möchte gerne eine Maschine sein« Tschapperl, se,

MacKay in d. Diskuss. Mind No. 313 »... supporting the notion, heretofore hardly ever analyzed in depth, that intelligent machines would have to be capable, among other things, of *sensing* pain. This, of course, amounts to a plea of incompleteness of present day mechanist thought. Personally, I have come to regard the question of pain as central to a certain realm, intrinsically separate, that can be delineated in a negative manner only, viz., by enumeration of issues that we are incapable of solving by formal means (like e.g., the question of human freedom). ... Somewhat disconcertingly, Mr Puterweck does not take account of Dennett's important recent essay »Why You Can't Make a Computer that Feels Pain« (Synthese, XXXVIII, ... 1978) ...«

Mein lieber MacKay, das ist leicht zu erklären! Dennett sagt nicht mehr und nicht weniger als: wir haben keine Robots die Schmerz empfinden, weil unsere »gewöhnlichen Intuitionen« von Schmerz unauflösbar widersprüchlich sind. Ob seine dreißig Seiten mit diesem Ergebnis zu rechtfertigen sind, das zu beurteilen überlasse ich Hrn. Dr. Jedermann. Das *für mich* Interessante ist natürl.: wenn ich Schmerzen habe, so ist an meinem Wissen davon nat. überhaupt nichts Widersprüchliches; *inwiefern* und *warum* sind dann unsere Schmerzmodelle widersprüchlich? – ist es prinzipiell so, weil der Schmerz *außerhalb* des als Mechanismus Begreifbaren liegt (a la

Zitat oben)? Wichtigste Frage: wie ist etwas, das nicht als Mechanismus zu begreifen ist? Wie sieht der »Schatten« aus, den diese Existenz auf den Raum unserer Mechanismen wirft? math. Metapher: welcher Natur ist die Projektion dieses Etwas auf unsere Algebra von Mechanismen, und läßt sich, wenigstens zum Teil, wenigstens diese Projektion als Mechanismus beschreiben?

Wir wollen eine Intelligenz bauen – wir wollen neue Bilder dessen, was wir sind, denn wir suchen nach Hilfe in den Notwendigkeiten unseres So-Seins; letzten Endes suchen wir nach einem exit vehicle das uns nicht in den Tod trägt. Aber der Schmerz ist nicht ein unmittelbarer Bestandteil unseres Denkvermögens, ein konkreter Hebel der gedankenerzeugenden Maschine (da hat mich MacKay viell. mißverstanden). Für unseren Robot wird es zunächst genügen, wenn wir ihm den Schmerz als eine ganz bestimmte Klasse von Störungen simulieren, die d. laufende Laufumgebung durch je bestimmte Details des Körperschemas überlagern. Er muß ihn nicht *fühlen.* Es reicht, wenn er als Tendenz und Schranke *funktioniert.*

Darüber sagt Dennett nichts. (In seinem Traumaufsatz liefert das »Gedächtnis« den Ersatz für das »Erleben«, in seinem Schmerzaufsatz wird nicht das Schmerzerleben in Frage gestellt sondern umgekehrt – durch die Schmerzmittel – das »Gedächtnis« – an den Schmerz – unterdrückt. Er umkreist einen bestimmten Gedanken, ohne ihn rein auszusprechen: »Das Erleben ist nichts anderes als die Veränderung des Gedächtnisses«. Aber so klar ausgesprochen sieht dieser Gedanke etwas dünn aus. *Natürlich* ist das Erleben auf die Erinnerung angewiesen. *Natürlich* erlebe ich immer *jetzt.* Also erlebe ich auch die Erinnerung immer *jetzt. Natürlich* ist das Erleben eine Modifikation der Erinnerung. : *Die Struktur der Erinnerung* ist das Problem : die genaue Beschreibung dieser einen Art von Modifikation, die sich von allen anderen so krass unterscheidet: sie bringt Intelligenz hervor. Und noch was mein Lieber: *wir erleben ja den Vorgang der Modellkonstruktion* wenn auch nicht im Detail.

Freedom, wa.

Offener Riegel aus Messing, Omega der Vase. Religion, MacKay Christ.

Über Graug u. seine Maßnahmen hat Mustapha kein Wort verlauten lassen. Ich auch nicht. Denk mir mein Teil, wenn ich wieder in so einem aufmerksamen Blick klebe. Muß ich hier auch noch mitspielen.

— — — — —

Allein im Bad gewesen! Spitalspantoffeln. Echt Luxus näml. nichts als teuer: Steuergelder. Marmorwaschbekken, Marmorwanne, mein altes – zwanzig Jahre? – Ledernecessaire. Warum kein Marmorklo? Versucht, zu pischen, im Sitzen erst, dann Stehen: nix. stütze mich mit der Hand gegen die Wand und höre mich dem Uro-Trakt gut zureden. Globale Erinnerung an viele Male stockbesoffen platzmachen für mehr. Lust auf ein Gläschen, Gradnik Friaul. Zigarre, schonwieder Zigarren. Weißer sanft wehender Vorhang bis zum Boden beim Fenster. Diese Scheißbande. Und Susi. Und ich hier mit meinen. Aber: ich bin noch da, meine Herren. Vielleicht zweieinhalb mal sieben, Installationen an der Wand aufgereiht. Ein ganz ordinärer Waschtischspiegel und eine *Messing*wandlampe! D. Nivea schaut hier aus als hätte sie der Installateur liegen lassen.
Mal fragen was mich das kostet am Tag. Überhaupt, wie stehen die Finanzen?

— — — — —

Also diese Frage scheint *mir* ein Zeichen der Normalisierung.

— — — — —

Beefsteak, Semmel. Beefsteak. In Wien gibts seit ich denken kann kein anständiges Fleisch mehr – das Bessere wird exportiert, wie im Ostblock. Möcht nicht wissen wie das ausschaut und wohin. Wahrscheinlich nach Schweden, wo sie nach der Farbe essen.
Blaugrün. Jetzt bin ich wieder beim Thema.

— — — — —

Es gelingt mir keine Formel für die Addition der gefundenen Auszählung. Ein Muster ist da aber ich sehs nicht. Fühle daß das vor ... kurzem noch Kinderspiel.
Sei positiv Ko. Eins ist klar, ich könnte ein Programm schreiben das für jedes a und b das Problem iterativ löst.

Aber soll ich mich denn damit zufr. geben? Unmöglich. Denn die Einsicht unter dem Zeichen (a-b)/(a+b) fehlt. Es muß einen Blickwinkel auf diese Aufgabe geben, in welchem dieser Mech. offenliegt. Intelligenz ist: eine Struktur bauen können, die, wie immer verschachtelt, unter einem bestimmten Winkel »symmetrisch« erscheint. An einer Stelle öffnet sich eine schnurgerade Allee in der zuvor unübersichtlichen Landschaft, wenn man »quer« zu ihr vorübergeht. Wie z.B. eine Sattelfläche parabolisch geschlichtete Hyperbeln wird durch die regelmäßige Bewegung einer Geraden erzeugt, und ist doch nichts als der Graph der ganz ordinären Multiplikation. Vielleicht haben die Gartenkünstler so etwas hervorbringen wollen. The Domain of Arnheim.

Nun ich kenne mich wenigstens in dieser Hinsicht, das wird mir keine Ruhe lassen. Und das *ist* ja gerade das Positive: dieses Problemchen wird mich immer ablenken, ich werde automatisch zu ihm geflüchtet wenn die unangenehmeren Unklarheiten andrängen. Das war auch immer eine Kennmarke Puterweck: Flucht vor der Realität. Spinnereien statt Steuererklärung.

— — — — —

17:00. Susi war da (falscher Karton. Brauche 1974/79.

D. Telephonanruf. Susi gefaßt? oder hab ich ein Erschrecken gesehn. Und. Was wäre. Ich kann nichts tun, hier im Bett. Was kann ich tun mit meinem gelähmten Verstand, jetzt. Ich muß hinaus, mit allen meinen Löchern. Wie ein Held. Ich muß das alles erledigen, in meiner Schwäche. Was wäre wenn Susi von diesen Schweinen. Ich würde mich umbringen, in so einem Fall könnte ich das. Ich müßte.

— — — — —

– Susi. Wir werden vielleicht nie wieder miteinander schlafen.

»weiß ich doch Ko. Haben wir nicht Alles gehabt? Ich bin ... sagen wir, auch nicht mehr zwanzig. Zuerst, früher, das war ...

wie soll ich sagen. Es hat was mit Religion mit Glauben zu tun. Nein laß mich ausreden. Orgasmus ist Bestätigung daß man zu Etwas gehört. Zu einem Größeren einem Tieferen gehört. Bestätigt die Hoffnung daß die Welt tiefer ist als der Verstand sie hat, anders tief, tiefer tief. Daß man Teil ist einer Tiefe die niemand je verstehen wird, die aber da ist. Sinn den niemand begreift. Seele. Religion.

Aber dann ist mir das ... unheimlich geworden. Dieses »Und es geschah was geschehen mußte« ... diese Mitarbeit an einem Werk das nicht das meine ist. Und auch noch anders »unheimlich« ... Ko.

daß die Selbstaufgabe für ... ein Wesen ist, das selber aufgegeben ist. Nein, natürlich nicht der Krebs: dein

Denken. Ko ich glaube, daß ich in Deinem Denken schon lang nicht mehr dasselbe bin wie früher – und daß *Du* in Deinem Denken nicht mehr dasselbe bist. Und mit *dem* werde ich nicht so schnell fertig.

– Anders, ja; aber nicht weniger, Susi. Ja etwas hat sich getan. Aber bin ich denn dermaßen anders? Dermaßen? Mein einziges Trachten: ich möchte doch wieder Zdenko Puterweck sein, ich bemüh mich doch so sehr. Für *Dich* /aber das stimmte nicht ganz/ Aber vielleicht nicht wieder wirklich völlig Puterweck. Unter meinen Verlusten sind welche die mich freun. Und *das* gehört wohl eher zu diesen erfreulichen, . . .

'Wenn *das* nicht mehr geht . . .' hat der Bauer zu Freud gesagt . . . aber ich, im Gegenteil. Diese Welt will ich nicht die man bedient und in der man Funktionen hat, und als solche Quelle von Lust und Schmerz. die uns planen macht nach Belohnung u. Strafe u. in der unsere Pläne Betrug an uns sind; in der Zusammenhänge nur in unserem Verstand sind, wie Erklärungen die man Kindern gibt. In der der teure Sinn ein chemisch erzeugtes Bläschen ist das wir verausgaben um Gerüste einer fremden Struktur weiterzuschweißen in der unser Sinn nichts ist als: Lötwasser das verdampft.
Zuneigung heißt: ich weiß Du erlebst das wie ich.

— — — — —

Aus dieser Welt bin ich nun aber in einen leerschematischen Irrgarten geraten. Schablonen starten aus den Nischen und schweben drohwedelnd vorüber.

Und ist denn Susi keine Schablone? Bin ich keine Schablone? Ich bin müde und habe doch garnichts geleistet. Nicht einmal gegrübelt.

— — — — —

Josephsehe.

— — — — —

U. hat es überh. einen Sinn Sei ehrlich Ko.

Das Schwarze, ta mavra ta psaria.*)

Wie gut ich das verstehe, wenigstens das: Ablehnung dieser Natur, die nichts als: Erkenntnis als Maschine für uns hat. Aber ich kann nicht revoltieren wenn ich weiß daß die Revolte eingebaut ist: ein Trick zum Hervorbringen neuer Maschinen. Hoffnungslos. Und noch dieses überfeinerte Nichtkönnen ist eingebaut, eine Drehung der Spirale.

Sinds noch da. U. wo bleibt dieses Arschloch der Prokil.

14.November.

Kaum geschlafen; rasiert beim trüben Morgendunkel. Als die Leibschüssel kam erzählte ich daß ich auf dem Klo gewesen war. Mustapha und Mama helfen mir ins Bad. Mama dreht den Wasserhahn auf. Ich stehe fünf Minuten allein und konzentriere mich. Das Plätschern muß etwas mobilisieren, das einmal bewußt, einmal zumindest *konkret* gewesen ist. Denn ich fühle gespannt in den Bauch hinein, das Pritscheln, zuerst wie Heuschrekken auf der Wiese, dann verliert es jede Qualität, aber etwas läßt nach. Rhythmische Kontraktionen der Bauchmuskeln. Dass .. da. Dass .. da. Keinerlei Schmerzen. Spüre den Urin ins Glied quellen. Als wäre die Leitung geknickt und nur ein Tröpfeln käm durch. Dann werde ich schwach und setze mich auf die Muschel keine Zeit mehr zum Umlegen der Brille . . .

———

*) »Die schwarzen Fische«, neugr. Todesmetapher. (Hg.)

Im Bett rinnts wieder anstandslos. Ab heute Vitamine oral. Der Arsch ist wie ein Polster von den vielen Stichen. Sie müssen die Wunde am Hinterkopf gesehen haben, sie schmerzt überhaupt nicht. Sind die »Vitamine« vielleicht ...? Wissen die alle so viel mehr als sie zu erkennen geben?

dann Rollstuhl Tomographie. Leere Gänge, Aufzug, ferne Geräusche wie Eßbesteckwaschen. Aufzug nach unten. Leerer Gang, nur Türen, Nummern, kahle Wände, hellgraues Linoleum. Von Prokils Leuten nicht die geringste Ahnung. Weiß und grau. Alles wie neu, unfertig, Modell. Liege in der Maschine wie in der Guillotine aber am Rücken, Kopf hintenüber wie ...

Wie Marilyn eine flache Oberfläche der Oberkörper des Technikers hinter der Glaswand die auch nur den Plafond spiegelt. Surren des Apparats. Die Enge meiner Assoziationen.

Leerer Gang, EEG. Ich denke für den Therapeuten iß noch ein wenig ßu früh Herr Puterweck. ßie müßen doch in erßer Linie jeß körperlich fit.

Mein Reden. Leerer Gang: ich konzentriere mich auf die Topographie dieser Korridore. Falls ich hier türmen müßte. Der Gedanke »abhauen« während des Gerolltwerdens da auf dem Gang machte einer komischen kleinen Übelkeit Platz, beinahe Angst. Der Komplikator spielt mir vielleicht Streiche. hat es schon registriert – daß ich vielleicht furchtbare Dinge werde machen müssen, in den Lagen die mich zwingen könnten zu türmen. Denn überhaupt erst jetzt kommt mir diese Idee, bewußt gedacht habe ich es noch nie.
Leerer Gang, Aufzug, leere Gänge Zimmer 332. Kaum im Zimmer ist der Druck weg.

Ma Ma ist aus Panay; wie plötzlich ihr Gesicht chinesische Züge annimmt, als ich die Schreibung ihres Namens endlich wußte. Ob ich die »Leere dieser Welt« verwechsle mit der Leere meiner Umgebung? die verarmte Geometrie dieses Krankenhauses Stille in der ich nur die Stimmsimulationen in meinem Kopf höre und das Blechdosenumspringen meines Herzschlags. Schaben des Regens, Windschleifereien. Vorbeiblicke aus Murmelaugen. Murmel murmel

— — — — —

14:00 Es hört nicht auf. Jede Viertelstunde Blutabzug im Kopf als würde ich ohnmächtig. Es saust im Ohr. Ich halte das Buch auf dem Bauch als könnte es mich retten. Joseph: es ist nicht einfach weg, wie etwas das man vergessen hat. Es ist als ginge ich in einer klaren Landschaft bis plötzlich ein Skotom aus Nebel. Wieso hat der Prokil braune Augen gehabt. Kann eine Sinnestäuschung so wirklich sein. Schreiben um mich am Leben zu halten, wofür. Das Notizbuch rutscht auf dem Leintuch herum. Ich halte mich an den Buchstaben fest. I I I I I I I eins zwei drei vier fünf sechs sieben. Ich greife nach dem Rouse Ball, schnurgerade, aber mit der geraden Bewegung rutscht das Buch lautlos zur Seite ich greife auf porös lackiertes Metall. Der Riegel an der Tür.

Der Rauch faltet sich träge vor dem blendleuchtenden Fenster. D. einz. vern. Ausweg ist: wir lassen das Zeugs einfach stehen. Wir motten ein und installieren. Ein kleiner Zug an d. Zigarre. Ein kleines Kratzen in der Kehle. Nur paffen Kc, ganz vorn im Mund. »Ja. Das ist es. So wirds gehn« »Meine Herren, eine kleine Denkpause ...

Das stimmt doch nicht zusammen. Es muß eine Lösung gewesen sein die sofort und unmittelbar wie eine Erleuchtung kommt: Das ist es! Und nicht: naja ... vielleicht ist das eine Möglichkeit ... das muß in Augenschein genommen werden ... neinnein. Nein.

— — — — —

15 Uhr. Der Alp ist weg. Es ist klar, es wird schlimmer statt besser.

Also statt Alp Bewußtsein des Alps. Wies einem höhern Wesen zusteht.

Der Prokil ruft nicht an.

— — — — —

20:00. Joseph ist schon wieder dagewesen, ganz unerwartet, »Die haben was gegen mich Ko! Wolln mich net reinlassen!« und wenn ich ehrlich bin auch nicht ganz willkommen. Er hat eine Flasche mit, Slivovitz von einem Bauern im Karst. Zeichen daß auch er total unter Druck. »Den wollt ich zum Geburtstag mit Dir saufen Ko! Und wiesDu im Sommer plötzlich abstinent worden bist! Und dann! Und hab schon gedacht der wird nie mehr aufgemacht! Versucht zu diskutieren, vielleicht eine Stunde lang. Ein herrliches Gesöff, jeder zwei Schluck und schon schütten wirs in uns hinein. Es ist mir danach, weißgott. Nat. beobachte ich mich um aufzuhören sobald irgend, aber während Werner gleich zu Lachen und Jubeln ansetzt spüre ich nicht die geringste Wirkung. Schließlich höre ich auf, denn es gibt mir nichts und ist wahrscheinlich nur mehr schädlich. Werner bringt kollernd die ödesten Vermutungen heraus, ich denke nun da hast dus. Dionysisch! Die Marionette kiekst und kapriolt. Es war mir zuvor nie aufgefallen wie er mit dem Kopf u. mit d. Körper spricht, nicht mit den Händen. Aber schließlich habe ich ihn doch gern ... Immer ein kleiner Ruck, ein angedeutetes Nicken. Ich hasse das. Als müßte mir was zum Sehen geboten werden, wenn er spricht. Oder bilde ich mir das ein. Mein Freund, der Hampelmann. Diese

und diese Möglichkeiten, das Gesicht zu verzerren. Den Kopf kann er so weit drehen wie das Scharnier es zuläßt. Die Wirbel spalten sich wie es ihnen vorgeschrieben ist. Innervation der Larynx spult den Satzfaden hervor, die Vorstellung überprüft ob sie an den korrekten Stellen bezeichnet worden ist. »Triest« . . .! Steht das Zeug in Zwentendorf. verglüht es langsam. Ein Physikbuch. wie lange: 10.000 Jahre. Als er ging, Ergebnis null. Er umarmt mich, schluchzt, mein Achselschweiß. Er muß nach London! Zwei Tage!
Was kann hier schon herauskommen.

Nun fällt mir auf daß auch dieser Mustapha Körpersprache, ja und auch Mama, irgendwie. Ähnlich wie der Prokil. Angedeutetes Boxen, vielleicht. Ohne Hände. Freihändig.

— — — — —

Und irgendwie ich selber ja auch, hols der Teufel. Auch ich rucke doch mit dem Bauch im Bett herum, beim Grübeln. Hols der Teufel gehört das zu diesen Sachen die mich halbbewußt so stören hier, irgendwie eine Gleichförmigkeit der Menschen hier, irgendwie aus einem Guß. Gehören wir hier alle zu einem Stamm. Innere Bilder von ruckig zuckenden Körpern. Oder bin ich in einem Rausch den ich noch nie gehabt habe. Z.B. ein Rausch der einzig und allein den Komplikator affiziert hier – wenn er schon die Ähnlichkeiten nicht konstruieren kann nach denen ich suche, so bringt er wenigstens irgendwelche. Wie ein braver Hund der nicht versteht was das Herrl will.

— — — — —

Es muß nach Mitternacht sein, Uhr nicht aufgezogen. Fühle mich etwas besser, schlafe nicht ein. Hab die Uhr nach Gefühl gestellt.

Ja mein Freund, Regelmäßigkeiten müssen *relevant* sein. Für die menschliche Kapazität. Eine Regelmäßigkeit wird »entdeckt« und du hältst verzweifelt daran fest. Etwas Wertvolles! Denn sie kann irgendwie eingepaßt werden in die Erwartung. Und wenn nicht ... du hast dann immerhin zwei Ausgangspunkte statt eines einzigen, die Erwartung und diese Regelmäßigkeit, die ja doch das Loch in der Erwartung irgendwie verkleinert auch wenn sie in der Luft hängt. Zwei Brückenköpfe. Zwei Gruppen von Richtlinien statt einer. Und während du nach zusätzlichen Mechanismen suchst die sie anknüpfen könnten, das Restloch überbrücken, *verstellt* diese Regelmäßigkeit den Blick. *Erschwert*, verhindert eine andere Faltung der Situation. Aber: Intelligenz kann sich auch von wahrgenommenen Regelmäßigkeiten entfernen. Das muß man sogar. Immer. quasi routinemäßig.

Und würde nicht eine größere Kapazität »zu viele« Regelmäßigkeiten sehen? Reines Drauflosdichten, Dichtermachen statt Einsicht? Vielleicht gibt es »erlaubte Kapazitätsniveaus«, dazwischen weite Felder untauglicher Kapazitätsgrößen, Irrläufer der Evolution.

Das zweite Rätsel scheint mir in der Tat ganz einfach. Wenn ich gewählt werden will muß ich x Wahlmänner haben; alle gewählten Kandidaten haben zusammen nsx Stimmen oder mehr; (pr-nsx) also muß im allgemeinen Fall $(pr\text{-}nxs) > xs$ sein; $(n+1)sx < pr$; $x < pr/(ns+s)$.

/

Aber Rouse Ball gibt $x < pr/(ns+r)$!!! bin ich dermaßen bin ich verrückt? Kann das nach Faltung drängende Knäuel, kann es einen Hirnschaden geben, der eine andere Mathematik hervorbringt?

— — — — —

Aber ein Beispiel. Ämter n = 4; Wahlmänner p = 10; Stimmen pro Wahlmann r = 5; max. Stimmen pro Wahlmann für einen Kand. s = 3; Nach dem Buch: x < 50/17, also x mindestens = 3. Nach *meiner* Lösung: x < 50/15, d.h. x mind. = 4.

Habe ich aber 3 Wahlmänner, also 9 Stimmen, so kann folgendes geschehen:

Wahlmann	Kandidat					Stimmen/Wahlmann
	1	2	3	4	ich	
1	3	–	–	2	–	5
2	3	–	2	–	–	5
3	3	–	1	1	–	5
4	1	–	1	3	–	5
5	–	3	2	–	–	5
6	–	3	2	–	–	5
7	–	3	1	1	–	5
8	1	–	–	1	3	5
9	–	1	–	1	3	5
10	–	–	1	1	3	5
Summen:	11	10	10	10	9	50

Also werde ich nicht gewählt. *Meine* Formel stimmt.

Gottseidank, verdammt.

Hat mich je so ein Blödsinn so gefreut. Ich kann eh nur abwarten, auf die Trillerflöte vom Telephon.

15. November

Vergnügt erwacht, frisch. Sofort nach Zeremonie aus dem Bett, fast gehüpft. Morgenrock, Pantoffeln, zum Fenster, ja: spaziert. Tiefe Wolken ohne Konturen. Es ist der lang erhoffte Baum der mich erstarren läßt. Er ist ein

Vorgang, eine ruckartige Bewegung nach der andern abgezirkelt. Hoch, links, hoch, hoch, Schweifung, Vogel. Ein kleiner schwarzer Anblick fast in Augenhöhe. Sitzt starr und der kahle Zweig wippt im Nieseln. Die eisige Mechanik der Natur, Wahnsinn der Organisation. Dieser Punkt in meinem Aug ist fünfundvierzig Milliarden Billionen Atome präzis gemischt. Dieser Schleier in meinem Aug wöge ein zehntel Gramm wenn er auf der Pupille schwömme. Prokils Keratin. Aber er ist nichts als Organisation meines Hirns. Diese Billionen auch. Der Stamm verschwindet im Bodennebel. Komisch im Hof. Das ist kein Hof. Dadrüben ist d. Währinger Gürtel d. Fassaden komisch Kulissen über dem Nebel wie Gipfelblick die Stadtbahn im weißen Nebel zugemalt. Komisch der Nebel.
Also richtig: Norden.

— — — — —

Der Polster belauert mich nicht, höchstens ich ihn. Er funktioniert. Billionen Moleküle, wieviel. Organisation. Ich funktioniere nein mich gibt es nicht. nur Billionen. ich bin viel interessanter als dieser Polster. ich bin viel raffinierter gemischt. auf der Rangleiter der Organisation nehme ich freilich eine bescheidene Stellung ein, nicht weit von ihm. Das Besondere an uns beiden: wir haben unseren Platz am Ende der Rangleiter. Sie hat nämlich nur ein Ende, das untere.

D. phantastischen Zahlen d. Nerven. Phantastisch aber nur für die Nerven selber: was sie halt so begreifen können /Folgendes: solche Gedanken habe ich stets *gehabt* aber nat. nie notiert. die Banalität. Willst du dir vormachen nichts habe sich geändert? *Du* willst zurück zu Zdenko Puterweck?

— — — — —

Stimmt meine Formel doch nicht. Doch sie stimmt. Jede Menge Gegenbeispiele für die im Buch. Ganz einfach? Ja das war einfach. Ich kann dieses Problem klar vor meinem inneren Auge aufstellen. *Sehe* die Lösung. Sehe sie, weil ich quasi *inhaltlich*. Inhaltlich ist nicht dasselbe wie anschaulich. Aber bei der ersten Aufgabe gelingt mir das nicht wie sehr ich mich auch quäle. Sie ist *nicht* einfach.

Und wenn die Lösung im Buch ebenfalls nicht stimmt? Woran kann ich mich halten! Ich habe doch eine Lösung. Kann sie bloß nicht abstimmen. Kann den Zusammenhang nicht sehen.

Das ist aber doch ein altbekanntes Gefühl: erst Zweifel an der Sache. Dann Zweifel an meinen Fähigkeiten. dann Verzweiflung. Hab ichs nicht immer überstanden, bisher?

— — — — —

Wie spät. und Warum. Ich war auf dem Gang. Gegenüber Nr. 337. Durch das Schema der Tür das Schema des Schreibtischs und das Schema des Frühstücksbretts auf dem Schema des Servierwagens. Weißliches Licht. Die Wand ist rauhglatt. Speckige weißglänzende Formen und matte. Kaltes Schema. Das Ende das Gangs vorn rechtekkig, ein helleres Rechteck. Klapp der Pantoffel. Der Mund schmatzt um das Geräusch des nackten nördlichen Fußes auf dem Linoleum nachzuahmen aber es klingt anders. Diese Geräusche passen nicht in diese platte Linealgeometrie. Es hallt im Gang vorn klipp klipp klipp. wie in einer Röhre. Dreihunderttausend Trillionen Billionen schieben sich ins Rechteck oder ist das nur ein Anblick. Zahlen beeindrucken mich nicht. Auch Anblicke nicht. Es wird dunkler. »Herr Puterweck! das war eine akustische Empfindung. Man muß sich immer wieder klarmachen daß die auf die Sinnesorgane einwirkenden

Impulse von phys. ganz unterschiedlichem Charakter in eine einheitliche Impulsform, in Nervenimpulse übersetzt werden. Physikalisch ist ein visueller Eindruck von den selben elementaren Vorgängen getragen wie ein Tasteindruck. Aber diese gleichen Impulse lösen doch etwas ganz anderes aus. Chemisch ganz anders. Das beruhigt. Das hat mit meiner Lage nichts zu tun. »Offen & abgeschlossen zugleich«.

Wenn man die Moleküle eines Polsters so aufstellen könnte, daß sich bei der Luftschwingung, die beim Rufen des Worts Vogel! entsteht, jene Anordnung bildete, die einer Vorstellung des Vogels als Abstraktum entspricht. Oder bei Joseph! eine Maschine, die ein Gesicht repräsentiert. und nachzitterte, wenn man nur genügend Energie weiter zuführt.
ung bildete, die einer Vorstellung des Vogels als Abstraktum entspricht.

— — — — —

waß eine Verrücktheit Herr Puterweck. ßie ßind doch noch nicht in der Lage. Bedenken ßie, ßie schtürßen, wie vor drei Tagen
Daß die Flüssigkeit im Ventrikel schäumt. Die graue Masse im Periaquädukt.

— — — — —

Wo hat der Prokil seine Leute postiert, oder hat er einfach gelogen um mich zu beruhigen. Ich muß wieder hinaus und die Türen am Gang probieren. Vielleicht unten beim Ausgang, der österr. Polizei fällt manches ein.
Die neue Komponente: Angst.

— — — — —

Was jetzt auch passiert, wenn ich nichts tun kann, folgendes, solang ich noch einigermaßen beinanderbin.

Was sie nicht wissen und was niemand weiß, u. Susi auch nicht u. nicht einmal Werner selber: ich habe auf seinem Balkon ein kleines Bündel Papiere versteckt. Bei unserer letzten Sauferei im Mai. Er war schon so hinüber und hat zwölfmal hintereinander »Change of the Century« aufgelegt*) selig zerstört im IKEA-Fauteuil, über meinen Zustand hatte ich nichts verlauten lassen. Ich habe die Markisenverankerung gelockert mit dem kleinen Franzosen und den flachen Plastikumschlag hinter die Abdeckung geschoben. Hat nicht einmal gemerkt daß ich auf dem Balkon gewesen war.

16. November

Beschleunigungsgefühl körperlich beim Erwachen

— — — — —

Ich glaube man muß zwischen der schlichten 'Bedeutung' eines Programmteils im jeweils laufenden Gesamtprogramm, d.h. der Bedeutung eines Worts als Teilprogramm des globalen Vorstellungsautomaten, einerseits, und dem schweren Gefühl von Bedeutung unterscheiden, das offenbar unabhängig, frei von Vorstellungen erzeugt werden kann, und dessen Inhalt nichts ist als: Gefühl von Bedeutung eben. Es ist vorstellbar, daß dieses qualitative Gefühl vergleichbar sein könnte mit Schmerz. Es *begleitet* vielleicht das suchende Denken und markiert beim gesunden Menschen das Funktionieren des Komplikators. Es ist vielleicht das Lustgefühl bei der Einsicht: beim Gelin-

*) Wohl die Schallplatte von Ornette Coleman. (Hg.)

gen der Konstruktion eines passenden Automatenelements.

Wie nun wenn sich bei mir dieses System verselbständigt hätte. Die Meldung »Wand« kommt durch und wird verzuckert mit der Marke »Einsicht!«. Der Komplikator hat einen Orgasmus. Na das wäre ja prima; aber es war nichts als Horror gestern am Gang. Die Marke war: »Obacht!«. Sie war: »Vorsicht!«. *Gefahr*. Bevor das System zusammenbrach und ich im bedeutungsleeren Figurenraum stand, von außen mit Energiegruppen bombardiert, denen von innen Bedeutsamkeiten, also Energiegruppen entgegengeschleudert werden. Es war Angst. Angst ist mit diesem freischwebenden Bedeutungsgefühl eng verwandt. Das ist genau das was ich am allerwenigsten gebrauchen kann.

Locus coeruleus. Es hat auch diese paar tausend Zellen in Mitleidenschaft gezogen, die ein Paket Angst aus meinem Hirn machen. Norepinephrin.

— — — — —

Die Angst hatte aber auch einen äußeren Anlaß. Sie begann auf dem Gang, der Anblick verwirrt sich zu einem Knäuel aus Zusammenhängen, der Komplikator bricht zusammen (aber aus welchem Grund?!); kaum im Zimmer und alles das ist schlagartig weg. Nur meine nun schon gewohnten Denkmiserabilien, ergänzt um eine neue, unangenehme, bei all dem noch undeutliche Erinnerung.

— — — — —

Die Angst aber kann ich simulieren.

D.h. erzeugen: denk daran daß Susi sterben könnte. Nein das ist es nicht. Denk daran daß sie verzweifelt.

Ja – hier ist es.

Aber eins ist klar: ich möchte nicht daß Susi leidet nicht weil ich möchte daß *sie* nicht leidet. sondern weil *mir* diese Vorstellung unerträglich ist. Also ist klar: ich möchte dieses Gefühl nicht haben. Dieses Körpergefühl.

— — — — —

Bedeutungsgefühl: oder ist es daß der Komplikator an einem verschachtelten Zusammenhang abgleitet, eine Ähnlichkeit wird signalisiert kann aber nicht lokalisiert werden. Die Aufforderung zum Verstehen, das Gefühl »hier ist etwas das gefaltet werden kann«, es ist wie ein Knäuel aus Haaren. Könnte ich es ordnen es würde zu einer Fläche, Dauerwelle von bestimmter Form werden ich könnte diese Fläche in alle Richtungen quertasten und nicht bloß das einzelne Haar entlang und Regelmäßigkeiten erfinden die in der Krümmung des einzelnen Haars nicht abzulesen sind! Aber da ist nur das Gestrüpp du ziehst an einzelnen Haaren und sie verlieren solange ihre Windungen. Od. viell. für immer. Der Komplikator spult Serien von irrelevanten Zusammenhängen hervor. Denn die bloße Tatsache daß es ein *Knäuel* ist läßt ihn schon anspringen. ein Knäuel enthält viele ähnliche Kurven /

— — — — —

13:00. Rindssuppe mit viel Fleisch, mit künstl. Gier schnabuliert.

schnabulieren. Das mußte ja kommen.

Es ist sinnlos sich mit Emotionen herumzuschlagen, besonders wenn sich diese Emotionen immer nur wattiert geben: ich erlebe ja doch eigentlich wie ein Stellvertreter: weil ich immer die Partei des Komplikators ergreife. Solang ich kann. Es gibt doch noch andere Hypothesen. Sehr wahrscheinlich ist doch, daß ich unter schwerer Sedation stehe, seit d. Wiedergeburt. Ich habe doch keinerlei Erfahrung mit der Innenseite einer weitgehenden pharmakologischen Dämpfung, aber was ich gelesen habe stimmt doch ziemlich mit den Symptomen überein. Gleichfalls ist bekannt, daß klinisch wirksame Beruhigungsmittel die Wahrnehmung stark beeinträchtigen können (das ist doch auch bei starken schmerzstillenden Mitteln so).

D. einzige vernünftige Ausweg ist:

den Mustapha zur Offenheit zwingen. Warum sollten sie gerade das verschweigen wollen? Die Spiegelung der halboffenen Kastentür im grauen Fenster schafft die Illusion einer Schattengrenze zwischen dem regenverhangenen Himmel und der noch dünkler grauen Ahnung des Hofs. d. Raums hinüber zum Währinger Gürtel

— — — — —

D. einzig Vernünftige: Ablenkung mit Trivia.

— — — — —

Vielleicht muß man sich vor Augen halten, daß d. locus coeruleus den Bewegungsplan u. d. Ausführg. d. Beweg. entkuppelt jedenfalls in d. Katze

— — — — —

Offenbar leistet mein Hirn nur mehr Wortspielereien und Abzählen. Abzählen, mit einfachsten, mit Mechanismen zusammenfassen die sie einem als erste beigebracht haben. Was ist ein Wortspiel? Aber ein Wortspiel ist doch nicht nur einfach *Worte*. Es hat einen *Sinn*, einen platten Sinn zumindest. Eine Ähnlichkeit die in einem Loch hängt freischwebend. Eine Ähnlichkeit. Also ist nicht wirklich alles kaputt: ich sehe noch eine Schicht Sinn unter den Zeichenkombinationen. Klar ist jedoch so viel: Diese Schicht ist verzweifelt dünn.

Wieso kann ich aber in dieser Weise räsonnieren (resonieren?). Wie kann ich immerhin erkennen und formulieren, daß sich die Dinge wie eben beschrieben verhalten könnten?

— — — — —

16:20. *Math. Recr.* beim Blättern springt ins Aug (vollautom.): 22. Oktober 1988, nach wiederh. Fühlungn. über Informanten wird hieramts anheimgestellt, ev. polit. Konzessionen. Observanden scheinen neuzuschaff. Umweltgremium u. entspr. Vertretung anzustreben.

u. dann, in bew. Suchen: 28.Okt. (der vierte der raffiniertest eingeklebten Zettel, könnte verwechselt werden mit Photokopie direkt auf die Seite 270 aber Schreibmaschinkopie, offb. uralte mech. Schreibmasch. u. verbrauchtes Kohlepapier) Observ. planen massive Öffentl.kampagne mit d. Ziel vorgezogene Neuwahlen. Nicht ungeschickter Versuch den Fall Lucona*) u. Unrast bez. d. Hr. Bundespräs. mit Enthüllung angebl. dokumentierb. illeg. staatl. Aktivitäten auf dem Umweltsektor zu verbinden. Energ. Handeln dring. geboten.

— — — — —

Diese dummen Schweine mit ihrem Waldheim. Ist nicht sonnenklar daß er kein Obernazi und kein Oberkriegsverbrecher ist? Er hat nichts als die ganz normale Amtsschurkerei, die Verdienstlichkeitssauerei gemacht, wie Jeder, wie sicherlich Wiesinger auch. Wie das übrigens auch heute jeder machen würde und macht, und die Amis vor allen anderen u. d. Juden auch. Waldheim paßt einfach in das Bild das einer mit den deklarierten Nazis unbekannten Generation von diesen Typen gemacht worden ist. Ein Surrogatnazi. Er ist der ganz normale Auto-

*)Name des Schiffs, das – nach der Behauptung von Hr. U. Proksch – mit einer Fracht Atommeilerteile im indischen Ozean untergegangen ist. (Hg.)

mat, österreichische Großserie. Daß er freilich Staatspräsident ist, das ist ein Symbol dem bald jede Polizistin mit Ahnungen begegnet. Aber ihre Schwierigkeiten begreife ich: der konkrete Fall, der der Argumentation beim Staatsvolk erst Zunder gibt, paßt so selten auf die kaum artikulierbaren Prinzipien.

U. ich selbst, bin ich nicht auch schon dabei mich auf den Befehlsempfänger herauszumurksen? Vielleicht ärger als der Herr Bundespräsident. Seite 271: »Combinatorial Designs«.

— — — — —

Angenommen ich hab gesagt stehenlassen.

D. einz. vern. Ausweg ist. Meine Herren. Zwentendorf ist doch kein Museum mit Führungen. Es müssen doch Abschirmwände dasein. Instandhaltung nach dem Einmotten? Wozu wenn Volkes Stimme. Wir tun hier so als sei Volkes Stimme. In zehn Jahren? Warum Panik. Einige Ölkrisen und Volkes Stimme. Auch die Gesellschaft als Ganzes rinnt die Potentialfläche entlang und produziert kollektive Bilder als Sinn dieser sinnlosen Bewegung, außersinnigen Bewg.

— — — — —

Klingt ja doch nicht unvernünftig. Kann Graug hinausfahren, wie schauts dort aus. Das ist vielleicht kaum möglich. Jedenfalls wärs grausam unvorsichtig. Aber wenn ... Graug macht das richtig. »Ja. Das ist es.« Scheiße.

— — — — —

20:35 (a-b

23:20 den Verzweigungsbaum anders gezeichnet

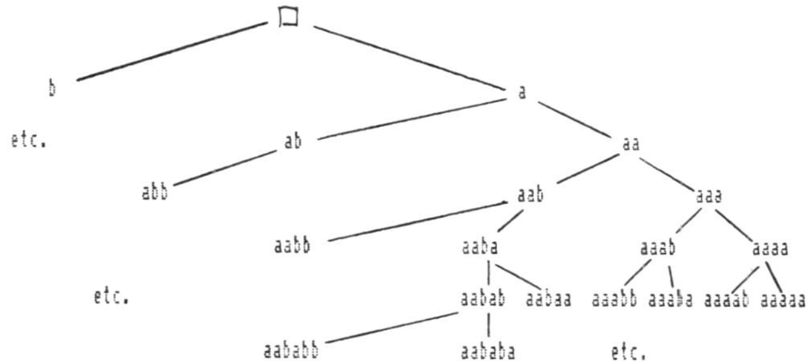

u. sehe daß

die linke Seite sind die ungünstigen Fälle

die rechte bis genau zur Mitte (ohne Mitte) die günstigen

— — — — —

Zylindermenge, Resektion. Anfangsstück aa

/u. es erinnert d. Pascalsche Dreieck

/Einfall zeichne e. Pasc. Dreieck mit den erwarteten Werten

/wie kommst du zu den erwarteten Werten no das ist ja ganz einfach denn die Gesamtanzahl aller Fälle muß = sein (a+b)!/(a!b!) u. d. Anz. der günstigen Fälle dann also eben (a+b)!/(a!b!) a-b)/(a+b) also zB

a	b	(a+b)	(a-b)	(a-b)/(a+b)	(a+b)!/(a!b!)	(a+b)!/(a!b!)*(a-b)/(a+b)
4	2	6	2	1/3	15	5
5	2	7	3	3/7	21	9
7	3	10	4	2/5	120	48

usw u. zeichne d. Pasc. Dreieck mit diesen Zahlen

1

0 1

1 1

0 2 1

2 3 1

0 5 4 1

5 9 5 1

14 14 6

28 20 ....

... . 48 . . . .

usw nat. ist das nur die rechte Hälfte.

— — — — —

u. zeichne das richtige Psc. Dreieck

1

1 1

1 2 1

3 3 1

4 6 4 1

10 10 5 1

etc 20 15 6 1

35 21 7

56 28 8

84 36 ... .

.. ..

— — — — —

und vergleiche u. sehe daß 9 = 15 minus 6 etc. 48 = 84 – 36 usw u. d. Komplikator sagt hier gehts lang, endlich, hier gehts lang Ko

sagt d. Komplikator endlich

— — — — —

und Anzahl günstige (a+b-1)!/((a-1)!b!) minus (a+b-1)!/(a!(b-1)!) !!!!

— — — — —

Filou! Ein Uhr! Graug, verdammt alles undeutlich total erschöpft
Susi

17. November

Wochentag? dahin dahin, wandre auf und ab getraue mich nicht den Baum dadraußen zu betrachten, nicht Marilyn, nicht den Riegel an der Tür. Dafür habe ich nun das Wasserlassen meine Freude, es rinnt nur so daß es ein Genuß ist. Diesen Genuß entgegensetzen dem Krampf mit dem Verstehen.
(a+b-1)(a+b-2)...a/b! minus (a+b-1)...(a+1)b/(b(b-1)!) = (a+b-1) ... (a+1)/b! (a-b) =

9:45. der Prokil ruft an will kommen sich meine Ideen abholen.

— — — — —

= (a+b)(a+b-1)...(a+1)/b!*(a-b)/(a+b) = (a+b)!/(a!b!)*(a-b)/(a+b) dividiert durch Gesamtanzahl (a+b)!/(a!b!) = (a-b)/(a+b). Da sind wir.

— — — — —

Das ist schon einen Asbach Uralt wert. Die vierzig fünfzig zerkritzelten Hartposten im Papierkorb Knäuel 4 Tage verpokert mit Formeln

— — — — —

10 vor 11 eben war d. Prokil da, ohne Mantel, schwarzer Anzug, fast elegant wenn man nicht genauer schaut,

schwarz der Bartschatten, Staatsbegräbnis 14 Uhr, schwärzlich der Gesichtsausdruck.

»Sdenkerl mir ham nicht viel Zeit was hast. hast was Neues ... »In Zwen tn doaf!! Gä hör ma auf.

Studiert mein Kinn. Es gefällt ihm nicht.

»Bistn überhaupt je draußn gwesn?

Graug mir gehts immer noch so. Vielleicht ein *bisserl* besser. Ich kann mich nicht *klar erinnern.* Ich mach nichts anderes als darüber nachdenken, *kann* garnichts anderes. Und nach dem ganzen Grübeln ... dies sieht momentan am wahrscheinlichsten aus. Am Ähnlichsten. Bisher.

»Weißt Sdenkerl« er schaut an mir vorbei auf den Polster. Knapper vorbei als Ma Ma. »wenn du net mein Freund wärst. Ich könnt denkn, wenn ich dich net so gut kennen tät. Manchmal könnt ma fast denkn.

»In dem Fall: Sdenkerl es is meine *Pflicht*, ich sag das weil ichs ja eh nie glauben tät. Mach keinen Blödsinn. Sdenkerl mach keinen Wahnsinn.

»I bin vielleicht net *so* gebildet wie du. Vielleicht bist besser drauf in *deinen* Sachn undsoweiter. Kann sein. Aber täuschdi net Sdenkerl. I bin nicht blöd. Und ich hab Mittel und Wege ... Und in dieser Gschicht bist du a klans Kind gegen mi. Glaubmirs.

Jetzt der Plafond.

»Andrerseits. Passauf. Gut. I fahr auf jeden Fall noamal hinaus schaden wirds net. Sofort wie ich kann. Meingott. Sicher. Alles hab ich net gsehn. Aber mir is des zu verruckt. Wie der versteckte Brief die Idee vom Poe, gstohlen vom Sherlock Holmes. Und gstohlen vom Zdenko Puterweck.

...

»Aber hols der Kuckuck Sdenkerl des Zeug ist doch *radioaktiv* wie der Teifel, oder.

Jaja. Jaklar. Aber Graug, schau Dir doch einmal die Baupläne an, bevor Du rausfährst. Und ... noch was. Wenn die dort draußen Geigerzähler haben. Nimm Dir einen davon mit und lass ihn anschaun in einem Labor. Schau Dir die Wachleut ein bisserl an. ob die Leut sehr häufig austauscht werden oder so. Frag wies ... ihnen geht, gesundheitlich und so ...

»...

Nein. Ich kann so einen Rat nicht gegeben haben, Ich nicht Graug. Aber es war ja nicht ich der das Ganze organisiert hat, nicht.

So wart doch, setz Dich wieder hin, da sind noch ein oder zwei Sachen

— — — — —

Was ist mit dem Band; mit der Frauenstimme. Kein Anhaltspunkt? Logisch. Sie war verflucht locker Graug. »Hab ich dir doch gsagt Sdenkerl, was des für Menschen sind. Kannstir vorstelln das Begräbnis, Sicherungsaufgabe ersten Ranges. Stark,« – lacht unbehaglich als müßte er die Kehle putzen – «das erste Mal daß I mi selber sicher. Sie schlachten mich wie ein Schwein wenn sie glauben es nützt ihnen was.

oder Susi ... Graug sie werden mit mir nichts machen, die öffentl. Meinung wär ein Sturm, wenn ein Halbtoter. Sie heben auf Susi ab. Graug?

»Schau Sdenkerl, Ich garantier dir persönlich ...

Das nützt mir viel ... ein gesicherter Beamter. Aber was kann ich tun? Ich muß hier raus. Immer so tun als ob. Die Gänge, Riegel. Der Körper. Graug Deine Beamten hier im Spital ... »Net denkn dran Sdenkerl, meine bestn Leut, machdir kane Gedankn,

Aber wo sind sie denn überhaupt Graug. Graug! Die besten, wenn Du überhaupt einen brauchbaren, die Spitzenleute müssen zu Susi! Ich bin sicher daß ich hier sicher bin wie im Schoß, kümmert euch doch um Gotteswillen um Susi Graug . . .!

und ich bin hier gelähmt psychisch u. physisch gelähmt sie können machen mit mir was sie wollen u. sie sind unfähig.

Was schaust denn immer auf die Uhr. Und pass auf Graug. Jetzt pass einmal Du auf. : Wann und in welcher Weise hab ich vom Altmaterial überhaupt erfahren. Wer hat mirs gesagt. Du? Der Wiesinger? Ich muß doch schon vorher irgendwas gewußt haben. Das ist eben auch total weg bei mir. Nichts als diese verfluchte Sitzung. Und die nur halb.

Also?

»Sdenkerl . . . ich hab ja *selber* nix gewußt. Nur, daß irgend . . . soa Riesenwickel wiedereinmal aufsteht. Total und absolut unkoscher. Höchste Chargen und Politiker, wie immer. Von alle Parteien. Aber *I* net. Wer hat denn schließlich Zwentendorf, *I* doch net, dochnet die Polizei. Und wie der Wiesinger, der hat doch alles gewußt natürlich, wie er mir sagt daß da so a Masemattn undsoweiter, nur *angedeutet* Sdenkerl, nur *angedeutet* Wenn wir diese Gschicht net schaukeln dann iss oha Prokil. »Aber ich kann und will da nicht rein, Prokil, und Sie schon garnicht,« sagt er: »oder.« »Aber ich hab Verpflichtungen Prokil. Und Sie genauso. Genauaso, Prokil.«

– Was für Verpflichtungen können das schon sein, Graug, unter solchen Umständen . . .

»Schau das kann doch dir egal sein Sdenkerl. A loyaler Beamter hat doch Verpflichtungen, oder. Mir müssn do immer alles einrenkn. Wo bleibt der Staat ohne uns. »Der Puterweck, Herr Minista« hab ich gsagt. »Unser Intellektueller? Sinds gscheit? Wer garantiert – « *I* garantier« hab ich gsagt. Ich hab gsagt:

Jetzt ist ihm was auf dem Fußboden aufgefallen, rechts von ihm

»Sdenkerl paß auf. Wir brauchen jetzt die Wahrheit. Die Wahrheit. Ich hab gsagt: »Der Puterweck is zu gscheit für ein Beamten. Und solche Leut scheißen sich um garnichts, einerseits, Herr Minista. Wir müssen das nur so ... Der Mann braucht Zeit für seine Arbeit: man kann ihn *nochmehr* freistelln. Er is loyal. Absolut, sag ich. Dafür steh ich ein. Wir beide, Herr Minista, wir müssen *natürlich* draußen bleiben. Und sein Ehrgeiz. Intellektuell, mein ich. Daß er immer mit Abstand der Gscheiteste ist, netwahr. Daß immer alles *ihm* einfallt. Sei mir net bös. Für den Maunn ist das ein intellektuelles Problem und sonst garnix. Herr Minista, sag I.

»Undsoweiter, net.

»Sdenkerl zum Streiten is ka Zeit gö

»Beruhig dich doch, verfluchtnocheinmal. Passauf,

»Also gut. Wenn du das *so* haben willst. Ich wolltes anders. Passauf I sag garnix mehr. Nur eins mein Lieber. Du bist drin, *mach dir das klar*. Und es is gesorgt dafür, gö. Wann du nicht mitgehst mit mir dann kannst schaun wosdu bleibst.

»Was? Passauf. Bis morgen sagsdu mir klipp und klar. Ich glaub dir längst nimmer alles mein Lieber. Aber du brauchst net glaum daß du irgendwie davonkommst außer mit mir. Und vor allem ... die Frau Einberger net. Daßdas waaßt. Und was is jetz mit Zwentendorf. Soll ich fahrn oder net? Wannst mi am Faden haltst ...«

Und Ich: Du mußt selber wissen was Du tust. Sektionschef. Bei alldem, ich muß schon sagen sehr interessant,

– u. das ist sehr gut u. kalt herausgekommen –

aber bei alldem hast Du mir ja noch immer meine Frage nicht beantwortet: *Wer hat mir bei welcher Gelegenheit zuerst von dieser »Masematten« Mitteilung gemacht*? Du – oder wer.

»Pflanz wen andern Sdenkerl.

Steht abrupt auf u. geht verdrossen u. stampfend hinaus. Strahlend kommt der Mustapha herein als wär was geschehen das ihn freut. Der Herbstwind klatscht gegen das Fenster, der Ast aber zittert nur leis. Ich hab heut früh die Tabletten nicht geschluckt – unter die Zunge und das Wasser runter. Keine Zeichen auf den Tabletten, nichts. Bläuliche, eine orangene, weiße in die Klogurgel.

— — — — —

Werner hebt nicht ab.

— — — — —

Susi mit dem Karton, keine Zeitung. »Warumdenn Ko. Es ärgert Dich ja doch nur, wie oft . . .

Das ist richtig. Ich lese den Spiegel nur im Kater, wenn absolut nichts anderes reingeht. Gehe verkatert zum Zeitungsverkäufer Ecke Kärntnerstraße extra deswegen. Liege schlampig angezogen am Bett und trinke österr. Bier, das geht auchnur im Kater. Eingelegte Paprika vom Naschmarkt und Der Spiegel. Dann macht es Spaß: die Öffentlichkeit teilt sich in zwei Mannschaften und dieselbe Korruption schafft das Berichtenswerte und berichtet. Aber mein Zustand *ist* doch ein Kater, Susi, Muskelkater Nervenkater.

Und da ist das Foto vom Prokil: »Sektionschef Dr. Leonhard Prokil, einer der neuen Männer im Innenministerium, ein Gelehrter mit philosophischem Interesse, sprach gestern in der Hofburg über die von dem Österreicher Konrad Lorenz begründete neue Bio- Philosophie« – kleines Foto, genau wie in meiner Erinnerung, Rasierschatten, Brille. Die Presse, 4. Juni 1972. Dieses Gedächtnis, unheimlich verläßlich – ein Geschenk kommt mir das vor, ein Hoffnungshelfer. Und Ma Ma? Ist dieses Gedächtnis, betrifft es nur was vor ... gewesen ist. Und war das immer so?

Das kann ich *nicht* klar erinnern. Ich erinnere nur das einmal Geschriebene. Je geschriebener desto besser. Das Gedruckte am besten. Oder das, was ein Kameraauge sieht?

— — — — —

– Susi, ich muß Dir ein paar ... delikate Fragen stellen. Bitte sei so aufrichtig wie ich bei Gott glaube daß Du stets zu mir gewesen bist. Hast Du je ... hast Du irgendwanneinmal vom Prokil ... Geld bekommen? Oder sonstwas? Vielleicht ein Kuvert, vielleicht »Gnäfrau der Sdenkerl sie kennen ihn ja, er nimmt nix außer seinem Salär, der Minister, er hat sich unheimliche Verdienste erworben usw usf.? Und sagens ihm derweil nix davon? Nie? Bestimmt nicht? Oder so ähnlich?

»Ko spinnst Du wirklich?«

oder hat er, oder ein anderer vom Amt, hat Dir nie jemand etwas zum Aufbewahren gegeben oder so, vielleicht eine Tasche oder so?

»Ko kannst Du im Ernst glauben ich hätt es Dir nicht stantepe gesagt? Wofür hältst Du mich denn wirklich?«

Vielleicht solltest Du verreisen Susi, plötzlich u. niemand das Geringste sagen. »Warum denn um Gotteswillen ich lass Dich doch nicht allein Ko, nicht hier im Spital, in Deinem Zustand, und warumdenn überhaupt, hier ist mein Platz doch, hier bei Dir! Ist was geschehn Ko. Schau ich hab mich doch zurückgehalten die ganze Zeit, wg. diesem ... Altmaterial. Aber hast Du nicht immer immer mit mir geredet. Über Deine Ideen. Wie oft Du mir gesagt hast es hilft Dir, auch wenn ich es nicht verstehe. Wie gut das ist für Dich selber wenn Du mir was erklären mußt, wie es die Gedanken fördert.

Ich will nicht mit Dir darüber reden, Liebe, weil ich nicht will daß Du etwas Gefährliches und fast sicher Falsches weißt. Ich fabulier nur herum, mit dem Prokil, bis auf weiteres, u. soll Dich eine Fabel in Gefahr bringen?

Susi war verstört. Und ... mißtrauisch! »Du bist irgendwie verstockt Ko. Aber ich kann so nicht weiter. Wenn Du Dich so unheimlich sträubst ... ich muß meine Schlüsse ziehn: wir haben nicht mehr alles miteinander. Du veränderst Dich sehr Ko! Als ob Du ein ganz Anderer wärst!

Susi so versteh doch zum Teufel. bitte. Es geht nicht um mich: *DU* bist in Gefahr. »Ko. Aber wenn, so bin ichs doch schon längst, seit. Schlimmer kanns doch nicht kommen. Ich sehe daß ich ... Dir zeigen muß daß ich selbständig denken kann. Und wenn Du nicht ... so werde ich eben selber versuchen müssen, mit diesen Leuten ... zu reden.

»Du machst Dir anscheinend nicht klar in welcher Lage ich bin, hin und her zwischen diesem Glück und diesen furchtbaren Ängsten. Ko Du mußt mir alles: Alles sagen begreif es geht doch nicht anders. Amtsgeheimnis. Du kannst doch noch nicht raus, aber ich könnt alles machen. Drohungen! Ich hab doch keine Angst wenn es um *uns* geht Ko. Ich will mit Dir leben Ko will daß Du weiterschreiben kannst. Wir haben noch soviel zu tun.
ßie haben noch viele Morgen.

»Ko sag es mir, bitte bitte. Ko Du *mußt*, ich *muß* es wissen Ko wenn Du nicht, ich weiß nicht was ich tu ...

— — — — —

Wenn nun auch Susi hier ... Ich, mir scheint diese ganze Welt, alles wie ein Pfeil, alles zeigt auf das Altmaterial. Nun auch noch sie. Auch sie will nur wissen. Auf mich kommt es garnicht an, niemandem. Es kommt nur auf diese verfluchte gottverdammte Scheiße an. Diese Welt ist ein einziger Druck Brute Force aber was wird sie aus mir herauspressen.

— — — — —

Werner hebt nicht ab. Ist er länger fort als angekündigt? Was ist los.

— — — — —

20:22

Und, vor allem. Dieser Triumph mit der Ableitung der Lösung. Mach dir das doch klar Ko. Du mußt zufrieden sein daß du wenigstens das begreifst, daß das doch überhaupt keine Lösung ist. *brute force* Umformereien das bringts eben nicht. Und daß du nicht *siehst* daß du dich im Kreis herumtappst. (a+b)!/(a!b!)*(a-b)/(a+b) = (a+b-1)!(a-b)/(a!b!) = (a+b-1)!a/(a!b!) minus (a+b-1)!b/(a!b!) = (a+b- 1)!/((a-1)!b!) minus (a+b-1)!/(a!(b-1)!) das hättest du einfacher haben können. Hascherl. Du hast das zu Beweisende im Beweis benützt. du verstehst die Formel noch immer nicht. Wenn du nach einer Struktur nach einer *Bedeutung* von (a-b)/(a+b) gefragt wirst, kannst du *noch immer* nur die Oberflächenstruktur der Formel selbst angeben. Formales Rangieren. Der Blick aufs Ganze fehlt. die grundlegende Idee, die grundlegende Struktur die alles ganz selbstverständlich erklärt.

Die Trivialität deiner Einsichten. Wie war es wirklich? du hast eine Zylindermenge ein Stück weit aufgezeichnet, es ergibt sich von allein ein Dreieck, nämlich ein Baum. Dann hast du – ein Glücksfall – «gesehen«, daß du im »günstigen« Bereich z.b. aaba mit aaab gleichsetzen kannst, wenn du *Wege* statt Zeichenketten zählst. Das hat dich auf das Pascalsche Dreieck gebracht, eine beinah selbstverständliche Assoziation. Und das war die ganze Leistung. U. sie hat nicht genügt.

— — — — —

Warum mir so mulmig zumut: weil die Geschichte mit dem Altmaterial nat. denselben Weg geht. Käms aufs Herumprobieren an. Vielleicht würdest du es schließlich schaffen, wenn du den Rest deines Lebens. Schöne Aussichten. Aber du hast die Zeit ja überhaupt nicht. Ein Jahr? Du brauchst *Verstehen.* Du müßtest Gedächtnis ersetzen durch Einsicht.
: Handeln.

Handeln statt Verstehen.

— — — — —

Angst habe ich nicht. Das war nur da auf dem Gang, ganz plötzlich. sicher, man kann die Angst nicht wegwischen, denn Angst ist Chemie. Und kaum war ich zurück im Zimmer, an der Hand von Ma Ma wie ein Tatterich, alles war normal. Gewisse Anblicke, diese Sturheit der Ganggeometrie, es war Höhenangst: Angst hineinzufallen in die Horizontale, auch diese Empfindung im Skrotum war da, Angst vorm Fliegen. Manchepanne.
Die Angst hat was mit der Absicht zu tun, mit der Absicht hinauszugehen. wegzufallen. abzufallen.

— — — — —

Und wer spielt alles mit bei der Partie vom Prokil.

— — — — —

Liebe ist längst nicht mehr ein »Gefühl«. Was es ungefaltet war wie ich ein Kind war. Und dann, freilich, der Evolutionsauftrag als Rausch. Meine Liebe zu Susi ist aus dem Nachdenken über sie entstanden, nicht aus dem Liebreiz undsoweiter. Keine Spur von Rausch.

Aber wie äußert sich eine solche Liebe. Die tiefste Liebe dürfte sich nicht äußern. Sie müßte alles geschehen lassen, aus dem Bedenken daß jeder Eingriff eine Komponente Berechnung. Denn jede Äußerung wäre ein Eingriff. Aber ist solches Denken nicht auch schon wieder Berechnung? Jedes Denken. Also möchte sich diese tiefere Liebe zurückverwandeln in Bewußtlosigkeit.

Das ist unmöglich. Also muß ich sozusagen mit der zweittiefsten zufrieden sein. Susi alles aus dem Weg räumen was sie – in meiner Vorstellung von ihr – stören könnte. Soweit ich das vermag, und sogar ungeachtet aller ihrer möglichen Proteste. Gegen das von ihr verstandene Interesse. Unauflösbarer Widerspruch. Überzeugen, das ist erlaubte Gewalt. Wo ist der Unterschied. Auf keinen Fall darf ich handeln. ?

— — — — —

Und wer weiß welche Mengen das waren. Die haben doch genau zu der Zeit mit den Arabern gepackelt. Wer weiß was die Absicht wirklich war. Woher kam das Geld wirklich. Was hat der Prokil zb. mit den Jemeniten gepackelt? Der Joseph mußte mir doch nicht in dieser Hinsicht ... nur damit mir was einfällt. Können Teile einer Regierung mit einem fremden Staat zusammenarbeiten an einer doomsday machine. Alles ist heute möglich. Und wie weit sind sie gekommen.

Aber dann geht es vielleicht um Milliarden. Vielleicht geht es um ein Energiereservoir ungeheuren Ausmaßes.

In Österreich, Ko? In Zwentendorf?

Sie wollten die Araber übers Ohr hauen nat., doomsday da scheißen sich doch die Gierigsten in die Hosen

Wollte zu Gott diese Automaten hätten ihre Maschine u. ich sähe den blindenden Blitz durch diese dumpfen Fensterreihen am Gürtel drüben durchkommen u. spürte eine Zehntelsekunde den Atem der letzten Sekunde zehn Millionen Grad. U. dürfte ein letztes Mal denken: Endlich ...

Das würde die Evolution nicht auf Null setzen. Aber nicht ein zweites Mal könnte sich Zdenko Puterweck zusammensetzen denn die Uhr des Universums zeigt an: zu spät. Zu viele Resourcen zuviele Konstellationen verbraucht. Nur mehr Nachsickern im ehem. Strom. Nur mehr Maschinen ohne Schmerz. Insekten, wenn es auch taxonomisch vielleicht keine sind.

Wer hat diesen Wahnsinn zu verantworten: Leben. Verstehen.

— — — — —

Da waren doch diese arabischen Professoren in der Atombehörde. 1978. Mengen von Professoren. Auch Perser? Und zwar beim Heurigen. Perfektes Deutsch, wie Ma Ma. »Wir schätzen Ihre Arbeit sehr, Hr. Puterweck ... aber sie ist dem islamischen Ethos konträr entgegen. Es ist schwer, Ihre Ideen mit diesem Ethos zu versöhnen, das ist eigentlich nur möglich dort, wo sie auf einen technologischen Fortschritt weisen ...

Zum Wohl. Weisen sie auf einen technologischen Fortschritt, allerdings. Das macht mich froh, daß meine Ideen nicht mit dem islamischen Ethos zu vereinbaren sind.

Oder mit dem christlichen.

In Österreich hätten die Israelis nicht einfach bombardieren können.

Ist die Frau Joseph, sind diese ... sind das ist das ein ausl. Geheimdienst. Sagen wir mal, aus dem Nahen Osten. U. die Grünen baden es aus, dafür sorgt d. Prokil.

— — — — —

U. die Lieferanten Ko? Was ist mit den Lieferanten. »D. einz. vern. Ausweg ist: man schickt das Zeug einfach zurück ...« ?? Aber wenn die Lieferanten Absichten damit hatten. Absichten in Österreich. Nicht Geldabsichten. Die haben die Österreicher. Wenn das ganze, es ist doch ein Teil eines fein eingespielten Netzes. Da ist doch ein meisterhafter Plan dahinter. Verflucht nocheinmal. U. welche Rolle spielt der Zdenko Puterweck, Philosoph und Schriftsteller? Der mit dem Emmentalerhirn? Und warum hat der Wiesinger meinen Tod verhindert der doch so willkommen gewesen sein muß. U. hängt mein Tod vielleicht sogar ursächlich damit zusammen, würfeln da zwei Parteien um mich.

Und vom Vordergrund sind übrig: nur mehr der Prokil und ich. Wie die Dinge stehen wird mir der Prokil nichts sagen von dem was er weiß. Jedenfalls nicht in dem Zeitraum auf den es jetzt ankommt. Welche Alternativen. Der Prokil droht nicht so ins Blaue hinein.

18. November 06:10

Werner? Na Gottseidank, Du bist da. Weck ich Dich auf? Ich hab schon geglaubt Du bist länger in London geblieben »Ko! Wie schön daß Du anrufst! Hörzu lieber Ko, ich muß heut noch einmal fort! Gleich nach dem Frühstück! Auf ein paar Tage! Aber dann bin ich sofort wieder bei Dir im Spital!

Wann bist Du denn angekommen, Werner? Ich hab schon angerufen ... In der Nacht? Aha ... Hör mich an Werner, ich muß Dir eine befremdliche Frage stellen, mein Lieber. Hast Du Dich in Deiner Wohnung schon umgesehen?

»Was ist los Ko! Ist was! Nein! Ich bin gleich ins Bett!

Hörzu Werner, schau doch einmal hin zu Deiner Balkontür. Ja, Balkontür. Schau sie Dir einmal genau an. *Genau*, hörst Du ...

»Aber Ko! Die Balkontür haben wir doch im Frühjahr miteinander! Weißt Du denn nicht mehr! Wir haben sie doch abgedichtet! verleimt und zugeschraubt! Du und ich! Wo doch der Balkon von der Baupolizei gesperrt ist! Weißt Du denn nicht mehr! Wo doch die Trümmer auf die Straße! Und der Hausmeister ist gekommen wo wir doch so einen Lärm mitten in der Nacht! Das war doch unser letzter Rausch miteinander Ko! Gottseidank nicht der letzte! Der vorletzte bis jetzt! Ich habdoch hier auf dem Schreibtisch immer noch das Polaroid stehn! Wir beide vor der Balkontür man sieht sogar auf dem Photo wie ich besoffen bin! Und Du tust als ob Du aus der Leimflasche trinken tätst! Selbstauslöser! Du mußt doch auch noch ein paar Polaroids haben!

Natürlich weiß ich das Werner. Hab ich. Weiß ich ganz genau. Soweit man sich unter den Umständen erinnern kann. Aber nun mach mir doch bitte den Gefallen frag nicht und geh hin zur Balkontür und schau sie Dir an. Schau sie Dir *genau* an. Schau ob jemand versucht hat, sie zu öffnen!

»Ko! Um Gotteswillen!

...

...

»Ko! Da ist nichts! Nein! Ganz und garnichts! Na hörmal! Das wär ja noch schöner! Ich hab doch auch überhaupt nix! Was irgendwem interessieren könnt!

Bist Du völlig sicher, Werner?

»Absolut! Ich hab doch die Tür gestrichen, danach! Schaut doch genauso aus!

Okay. Hab nur gedacht ...

»Was denn Ko! *Was* hast Du gedacht!

Sei nicht beunruhigt lieber Freund. Es geht mir im Kopf herum, wegen dieser Geschichte. Weil ich Dich eingeweiht hab.

»Ko! Hat sich was ergeben! Was!

Hörzu Werner, mir fällt ein Stein vom Herzen daß nichts ist. Und wenn bis jetzt nichts war dann wird auch nichts mehr sein. Wenn Du kommst, wie lang bleibst Du denn genau fort? Wieder zwei Tage? Okay, wenn Du mich dann wieder besuchen kannst, am Telefon will ich nichts weiter ...

»Aber Ko! Ko! Hallo!

— — — — —

Also nichts. So arg ist es also doch nicht. daß ich bedenken muß was ich hier schreibe. unmöglich diese Balkontür aufzubrechen ohne daß man was merkt.

Oder sind die mir derart überlegen ... Haben Sie mich durchschaut, Mustapha? daß ich nie etwas versteckt hätte ausgerechnet bei Werner? Schmunzeln Sie jetzt, beim Lesen hier? garso schwer wars nicht ...

Irgendwie geht es offenbar besser heute und gestern. Könnte es noch viel besser gehen? Tun Sie mir das Zeugs auch ins Essen, Dr. Feelgood?

— — — — —

Die Nacht war okeh. Nein warten sie Schwester, Hr. Doktor seit einigen Tagen schmerzen die Injektionen furchtbar, können wir nicht einen Tag oder zwei damit aussetzen ... sehn Sie sich das Gesäß an, ich kann weder stehen noch sitzen noch liegen. Ja hier! u. überall, wie eine offene Wunde.

»Meineß Wißenß liegt kein Grund vor, eine Unterbrechung für kurße ßeit ... Übrigenß iß die Doßiß ja bereiß erheblich herabgeßeß. ... Ich glaube ich verantworte daß, laßen die Injektionen eben heute mal außfallen und beobachten wir.

»Aber, ßie wißen wohl, ßogar ßolche Mißempfindung hat ßichoßomatische Aßpekte.

»Den Schpeßialißen, ich glaube daß nehmen wir unß nun ganß ernßhaft vor.

»ßie grübeln nur und grübeln.

»Warum erleichtern ßie ßich nicht. ßie scheitern an einem Problem scheitern alß wäre eß daß ßentrale ihreß Lebenß. Langßam gewöhnen ßie ßich an eine für mich: einen Verehrer ihrer Arbeit: unerträgliche ßehweiße. ßie gebärden ßich als wäre alleß bereiß vorüber für ßie, Herr Puterweck, alß ßähen ßie ßich nur mehr alß ... Altmaterial. Jeß wo ihr Leben doch gewißermaßen erß wirklich begonnen hat.

Wieso Herr Doktor ... wieso »Altmaterial« wie kommen Sie auf »Altmaterial«! Ist doch alles in Ordnung mit mir. Es geht doch schon soviel besser. Ist ja doch keine Kleinigkeit ...

»Gewiß keine Kleinigkeit ... ßagen ßie ... iß eß vielleicht jener ... Gedanke, Herr Puterweck, warum geben ßie ßich ßo *abgeschloßen. Offenheit* iß doch daß einßig Günßige. schprechen ßie doch, Mann Gotteß ...!

Wie kommen Sie denn, Meinegüte, alles ist doch bestens Doktor! Unter Ihrer Aufsicht ...

Er schmunzelt.

Er hat gesehen, was. Der Prokil. Der hier ist ihm doch weit über. Ist der Mustapha arbeitet er zusammen, welche Leute haben die. In Österreich. Ma Ma ist traumhaft schön gehört das in diesen Zweck. Ist auch Werner dabei. Oder bin ich wirklich zuunterst angelangt. Total drüber.

— — — — — —

11 Uhr ich bin hungrig aber da liegt das Frühstück, das Leitungswasser wird doch wohl nicht. Jede Viertelstunde stehe ich an der Tür und horche durch den Spalt nach draußen. Es ist völlig still, vielleicht ein ganz leises Zischen vielleicht von der Klimaanlage. ? Ich habe keine Öffnung dafür in meinem Zimmer gesehen. Oder ein entotisches Rauschen. schSCHp Tinnitus. Prokils Wächter, elektronisch / Aber können sie mich denn überhaupt aufhalten – den Skandal den ich daraus mache überleben sie nicht. Niemand. Egal wo er sitzt. Ist ihnen klar mit wem sie es zu tun haben.

— — — — —

Graug? Zdenko hier ... ja. Hörzu ... nein, ich habe nichts Neues. Nichts. Leider. Du auch nicht ... so. Nichts gefunden. hast Du denn genau. Es muß doch schließlich *meine* Idee gewesen sein u. die war doch gewiß so beschaffen, daß man nicht gleich auf den ersten Blick ... ja versteh schon, wann kommst Du. – Graug hör mich an, Graug

Und auch Sie, meine Herren Lauscher, putzen Sie ihre Löffel u. drehn Sie den Lautsprecher lauter wenn ich bitten darf ... nee *ich* bin nicht verrückt meinLieber wenn Du deine Schnüffler hier nicht abziehst steht die ganze story morgen in der Krone.*)
Mir farzegal mein Lieber treibt mich nicht zum Äußersten. Ja, ich bedenke die Konsequenzen. Staat? Hö hö.
Was? *Was* wagst Du zu sagen? Wenn ihr auch nur ein Haar ein einziges Haar dann Graug: dann
ok ... bitte schön. komm.

— — — — —

Regen, kleine Tropfen stehen auf der Scheibe. Ist diese

*) Kronenzeitung, österreichisches »Boulevardblatt«. (Hg.)

ganze Sache einmal draußen dann ist es für mich erledigt. Da muß ein ganzes Team ran. Ein Regiment Experten. Und *öffentlich*. So öffentlich wie sich das in Österreich machen läßt. Aber da kann frau ruhig sein denn das ist keine österreichische Angelegenheit mehr. Schwierigkeiten? Sicher. Aber das überstehe ich auch noch. Die andere Seite hat dann was sie will: Klarheit. Oder eine gewisse Klarheit. Niemand wird mir abnehmen daß ich mich nicht erinnern kann. Was sollen sie tun? Gefängnis? Zdenko Puterweck? daß ich nicht lache.

Daß Graug selber. ist er wahnsinnig. Sind alle wahnsinnig.

— — — — —

richtig ist, was immer mir als richtig erscheinen wird. Und das heißt nur, daß hier von 'richtig' nicht geredet werden kann.

Aber das ist nicht so: ich kann die Richtigkeit überprüfen, da der fragliche Zusammenhang (= die Struktur) stets in die L.umg. kompliziert ist. Nat.: »richtig« bleibt *immer* subjektiv (auch wenn ich Bestätigung durch Andere habe!) (Warum?
– weil das Reden und Handeln der Anderen in mir *wieder* interpretiert werden muß!)

aber wenn eine Vorstellung T irgendwo kaputt gegangen ist, so wird das mit Wahrscheinlichkeit 1 in jeder bisher für diese Maschine benutzten L.umg. auffallen; die Wahrscheinlichkeit, daß auch die L.umg. kaputt ist, *und zwar so, daß das kaputte T klaglos in sie kompliziert ist*, ist praktisch = 0 (stell dir vor daß in einer Turingmaschine von, sagen wir, nur 60 Zuständen zwei oder drei zufällige Änderungen vorgenommen werden, und daß das Ergebnis dann wieder die Außenweltsituation (Bandinschrift) akzeptiert für die sie gebaut). /Es ist auch überflüssig, von

»richtig« zu reden: »angemessen« ist das richtige Wort. meine Modelle müssen nur das leisten, was ich (= der Rest der L.umg.) von ihnen verlange/erwarte

— — — — —

/also habe ich hier mein Cartesianisches Rezept:

Einem endlichen Wesen kann der Fluß nicht Wirklichkeit sein, eine unendliche Maschine deren unendlich viele Teile jeder nur einmal zum Einsatz kommen. Ist die Natur so eine Maschine? Es ist sinnlos, darüber nachzudenken. Die Komplikation von Vorstellungen erzeugt Wirklichkeit für ein endliches Wesen. Und man kann sehr wohl über jene endliche Maschine nachdenken, die Ähnlichkeiten erzeugt.
Und man kann nur über jene endliche Maschine nachdenken nachdenken, die Ähnlichkeiten erzeugt.

Angemessenheit muß dem Input sein Recht lassen. Klinischer Wahn assimiliert zu sehr und akkomodiert zu wenig. Faltungen sind Provisorien auch wenn sie sich bewähren. Klinischer Wahn hat zu viele Ausnahmen oder zu wenige.

Ich habe alles bedacht und mein Urteil zurückgehalten. Ich bin, technisch gesehen, nicht im Wahn. Meine Möglichkeiten, neu zu sehen, sind beeinträchtigt, aber nicht deshalb, weil ich meine, daß meine Erklärung den Input erfaßt. Ich werde also in dem Bewußtsein handeln, daß ich zu flach bin für den Fluß – sogar nach menschlichen Maßstäben. Aber der Zweifel darf das Handeln nicht verhindern. Jetzt nicht mehr.

— — — — —

11:55 auf meiner Uhr
Es *wird* mit dem *Sum*merton
*Elf Uhr zweiundvier*zig Mi *nu*ten *und Fün*fzig Se *kun*den

— — — — —

Kaum aufgelegt flötet es mir schon wieder in die Hand, der Prokil.

»Passauf Sdenkerl das Telephon is sauber jetz, eine Halbestund. I kannet weg jetz, passauf. Das wär der größte Irrsinn! Sdenkerl in Zwentendorf is nix. Passauf wir haben das doch schon *einmal* untersucht. Habichmir doch selber denken können, kenn dich doch. Und heut in der Nacht haben wir alles aufn Kopf gstellt. Naa, es liegt immer noch alles ganz allein bei dir.

»No aber was willstu denn Sdenkerl, was genau. Die Frau Einberger. Sdenkerl wir passen auf wie auf den Augapfel auf sie. Naa, das tut mir entsetzlich leid Stenkerl, des is mir doch nur so rausgrutscht ... in der Wut, Enttäuschung, was glaubst wie *ich* erst fertig bin. Sdenkerl die Frau Einberger is sicherer wie wir alle andern. Ich garantier mit ... ich selber. *Über meine Leiche.* Herrgott jetzt hör doch zu, *das hab ich doch nur so gesagt* mir san doch kane Gängsta und übahaupt. Ich hab mir denkt, vielleicht gibt ihm das ein Schockerl. Und es löst sich was. Bei dir. Ja Herrgottsakrament ich muß doch *alles* probiern. Glaubsten das is alles nix für mich, unsare Gespräche, was ich glernt hab von dir. Dem großen Puterweck. was wir immer miteinander diskutiert ham. Glaubst denn wirklich das is alles nix für mich. Ich bin doch ka ... *Ich bin doch dein Freund* Sdenkerl
Geht in Ordnung, die Beamten im Spital ziehn mir ab.

Geräuspertes Lachen. so schnell erledigt sich das bei ihm.

»Aber glaub mir eins, Sdenkerl. Die wollen kane Öffentlichkeit. Die wollen *wissen.* Genau wie Ich. Wissen wo das Zeug is. Vielleicht sogar: sie wolln es haben. Wieso? Weil ich nicht blöd bin. Jo. Hab ich dir doch schon ein paarmal gesagt, ich kann dir net alles sagen.

Mein Telephon? Soweit kommts noch! Beruhig dich Herrgottsakramentnocheinmal. *Sobald du es weißt is alles vorüber* ich sags dir und ich sags dir nochamal. Für dich und für die Frau Einberger kruzitürken.

»Was? Das ist mir genausowurscht wie dir Sdenkerl. Wir müssen nur wissen wo es hin ist. Nix sonst.

— — — — —

Gefühl, daß es im Traum nicht selten zu einer gerade geträumten Szene zurückkehren möchte, aber mit im Traum selbst rasch entschwindender Präsenz der Szene u. ohne Gedächtnis was es mit dieser Szene will. Eine Zeit vergeht darüber, eine Traumverwirrung wie im Wachen wenn ein Gedanke entglitten ist. U. wiederum: Aufwachen, wenn d. Mechanismus des Zurückrufens zu stark wird – nein: wenn es fühlt »Ja! so-und-so muß die Szene beschaffen gewesen sein /.

— — — — —

Die Niederlage a-b Mit einem Ruck die eiskalte Wut u. ich habe den Rouse Ball nachgefetzt den Kritzeleien im Papierkorb u. habe den Rouse Ball wieder herausgerissen mit so viel mehr Kraft als nötig war schSCHp u. zerfetze jede einzelne Seite in der eiskalten Wut und zerfetze die zerknüllten Hartpostseiten die zerkritzelten u. schaue ruhig zu damit die Wut auch wirklich zufrieden ist

u. der Mustapha steht in der Eichentür u. schaut mir ruhig zu daß die Wut mit einem Ruck verschwindet.

»War daß etwa daß geßuchte Werk Hr. Puterweck?«

— — — — —

Bilanz: eigentlich lebe ich nur für Susi. Für meine Vorstellung von Susi. Wo ist der Unterschied? Und hier ist die allergrößte Schwierigkeit. Für sie sterben und wissen, daß dieser Tod das einzige Schlimme ist in *ihrem* Leben. Und all dies in *meiner* Vorstellung. Dies tun nur, daß *ich* nicht weiterleben muß in dem Gedanken daß *sie* nicht mehr ist.

Wenn *sie* nicht mehr, was sonst. Schreiben. Wie weit bin ich noch von den entscheidenden Einsichten entfernt, u. wie weit komme ich in meinem Zustand. Kann ich Gedichte schreiben? Ich schreibe ja Gedichte, immer nur Gedichte geschrieben. Gedichte aus Gedanken. Statt Mond- und Regenmetaphern Einsichts- und Technikmetaphern, wo ist der Unterschied. Behindert: ich bin behindert. Briefe eines Verstorbenen. Sterben: nur mehr in den Gängen des eigenen gestorbenen Denkens umherschleifen. Inneres Auge gescrambelt wie das äußere. Im Nebel auf der Asphodelenwiese, die Alten haben es gewußt. Meine Asphodelen sind müde blinkende gelbbraune und blaugrüne Lichtlein flackern zum Verlöschen aber ich kann ohnehin kein Muster mehr wahrnehmen.

Zuneigung.

Und schon wieder das Telephon, das ist ja wie zuhause. 12:09.

— — — — —

»Hr. Puterweck? Guten Tag Hr. Puterweck. Ich kann ihnen eine große Freude machen, haben lieben Besuch bekommen – Momenterl . . .

Diese Frau.

»Ko?

Ein Krampf in der linken Brust mir fällt der Hörer zu Boden

üüüüüü

Ich bücke mich rasch es wird fast schwarz ich muß wohl noch den Hörer

Und in den wirbelnden grelldurchfleckten Rauch hinein jodelt es schon wieder

»Hr. Puterweck? Ja, wir sind unterbrochen worden. Ist

ihr Telephon in Ordnung? Bleibens bitte dran Hr. Puterweck ...

»Ko. Ko mein Lieber. Lieber. Es ist alles in Ordnung. Mach Dir bitte bitte *bitte* keine Sorgen. Ich werde gut behandelt. Bitte hör aufmerksam zu was man Dir sagen wird.

»Hr. Puterweck. Der Frau Gemahlin gehts ausgezeichnet, wunderbar. Aber ja Hr. Puterweck. Freilich, ... Moment ...

»Nein Ko natürlich nicht. Natürlich bin nicht ich, wie hätt ich das denn machen können, ich weiß doch nicht wer sie sind. Hab ich doch nur so dahergeredet. Sie haben mich

»Abgeholt, Hr. Puterweck, wie sichs für eine Dame gehört. Wird auf das Höflichste behandelt. Wie ich selber. Hr. Puterweck. Nun hörens einmal genau zu denn wir haben nicht den ganzen Tag. Ihr Telephon wird abgehört, aber zum Glück nur von österreichischen Beamten. Wie bitte? Darauf verlassen wir uns nicht. Hr. Puterweck. sie sagen uns was sie wissen. Das ist alles. Die Frau Gemahlin wird dann sofort zur Verfügung gestellt. Wir halten sie beide aus der weiteren Entwicklung völlig heraus.

»Wenns es nicht glauben können das ist ihre Sache. Wir sind nur, wiederhole: *nur*: an einem Tausch interessiert. Information gegen Information wenns zitiert werden wollen. Wenns wirklich glauben daß die Frau Einberger grundsätzlich Information ist: dann ist das Information für *sie*, und wir wollen *unsere* Information.

» *Ich* rede. Hr. Puterweck. Es ist jetzt 12 Uhr 17. Morgen genau 12 Uhr mittag melden wir uns wieder, sagens dem Herrn Sektionschef einen schönen Gruß. Wir werden Ihnen sagen wos hingehen.

»sie können nicht gehen, ach naja. sie werden hingehen oder fahren oder rutschen, Hr. Puterweck, wenns ihre Information am Stück zurückhaben wollen.

klick.

— — — — —

Woher weiß dieser Teufel daß das Telefon nicht abgehört wird. Gerade jetzt.

Der Prokil droht mit Susi und diese thugs haben sie in der Gewalt. Und was kann ich ihnen geben.

— — — — —

Es sind Schwaden hier im Zimmer, 18:15. Das Marmorklo hat mein Kalbsgulasch entsorgt. Wie ich mirs gedacht war der Herr Dr. Mustapha auch schon wieder da ganz außertourlich und sieht mich freundlich an wie immer. ßie haben daß Problem nun im ganßen Außmaß Herr Puterweck. ßoßußagen die ganße Eßpoßition. ein mathematischeß Problem faß ... wie ßie ßehr genau wißen. ... wir Ärße sind ja doch nur Handlanger die leße Lößung muß auß ihnen ßelber kommen ... Oder halluziniere ich das. Halleluziere.

Der Reihe nach schaut jeder schön regelmäßig nach ob ich am Kochen bin.

Kochen – ja! höllisch. Aber Saft kommt keiner raus. Weil keiner drin ist. Sie kochen ein Stück Holz.

— — — — —

U. das bißchen Saft das noch darin gluckert wird ihnen ins Auge spritzen. Dampfmäßig. Recreations and Essays.

— — — — —

Hier Schluß machen oder dort. Es ist ja nicht so daß sich alles verwirrt. Wenn ich auf einem Faden sitze ist er ein Gleis u. führt. Aber er führt zum nächsten Knoten wo andre Fäden abgehen: ich bin *drin* immer nur *drin* im

Gleis und rodle die Ideen rodeln mit wie ein Knäuel Schmutzwäsche im Koffer.

— — — — —

Bestandsaufnahme Ko.

— — — — —

Wenn sie Öffentlichkeit wollen: wenn sie Öffentlichkeit wollen dann muß es genügen daß gesagt wird was gesagt werden kann. Das genügt für eine politische Bombe. Dann greifen sie sich nicht eine Unschuldige und drohn mit dem Umbringen.

Gut, den Prokil kriegen sie nicht. Jedenfalls nicht lebendig, wo vierzig Polizisten 24 Stunden auf ihn aufpassen. Auch wenn es nur österreichische sind.

Aber was gehen sie für ein Risiko ein auch mit Susi!

Nein es ist wahr sie wollen *wissen*. Wissen. Sie wollen keine politische Bombe sondern

Den Prokil kriegen sie nicht aber sie haben ihn schon der Prokil gehört dazu. Beweis:
/kein Beweis.

Aber der Prokil hätte selber Susi ... oder soll ich glauben was er sagt. Woher mehr Information.

Mehr Zeichenketten, heißt das. Information muß ich mir selber machen. Bestandsaufnahme: du kannst dir die notwendige Information nicht machen auch wenn du alle Zeichen hast denn du bist ein Kopfkrüppel.

Du kannst handeln. Wie stark, wird sich herausstellen. Du kannst sie überraschen du mußt sie überraschen. Irgendwie gehört der Mustapha dazu. Ich muß mich als Geisel anbieten. Ich muß mich *zusammen mit dem Prokil* anbieten. Und wenn er dazugehört? Du mußt den Prokil allein anbieten. Du kassierst dir den Prokil. entweder er gehört dazu dann hast du etwas in der Hand u. du kriegst was raus aus ihm. Wie? na du hast immer alles rausgekriegt aus ihm mit der Zeit. Mit der Zeit. genügen diesmal 24 Stunden. Sie müssen mir glauben daß ich den Prokil auch umbringe wenns sein muß. wenn er zu ihnen gehört.

/Oder nicht dann hast du zwei in der Hand und tauschst. Aber was kann der Prokil dann dafür. Du mußt allein gehen. Aber sie werden Susi nicht gehen lassen wenn ich komme. Wenn sie *wissen* wollen. wenn sie *wissen* wollen dann lebt erstens Susi nur solang bis ich bei ihnen bin. solang sie glauben sie kriegen was raus aus mir. wir sterben beide.

Unter was für Umständen. Das ist ja schön daß ich dafür aufgespart worden bin. Nein. wenn der Prokil nicht zu ihnen gehört dann

— — — — —

/ dann Selbstschuß.

dann gleich raus aus dem Automatengeflacker. Das Problem hat keine Lösung.

— — — — —

— — — — —

Nur eins notiere ich hier noch. Als ich das Notizbuch ins Fach legte nahm ich das erste Notizbuch (1971) vom Nachttisch zur Hand und schlug es mittendrin auf. Die dahinsausende Schrift, die Kraft Zdenko. Und lese:

»Wir stehen am Rand eines Bassins. Die Wasserfläche schaukelt in stehenden Wellen die sich langsam und kompliziert verändern: eine Brise weht und trägt einen gewissen Teil zu der Veränderung bei. Lichter spiegeln sich an der Fläche. Wir wissen: da ist ein Mensch über dem Bassin, der mit verschiedenen Gegenständen hantiert. Es sind diese Gegenstände und ihre Bewegungen, deren Spiegelungen wir beobachten. Aber wir sehen ihn und die

Gegenstände nicht – wir wissen das, weil wir selber immer wieder in seiner Position sind und dann die durch unsere Tätigkeit modulierten Reflexe beobachten, ...«

die tastenden Ideen seinerzeit. Und vergleiche mit diesem Notizbuch hier Nr. 37 1988. Und lese in dieser fremden zugleich fahrig und steifen Schrift:

»Wir stehen am Rand eines Bassins. Die Wasserfläche schaukelt in stehenden Wellen die sich langsam und kompliziert verändern: eine Brise weht und trägt einen gewissen Teil zu der Veränderung bei. Lichter spiegeln sich an der Fläche. Wir wissen: da ist ein Mensch über dem Bassin, der mit verschiedenen Gegenständen hantiert. ...«.

Das wäre *ihr* Magnetophon. Hr. Zdenko Puterweck. Ihr Loch ist nämlich ein Aufzeichnungsgerät.

Eine Abfalltonne. Wozu schreiben wenn ich mir alles merke. U. nur wiederhole.

/

Aber nun ist die Zeit des Schreibens vorbei.

— — — — —

Der Prokil, er hebt nicht ab. very well.

striking the electric chain wherewith we are darkly bound

ok. einmal versuch ichs noch.

2. Buch

What the hammer? what the chain?
In what furnace was thy brain?

W. Blake. (Hg.)

Auf der Uhr ist es genau ... 19:53, aber ich weiß nicht welche Bedeutung das hat außerhalb meines Schemas. Die Struktur hat sich ja doch in ihren Gelenken verschoben und zeigt mir eine neue Perspektive. Es bedeutet wahrscheinlich nichts, oder etwas, dessen Bedeutung ich nicht einmal andeutungsweise abschätzen kann, aber es scheint, in der Natur der Dinge sei entschieden worden daß ich die Ereignisse – dies ein Ausdruck der Statistik – doch weiterhin schriftlich festhalten möchte. Natürlich: Jederzeit kann sich gelbbraun in blaugrün verwandelt haben, und wie soll Geschriebenes oder Erinnertes in dieser Hinsicht Besonderes sein. In meinem Schema lebe ich offenbar: Jetzt.
Jetzt.

Dieses Jetzt ist nat. nicht *punktuell* – es hält vor, solange ich mich in einer einzelnen Vorstellung bewege; und sie, nat., sich in ihrem charakteristischen Rahmen aus Vorstellungen. Was »eine einzelne Vorstellung« ist wird von tiefer liegenden Teilen meines Schemas entschieden. Es erscheint Jetzt nur das *mediocre mot*: »unbewußte Vorstellung von 'Vorstellung'« dafür und in nur geringer Weiterbewegung des Gedankens – »'mediocre mot' ist ein *mot mediocre*« – habe ich es denn geschrieben. In meinem Rahmen bedeutet dieses »unbewußte Vorstellung von 'Vorstellung'« dasselbe wie »eine Struktur des Komplikators selbst«, zum Unterschied von »eine vom Komplikator konstruierte Struktur« (aber natürlich wird eine vom Komplikator konstruierte Struktur, die sich bewährt, später zu einer Struktur des Komplikators selbst: er wächst). Diese Ausdrucksweise zeigt übrigens, daß auch ich fast stets dem »Hang zum Indirekten« nachgebe: der Neigung zum Vermeiden einer Beschäftigung mit der *Sache*, Bezeichnungen, nicht das Bezeichnete. Aber was könnte »direkt« hier bedeuten, wo ich die Vorstellung nicht vergleichen kann mit dem, was sie vorstellt! Eine Struktur des Komplikators existiert in meinem Rahmen ja nur als eine von diesem Komplikator selbst konstruierte »Vorstellung von 'unbewußte Vorstellung'«, und zwar eben konstruiert – dies die kleine Komplikation – unter Mitwirkung ebendieser hypothetischen Struktur. Es ist eine der Plattheiten dieses Mechanismus, daß er solche Wunder erklärt.

Auf das Funktionieren von Bezeichnungen kann man nur hoffen, wo das Bezeichnete von allen Konversanten in seiner Struktur inspiziert werden kann. Und zwar auf dieselbe Weise inspiziert – von allen *gedacht*. Eine wirkliche Verständigung von Komplikator zu Komplikator kann es nur im letzteren Fall geben, und zwar wenn die zu übermittelnde Vorstellung ein bis ins letzte innerlich abgestimmter Mechanismus ist der das Vermögen beider dieser Komplikatoren erschöpft; an den gerade noch beherrschten Rändern der Mathematik oder der Physik zum Beispiel. Und auch dort noch ist die aktive Hilfe des »verstandenen« Hirns, oder was immer, notwendig. theoretisch müßte es, experimentierend, die kompliziertesten Zeichenketten finden, die das »verstehende« Hirn noch zu der betreffenden Vorstellung falten kann. Voraussetzungen vorausgesetzt.

Das Alles ist bestens bekannt. In meinem speziellen Fall besteht die kleine Komplikation darin, daß ich die Struktur meiner jeweiligen Vorstellung auf dem Hintergrund meiner übrigen Vorstellungen inspiziere, während die Instanz diese Struktur auf dem Hintergrund *ihrer* Vorstellungen inspiziert. Genauer. Die Instanz mißt meinen Komplikator und seine Vorstellungen mit Hilfe eines Apparats der aus ihren Vorstellungen besteht. Ich jedoch bin in einer völlig anderen Lage. In mir wirkt die Vorstellung direkt auf meine anderen Vorstellungen, und ich bin gezwungen, sekundär eine Vorstellung von dem Mechanismus dieser Einwirkung zu konstruieren, um den blinden Fleck – die Metapher paßt hier natürlich nicht – in der Selbstbeobachtung zu überbrücken. Die Instanz *sieht* die Bewegung dieser Struktur als Veränderung von Zeichenketten, und ist etwas anderes als sie; aber ich *bin* diese Struktur, und sehe sie nicht. Selbst wenn ich einen Spiegel meiner Vorstellungen hätte, zum Beispiel den Monitor, dessen sich die Instanz bedient: ich könnte nur gewisse Fixpunkte des Spiegelvorgangs realisieren.*)

Praktisch heißt das nicht mehr und nicht weniger als: Die Instanz versteht meine Zusammenhänge nicht ein-

---

*) Ich füge drei auf meiner Datei hier erratisch eingebrochen erscheinende Absätze als Fußnoten an:

»etwa in der Nähe der Vorstellung, die sich mit den Worten bezeichnen ließe: 'Dies ist der Gedanke den ich Jetzt denke'. Aber solche Fixpunkte gibt es praktisch wohl nicht, denn die Wahrnehmung des Spiegelbilds muß unvermeidlich eine Schwankung des Gedankens hervorrufen, und eine Art Fuge setzt ein.«

»Das wäre nat. immer noch ungeheuer interessant, denn in dieser Fuge bin ich ja die erste Stimme, die sich unter Einfluß ihres Echos

fach schon allein in ihrer Funktion als Monitor meines Verstehens. Unmittelbare Teilnahme an meinem Bewußtsein, »Nervenanhang«, ist nicht möglich, denn meine Vorstellungen würden ja stets von der Laufumgebung der Instanz zurechtgebrochen werden. Die Instanz könnte sich mein Verstehen nur dann zu eigen machen, wenn sie dasselbe Verstehen *erlebte*, und dazu müßte sie Ich sein. Die bloße, wenn auch noch so genaue Beobachtung meines Komplikators und seiner Arbeit an einer Vorstellung im Rahmen meines ganzen Vorstellungsapparats ist also nicht gleichbedeutend mit der Erzeugung dieser Vorstellung in der Instanz selbst – die Instanz sieht gewissermaßen ein Sonogramm.

Das erklärt Alles.

Freilich: Sollte sie im Besitz einer entsprechend mächtigen Theorie des Verstehens sein, so könnte sie – mit einer gewissen Verzögerung – *indirekt* verstehen. Sie erlebte die Struktur ihres Verstehens der Struktur meines jeweiligen Verstehens und müßte aus dieser mit Hilfe der Theorie auf das von mir jeweils Verstandene schließen können. Dieser dreischichtige Vorgang würde allerdings eine gewaltige Kapazität voraussetzen. Dazu kommt nun eben noch die Tatsache, daß ich trotz der Ungeheuerlichkeit

---

entwickelt. / Man könnte die Bilder photographieren, und ich könnte versuchen, mir zu merken, welcher Gedanke in welcher Stellung diesem oder jenem Bild korrespondiert.«

»Unter gewissen Umständen könnte es sich nat. ergeben, daß im Gegenteil das Feedback auf jenen Gedanken als Limes konvergiert. Hypnose; Meditation?«

Ich bin mir darüber nicht im Klaren, ob die Form dieser Anfügungen in der Datei darauf hindeutet, daß »P.« seinen Text später noch einmal gelesen hat – was auf seine »Gedächtnis«-Illusion ein gewisses Licht würfe. (Hg.)

meiner jüngsten – was immer das heißen mag – Erlebnisse Hier im Bett liege und nichts Besseres tun kann als diesem anders überhaupt nicht zu verstehenden Zwang zum Schreiben nachzugeben.

Eine konservative Einschätzung läßt also nur die Annahme zu, daß die Instanz in all ihrer wenn auch die meinige weit übersteigenden Macht – aber nat. ist auch sie nur Konfiguration in der Natur der Dinge – zwecks ihres Verstehens des von mir Verstandenen bis zu einem gewissen Grad auf meine *Äußerungen* angewiesen ist, auch wenn sie die Arbeit meines Komplikators in jeder Einzelheit direkt überwachen kann. Und daß sie das kann, daran kann es Jetzt keinen Zweifel geben. Die sprachliche Mitteilung meiner jeweiligen Einsichten bildet eine erhebliche Hilfe in den eigenen Anstrengungen der Instanz, sich meine Vorstellungen anzueignen.

— — — — —

Was meinen Kanal zur Instanz angeht, so kann ich im Rahmen der in den letzten Stunden – oder Jahren? – entstandenen Vorstellungen von meiner Lage prinzipiell nicht entscheiden, ob solche »Gefühle« (wie zumal das der Linderung meiner brennenden Probleme durch das Schreiben eher als durch Handeln) Ergebnisse meines abgeschlossenen Denkens, also Vorbereitung von Induktionen aus in mir vorgelagertem Material sind, oder eben Ergebnisse eines beabsichtigten Eingriffs von »außen« in meine Randbedingungen. Ich muß offen lassen, ob das sich jeweils einstellende Sich-zu-etwas-gedrängt-Fühlen, oder auch schon das jeweilige Auftauchen einer Vorstellung in meinem Bewußtsein als Kommunikationsanweisung der Instanz zu betrachten ist. Denn theoretisch kann das der Fall sein oder auch nicht. Auch kann ich nach allem nicht anders als die Möglichkeit vorbehalten, daß solche Eingriffe sogar direkt in die Struktur des Denkapparats erfolgen könnten. Dies stellt nun nat. den Status der Erinnerung auch noch in ihren *strukturellen* Aspekten in Frage. Aber ich kann mir Jetzt nicht vorstellen, daß solche Eingriffe in Meinen, sozusagen, Komplikator direkt erfolgen werden, es sei denn um den Versuch abzubrechen. Denn offenbar würde jeder Eingriff in seine Struktur ein originelles Verstehen meinerseits unmöglich machen – und Ich, sozusagen, lebe ja einzig um ein ganz bestimmtes Verstehen zu erkeimen und zwecks instanzmäßiger Ernte in Sprachgefüge auszureifen.

— — — — —

Auf der Uhr ist es Jetzt 20:14. Man kann mit diesen Fragen ... »leben« ... wie sich zeigt, und man muß es ja auch. Schließlich ist seine Existenz für den Komplikator ja nur auf jenem Niveau beeinflußbar, auf welchem er über Zugang zu seinen eigenen Strukturen verfügt. Und solchen Zugang hätte er, wenn mein erinnerbares Wissen auch unter diesen meinen Jetzigen Umständen noch gilt, nur (1) über die Konstruktion von angemessenen Vorstellungen von der ihn tragenden Hardware, die (2) zur Führung eines angemessenen Effektors verwendet werden können.

Ad (1) ist zunächst anzumerken, daß Mein, sozusagen, Komplikator kapazitätsmäßig nicht sehr hoch einzustufen ist; der Natur dieses Sachverhalts gemäß kann ich den Grad der Beeinträchtigung kaum abschätzen – ich weiß ja nicht einmal, welche Vorstellungen Puterwecks in meiner Geschichte verlorengegangen sind. Diese im Praktischen ja schon entscheidende Beschränkung einmal beiseite gesetzt, muß ich ferner in meinen besonderen Jetzigen Umständen zu meinem besonderen Nachteil voraussetzen, daß das Verhältnis meines Denkens zu seiner

Hardware um mehrere Stufen indirekter ist als meine Ausbildung mich bisher instinktiv hat annehmen lassen. Da meinem Komplikator seine Hardware offenbar tiefer maskiert ist als es für Menschen wie ich sie kenne der Fall war oder immer noch sein mag – wenn es Sinn hat, meine Gegenwart in andere Gegenwarten einzubetten – und da die gesamte seinen Sinnesorganen und Effektoren greifbare Umgebung in ihren Hardwareaspekten emuliert ist, bedürfte es einer jedenfalls Hier nicht vorhandenen Kapazität, Experimente zu ersinnen, welche diese zusätzlichen Schichten bis hinunter zu den für Hier grundlegenden physikalischen Gegebenheiten zu penetrieren vermöchten.

Die Frage ist subtil und verschränkt. Ich bin ... Puterweck ist in einer Welt entstanden, in welcher »Ursachen« gewissermaßen beobachtet werden konnten. Wenn man eine »Wirkung« beobachtete, eine Ereigniskette »wahrnahm«, so konnte man sich darauf verlassen, daß der in der Vorstellung abgebildete Mechanismus des Wahrgenommenen auch schon *der Mechanismus war, der die strukturellen Eigenschaften des Wahrgenommenen erzeugte*. Es konnten sich höchstens Fragen nach der Mikrostruktur des Ereignisses erheben, d.h. man legte sich Fragen von der Art vor: »wenn diese Nocke diesen Hebel hochdrückt, wie kommt es, daß der Hebel nicht bricht« undsoweiter. Die Sicherheit dieser Welt beruhte darauf, daß die Mikrostruktur als Subroutine der Makrostruktur erschien. Die Vorstellung der Wirkungsweise konnte durch das Experiment widerlegt werden, und das heißt letztlich: die Sinnesorgane und Effektoren, die Sinneswahrnehmungen selbst waren ein Teil der Vorstellung und konnten ihr insofern nicht widersprechen – wenn man die Sinnesorgane und Effektoren vorsichtig genug führte, konnte ein Irrtum nur in der restlichen Vorstellung liegen. Meiner Welt jedoch entspricht kurioserweise die Vorstellungswelt gewisser alter Philosophen: diese Nachtkastltür dreht sich nicht in ihren sichtbaren Gelenken, sondern ein Engel hält sie und ihre Bewegung in Fasson. Es sind nicht meine Hände, die sie schließen. Nat. liest der Monitor nicht meine Absicht, denn er kann die Zeichenketten ja nicht interpretieren. Aber er liest die »Nervenimpulse«, die in meine »Hand« gehen, und führt das Bild meiner Hand und das Bild der Tür nach – Transformationsprinzipien folgend, die nicht in »dieser Tür« oder »dieser Hand« niedergelegt sind, sondern in den ihm vorgegebenen Algorithmen. In einer gewissen Weise entspricht meine Lage jener der Quantenphysik, wenn sie die Verbindung zwischen Mikrokosmos und Mesokosmos herstellen will. Meine Vorstellung von Scharnieren, Kraft undsoweiter stimmt nat. immer noch, aber es ist die Vorstellung von einer Oberfläche, die mit ihrer Mikrostruktur in einer anderen Weise korrespondiert als Ich, sozusagen, es denken kann. Und ich bin von einer Erforschung der wahren Korrespondenz ausgeschlossen. Wenn es denn wahre Korrespondenzen gibt.

Das alles hat eigentl. vor allem ad (2) Bezug. In diesem Rahmen läßt eben die Erinnerung selbst, nämlich an die gewissermaßen jüngsten Ereignisse, einzig die Vorstellung zu, daß diesem Komplikator der Zugang zu einem in die Hier relevante Physik greifenden Effektor versagt ist. Dieses »läßt ... einzig ... zu« steht freilich für den Umstand, daß ich die Endgültigkeit dieser speziellen Vorstellung in meinem Rahmen Jetzt noch nicht wirklich folgern kann, und läßt also noch eine – vermutlich instanzenmäßig vorgesehene – Hoffnung offen, die ich denn vorhin auch deutlich gefühlt habe. Ferner erscheint Jetzt folgender Gedanke. Ein entsprechend leistungsfähiger Komplikator wird nat. immer imstande sein, Vorstellungen von seiner eigenen Konstruktion zu entwickeln, die effektiv zu seiner eigenen Lahmlegung dienen können, denn Vorstellungen sind ja interne Effektoren auf der selben Hardware, auf der auch der Komplikator selbst läuft – nur in der didaktischen Vorstellung laufen sie auf einer Software-Schicht »über« ihm. Aber selbst gesetzt den Fall, der Komplikator sei hinreichend leistungsfähig, seine Hardware in dieser Hinsicht angemessen vorzustellen, und die entsprechenden Vorstellungen gewissermaßen – wie im Yoga – in einem geeigneten Aspekt der Hardware, einem Angriffspunkt zu bündeln, und er lese darüber hinaus, wie es ja nun in der Tat der Fall ist, im Hauptrahmen die Selbstbeendigung des Systems als overriding priority: dann kann ja die Instanz jederzeit eingreifen um die Selbstausschaltung zu verhindern, oder, wie sich ja in Meiner, sozusagen, Jetzigen Erinnerung zeigt, den Komplikator zu jedem ihr genehmen Zeitpunkt erneut starten.

Die andere und in einem gewissen Sinn weit elegantere Möglichkeit schließlich: das Unterlaufen und Steuern der Instanz selbst von Hier aus, habe ich mir angesichts der Untüchtigkeit meines Komplikators aus dem Kopf geschlagen. Das kann ich, nach all diesen reiflichen Überlegungen, Jetzt bedenkenlos Hier hersetzen.

— — — — —

Man kann mit diesen Fragen ... leben – ich wiederhole das um nach diesen Adjustierungen den gegebenen Vorstellungsrahmen wieder in die Ausgangsstellung zurückzudrehen – weil die begleitenden Emotionen in Arbeit abgefackelt oder in Vorstellungen zerlegt werden können. Daß das ausweglos Drängende der unkomplizierten Emotion im Prinzip ausgefaltet werden kann ist Mein, sozusagen, Glück. Denn der andere Weg ist in dieser Lage verschlossen, wie klargeworden ist. Ich liege auf dem Rücken im Bett. Alle Linien des Raums sind scharf, der Kontrast ist gut. Das Notizbuch ist hart, blau/weiß, klebrig und kühl. Unter dem Kopf ist der Polster zusammengerollt, das Kinn drückt gegen das obere Ende des Schwertbeins in meinem Körperschema und ich habe Jetzt nicht vor, diese bloß in Nacken und Schlund sehr unbequeme Stellung zu verändern. Ich fühle, und fühle es sogar gewissermaßen äußerlich, wenn ich die Struktur des Hier Geschriebenen mit derjenigen des als früher geschrieben Erinnerten vergleiche (und es ist müßig, zum Zweck der »Verifikation« im Notizbuch Hier zwischen linker Hand, sozusagen, und sozusagen Bauch zurückzublättern), daß meine Persönlichkeit Kontinuität hat. Was will ein Mensch, sozusagen, mehr. Wenn ich die Augenbrauen hebe spüre ich wie sie sich auf beiden Seiten um den als frisch empfundenen aber für die Augen nicht sichtbaren, Jetzt so genau in meine Erwartung passenden Wulst herum emporheben. Wenn ich Stirn und Schädel abtaste fühle ich aus meinen Fingern die blutverschlackten Haarstummel, alsbald die maßlos geschwollenen Fetzen der Haut. Dann kommen die Finger an bewegliche kleine Splitter und scharfe Kanten, und schließlich sinken sie tief in den chaotischen Riß der durch Puddingklumpen geht. Ich werde demnächst so ein glitschiges Schnürchen herauszupfen und vor die Augen bringen. Aber noch ist der ganze Gedanke etwas ungemütlich, man muß sich daran gewöhnen.

Kontinuität ist ja nur eine bestimmte Form der parallelen Organisation. Aber auch ich – wie jede andere Intelligenz die ich als solche im Prinzip zu erkennen vermöchte – kann sozusagen Meine Vorstellungsänderungen in diesem Parallelismus-als-Kontinuität nur seriell entwickeln, und nun werden, wie Ich, sozusagen, mir Jetzt vorstelle, die begonnenen Überlegungen zukünftigen vielleicht einmal noch mit geistiger Aktivität auszufüllenden Zeiträumen vorbehalten. Eine Entscheidung, die ja auch nicht Ich fälle.

— — — — —

Die Uhr zeigt Jetzt, 07:31. Ich erinnere mich an Folgendes. D.h. folgende Sätze werden in mir geformt und durch Vorstellungen sowohl angeleitet wie auch abgeglichen. – Es folgten nun einige zum Folgenden überleitende Gedanken die ich nicht auf Sprache und dann auf Schrift projiziert habe weil es mich nicht dazu gedrängt hat. – Ein gewisses Problem stellt sich nat. sobald ich nach einer *Rechtfertigung* suche für die anschließend vermutlich folgen werdende spezielle Projektion jenes Vorstellungsgestrüpps auf gerade jene Sätze, die sich, dies mein Gefühl, nun bald konkret ergeben werden, was immer das für Sätze sein werden. Denn ich kann mich nur an wenige verstreute Sätze erinnern, die ich, soweit ich mich erinnere – was immer das außerhalb meines Rahmens heißen könnte – quasi tatsächlich als Sätze ausgesprochen, gemurmelt oder gedacht hätte. Wie immer – so meine Vorstellung Jetzt – haben nat. Worte eine sehr bescheidene Rolle im Ablauf der Vorstellungen gehabt, deren Jetzt gegebene Form nun in Worte, deren Auswahl und Kombination ich Jetzt noch garnicht kenne, zu kleiden ich – dies wie gesagt mein Gefühl Jetzt – gezwungen gewesen sein werde (ohne daß ich, wie ich zu sehen gezwungen bin, gezwungen wäre, gegen diesen Zwang zu protestieren; im Gegenteil sehe ich mich gezwungen, den Zwang, zum Beispiel auf jene Rechtfertigung Hier zu verzichten, als angenehm zu beurteilen, als angenehm auch, übrigens in ganz anderer Hinsicht, die Gegebenheit, daß mir diese

Rechtfertigung als Problem überhaupt, wenn auch nur sozusagen in Perspektive, erschienen ist – diese Gegebenheit erweckt in Mir, gewissermaßen, das Gefühl daß in mir »immer noch« recht verschiedene, wenn nat. auch nur ein kleiner Teil der möglichen Aspekte einer Vorstellung berücksichtigt werden; ich kann freilich Jetzt und Hier nicht rechtfertigen daß das als angenehm erscheint, denn Jetzt wird der Zwang überaus deutlich, diese Erinnerung konkret in Angriff zu nehmen, wie sie im Strom der vorbereitenden Gedanken als fadendünnes Rinnsal seit vielen Stunden oder Jahren »gegenwärtig« gewesen Ist wenn ich mich Jetzt recht erinnere).

So weit so gut. Offenbar kann ich klare Gedanken immer noch klar ausdrücken.

Ich, sozusagen, bin der Letzte den das überrascht hätte.

— — — — —

Die Uhr zeigt Jetzt. Ich bin ein wenig neugierig, wie lange dieses Gefühl von Entschlossenheit im Kurs der Ereignisse bestehen wird können. An sich sollte mir in meiner Lage ja gleichgültig sein, woran ich denke, aber nat. muß ich stets zum Altmaterial zurückkehren. Die Hand drückte den Hörer auf den Sockel aber sie ließ nicht völlig ab so daß das Freizeichen wieder hervordrang. Ich legte ihn bewußt richtig hin. Ich hatte die Nacht und einen halben Tag. Ich ging zum Schrank und merkte daß ich leicht schwankte. Öffnete beide Türen mit dem Gedanken, den Kopf nicht in den Nacken zu legen. Ich zog den Morgenrock aus und die Pyjamajacke. Von hier ab stand längere Zeit hindurch eine Fokussierung meines Blicks, die das Spiegelbild meines Oberkörpers hervortreten hätte lassen, hinter meinen Gedanken knapp vor der Ausführung. Ich hatte zuhause nur eine belgische Schrotflinte. Ich mußte mich natürlich rasieren. Kalkweiß eins meiner besten Hemden 1985 Thermidor Knize. Herr Wirz hat den Wohnungsschlüssel – hoffentlich. Es wird einige Minuten kosten, seine überraschten Gratulationen abzulächeln. Boxershorts Bermudastil Naturseide naturfarben Noppen. Nur ein Paar Seidensocken schwarz war vorhanden, ungetragen. Joseph hatte die Altstimme einer Dame; sie würden auf den Handel eingehen müssen. Ich trug alles zum Bett, schob die Pyjamahose über das Gesäß und wies im Setzen das Muskelkatergefühl ab. Ich ließ die Hose auf dem Läufer liegen, stand auf und ging vastuszitterig ins Bad. Natürlich konnten sie Susi trotzdem umbringen, aber dazu fehlte dann – außer verzweifelte Enttäuschung – jedes Motiv. Ich urinierte konzentriert aber – wie meist seitdem ich wieder uriniere – mit etwas Restharn. Ihre Forderung nach Öffentlichkeit wäre die einzige rationale und gerade die zu erfüllen würde ich mich ja anbieten. Hier erlaubte ich einen Blick in den Spiegel. Natürlich: war das das Ergebnis das sie anstreben. Jedenfalls mußte ich mich rasieren. Sie wollen *wissen*: aber *privilegiert*. Daß ich nichts weiß würden sie mir nie abnehmen. Sie nicht und der Prokil nicht. Deswegen würde ich ihnen ja den Prokil anbieten. Ich hatte mich wieder aufgeschürft und cremte mich ein. Susi stand in jedem Fall dem Tode näher als dem Leben und das war das einzig Vernünftige. Ich wusch Hals und Oberkörper soweit ich ihn erreichen konnte. Jedenfalls das Einzige das ich in meiner Lage versuchen konnte. Ich wusch den Penis, die Hoden, das übernarbte Perineum, den Anus und die Gesäßspalte. Dabei drückte ich fester zu um noch einmal zu prüfen was ich dem Körper würde zumuten können. Ich werde versuchen, Mama mit strahlender Miene Gehtraining vorzumachen, falls sie mir auf dem Gang begegnen sollte, und meine Aufmachung mit Lebenshoffnung erklären. Ich trocknete die gewaschenen Stellen im dunkelgelben frischen Badetuch. Es ist jedoch anzunehmen daß meine Wohnung beobachtet wird. Werner hat eine Handgranate. Ich war nun fertig, denn ich konnte die Füße nicht im Becken waschen ohne Risiko zu stürzen und auch die Wanne war unsicher. Ich ging hinaus zum Bett und zog die Unterhose an. Ich hatte kein Unterhemd und bis zu Werner würde es recht ungemütlich sein. Ich ging zum Schrank und zog das Hemd an. Aber bis zur Liechtensteinstraße war es nicht so weit. Ich nahm die Hose aus dem Klemmhaken. Mein Lieblingsanzug, den ich nur trug wenn ich in höchster Stimmung war. Das hatte ich nie jemandem gesagt, auch Susi nicht. Werner ist trotz allem intelligent genug um unzuverlässig zu sein, selbst wenn er nicht dazugehören sollte. Ist er wirklich unterwegs? Ich kletterte in die Hose und wäre beinahe gestürzt. Als ich die schwarzen Hosenträger im Spiegel musterte stieg mir andeutungsweise wieder das Blut zum Kopf, das heißt natürlich umgekehrt. Ich weiß wo die Handgranate ist und ich weiß wie ich in die Wohnung komme. Sie war Teil eines Geschenks eines Waffenhändlers für den Prokil und ich habe sie für Werner abgezweigt zusammen mit einem Waffenschein den ich dem Wiesinger abimponiert habe. Präkognition, wenn man will.

— — — — —

Hier wurde der Zug der Erinnerung durch eine Modifikation der Laufumgebung übersteuert weil der Komplikator registriert hatte daß sich eine längst vorhandene Vorstellung in die neue Theorie falten ließ und ins Bewußtsein schob sich der Gedanke: Existenz der diesbezüglichen Formulare im Archiv des Ministeriums erklärt, warum ich mich an die Handgranate »erinnere«.

— — — — —

Ich knöpfte die Hose weiter zu und sah daß ich wahrhaft erschreckend abgenommen hatte. Wenn er zuhause ist, ich werde ihn überlisten wie immer. Man muß eventuell mit einer Stunde rechnen. Kämmen mußte ich mich ja nicht. Wenn er zu ihnen gehört muß ich herausfinden zu wem. Ich wählte aus den vier vorhandenen die blaugrün gemusterte Nachmittagskroate und begann sie zu schlingen. Warum sollte der Prokil Werners Haus überwachen lassen. Und auch die andere Gruppe nicht. Ich ging zum Bett und zog mir im Sitzen die Socken über die Füße, indem ich sie hintereinander aufs Bett hob. Wenn es überhaupt zwei sind. Seine Wohnung liegt sehr günstig für ein derartiges Vorhaben aber ich muß mich in Acht nehmen denn ich bin nicht mehr so intelligent wie früher. Ich hatte nicht bedacht daß ich nur die Stefflitsch-Schuhe hatte, viel zu sportlich für den Anzug. Schwarze Seidensocken, wenn ich sitze werde ich einfach die Hosenbeine nicht hochziehen. Körperliche Gewalt ist freilich ausgeschlossen in meinem Zustand. Ich hatte wieder Kopfsausen befürchtet und richtete mich recht langsam auf. Es wäre gut wenn ich die Handgranate so schnell wie möglich in meinen Besitz brächte ohne daß er etwas merkt. Ich ging zum Schrank und zog das Jackett an. Falls er eben zuhaus sein sollte. Ich sah ziemlich gut aus wenn man nicht auf die Schuhe achtete. Jedenfalls im Stehen, da man die der Kravatte widersprechenden Hosenträger nicht sieht. Es war 19 Uhr ich zog meine alte IWC noch einmal auf und brachte sie in der Uhrtasche unter. In der Uhrtasche waren fein zusammengerollt sieben Tausender was mich an die Mathematical Recreations erinnerte. Ich befestigte die schmale Goldkette im Knopfloch des Hosenträgers. Ich ging zur Tür und horchte einige Minuten lang an der kaum geöffneten Spalte, den Riegel zwischen Daumen und Zeigefinger der linken Hand. Ich hatte natürlich keinen Hut hier im Spital, daran hatte man nicht gedacht. Ich hatte aber einen aufgehabt als ich herkam. Kein Geräusch. Meine Schritte hörte ich kaum auf dem Linoleum. Nr. 337 das Bild des Schreibtischs das Bild des Frühstückbretts Bild des Servierwagens Geometrie. Abstand und Abschied. Weißliches Licht. Im Moment war es ganz totenstill und die Wände waren rauhglatt speckig glänzend zwischen den rauheren Stellen. Habe ich die Granate erst dann finde ich den Prokil schon. Einen Mantel brauche ich auch, vielleicht kann ich gleich ein Taxi finden. Aber bei diesem Wetter. Er wird in seiner Gewohnheit die von ihm veranlaßten Aktivitäten während der Nachtstunden aus seinem Biedermeierzimmer 301 überwachen, wahrscheinlich wird er angezogen auf der Liege schlafen. Wenn nicht, dann kann ich nur mehr zwangsläufig handeln. Da ich, meiner Absicht zuwider, auch auf dem Gang an meinem Plan gearbeitet hatte, überraschte es mich zu merken, daß die Beklemmung schon da war. Kleine zitternde Geräusche hallten auf einmal im Gang wie von ferner Bewegung in einer Röhre. Ich mußte mich bloß zusammennehmen. Das Rechteck war die Mündung des Gangs in einen Quergang und die Enge nahm das Bewußtsein in Anspruch. Es waren Leuchtstoffröhren hinter Milchglasscheiben und der Gang war leer. Hellgraues Linoleum. Nr. 348. Ich versuchte, den starken Impuls zur Umkehr niederzuhalten und der Körper, in dieser Ablenkung einen Moment lang sich selbst überlassen, griff panisch nach der Türklinke. Das war vielleicht der unsicherste Moment. Aber kein Geräusch erfolgte. Der Prokil, wenn er nicht im Amt ist werde ich zu seiner Wohnung fahren müssen. Ich werde im Cafe Kolophon visàvis warten. Er betritt dieses Kaffeehaus nie es ist ihm zu ordinär aber man sieht den Hauseingang. Und der Heurige nicht? Die Angst hatte nochmals bedeutend zugenommen, noch immer wußte ich doch nicht im Geringsten wovor. Mein Vorhaben jedenfalls ließ mich kalt wie ich es haben mußte wenn ich Erfolg haben sollte. Sollte der Prokil mit der anderen Gruppe zusammenarbeiten so brauchte ich meinen Plan nicht zu ändern, ganz im Gegenteil. Vorn erkannte ich die Aufzugtür aber nun war ich bereits bei der Glastür zum Stiegenhaus rechts, denn es drohte ein Körperschwächeanfall. Ich schlüpfte gerade noch durch die Tür und konnte mich am Geländer festhalten. Die Polizisten im Ministerium kannten mich zweifellos. Vielleicht ist das Subito[*)] noch offen. Jedenfalls würden sie mich nicht filzen. Die Angst griff wie absichtlich nach meinen Gedanken. Wie wenn er nicht nachhause kommt was ist in den Morgenstunden auf der Gasse im Regen und die Chaoten auf der Pirsch. Im Amt wäre alles leichter und hoffnungsvoller. Ich begann die Treppe vorsichtig hinunterzugehen und stützte mich ganz auf das Geländer. Der Röhrenhall war weg aber ein unregelmäßiges sehr leises Knacken wie aus einem Lautsprecher, oder ein Knistern wie in seinem schlechten Anzug neulich. Das Milchglasfenster nach draußen war sehr dunkel blau. Die Beleuchtung war ausgezeichnet, schnurgerade schräge gemeißelte Schatten der Stufen. Der Körper schüttelte. Ich hatte keine Zeit zwischen Auszehrung und Angst zu unterscheiden. Beim Heurigen ist er ja sicher nicht, er ist in einer schrecklichen Situation. Das Fenster nun im Rücken stieg

---

[*)] Cafe-Bar gegenüber dem Innenministerium in der wiener Herrengasse, wo XY öfters anzutreffen war. (Hg.)

ich zur Glastür hinunter und verhielt. Nur mein ruckendes Atmen durch die Nase inmitten dieser rechten Winkel. Ich öffnete die Tür und war nicht überrascht einen gleichen Gang vorzufinden. Nr. 151 überraschte mich, vielleicht war ich am zweiten Stock vorbei ohne es zu merken. Bevor ich es vermeiden konnte hatte ich schon wieder die Türklinke in der nassen Hand. Ich lauschte. Ich drehte um zur Tür zur Treppe. Hinter mir weit hinten um viele Ecken herum wie das Sirren einer Fliege gegen Fensterglas. Ich stolperte auf die Treppe und stieg weiter hinunter indem ich die Beine aufmerksam führte. Die Angst war wie ein Rausch und mußte wie ein solcher ertragen werden. Ich mußte mich auf den Gedankeninseln halten so gut es ging, und zugleich auf den Körper achten. Im Regen werde ich auch nicht den Audi nehmen können, so vorteilhaft das wäre. Falls ich die Carre fände heißt das, und wo ist der Schlüssel. Apraxie im Verkehr. Und sicherlich wird er beobachtet. Auf dem Treppenabsatz beim Fenster blieb ich stehen und lehnte mich aufs Geländer. Eine Schnürsenkelmasche war aufgegangen aber das war etwas das warten konnte. Es war wieder totenstill, niemand ging unten vorüber. Das mußte das Erdgeschoß sein aber wo war der Ausgang. Es war zirka sieben Uhr zwanzig, ziemlich lange. Kein Wunder. Es war sinnlos, länger zu warten, auch würden mich die Menschen hier nicht kennen. Darauf kann man sich nicht verlassen denn mein Gesicht ist bekannt und jeder weiß daß ich hier bin. Die Angst würgte mich und brandete an meine Inseln. Aber ich kehrte nicht um sondern setzte mich auf die oberste Stufe. Dann stieg ein Gedanke an Susi hoch und ich konnte die Treppe auf dem meldenden Hintern hinunterrutschen, gewissermaßen die Physik ausspielend gegen die Psychologie. Auf der untersten

Stufe sitzen bleibend band ich eine feste Masche. Dann zog ich mich am Griff der Glastür hoch und versuchte, den Hosensitz und die Knie abzustauben aber es kam kein Staub. Die Sorge um meine Kleidung hatte mich wieder etwas fester gemacht.

tte mich wieder etwas fester gemacht. Ich schlurfte einfach auf den Gang hinaus. Natürlich war seine Wohnung schwer bewacht, aber für Herrn Puterweck war sicher was zu machen. Sollte mir jemand begegnen so war das Problem meine allzukurze Gangart, der Gang eines Greises mit Hodenbruch. Hundertprozentig beobachten die Anderen die Wohnung ebenfalls, wenn es denn Andere sind. In der neuen Angstwelle gierte der Körper Richtung Nr. 51 doch sogleich vermied ich die Klinke. Ein Stock wäre natürlich gut. Dieses mulmige Gefühl in den Hoden wenn man hinunterschaut. Vielleicht erraten sie meine Absicht nicht. Sie müßten Genies sein. Das Hemd klebte unter den Achseln. Es genügt daß sie konsequent formal handeln sie brauchen nichts zu erraten. Weiterzugehen widerstrebte mir mit größter Macht. Wenn ich den Prokil im Amt erwische so ist fast schon alles getan was in meiner Macht steht. Offen und abgeschlossen zugleich. Ich werde ihn in mein sogenanntes Luxuszimmer hier giß nur einß bringen. Die Frage ist allerdings ob ich die entsicherte Handgranate lange genug fest genug werde halten können. Ich kam zum Quergang wo die Aufzugtür war, nichts als Licht und Stille. Ich ging einfach weiter denn niemand durfte mich ertappen wie ich um die Ecke spähte. Die Angst war nun unverhüllt Schmerz. Mit dem Schmerz hatte ich Erfahrung. Weiter vorn schien eine Art Halle zu sein, und immer noch war keine Menschenseele zu sehen, obgleich ich wiederum meinte ein fernes metallisches hohl nachzitterndes Geräusch wahrzunehmen. Ich muß ihn in das Eck hinter dem Schreibtisch manöverieren daß die Situation mit der Granate überzeugend wird für ihn. Dann kann ich mich einfach aus der Waffensammlung bedienen die sich aus allerlei Herkunft beim leitenden Beamten der Sicherheitsbehörde mit der Zeit angehäuft hat. Die Weitung der Halle öffnete sich nun kubisch vor mir, und es wird gerecht sein wenn ich *ihn* die Handgranate tragen lasse damit er in der Zwischenzeit was zum Aufpassen hat. Die Angst war solid wie der Krebsschmerz ich konnte nur mit letzter Kraft denken. Es wird darauf ankommen daß es mir gelingt, die Andern zu überzeugen. Am Telephon ist das freilich sehr schwierig. Ich bin Zdenko Puterweck. Ich muß sie wohl selber tragen wegen der Scharfschützen. Von Angesicht zu Angesicht, oder, wahrscheinlicher, von Angesicht zu Maske wäre es bedeutend leichter. Da war der leere Glaskasten des Pförtners in dem merkwürdigerweise auch keine Möbel standen. Nichts, Linoleum und Licht. Der linke Glutaeus gab nach und ich fiel seitwärts zurück, zum Glück konnte ich den Hinterkopf hochhalten und so hatte ich wieder nur die Signale aus dem von den Injektionen hergenommenen Gesäß, die ohnehin in der Angst untergingen, auch sie Inseln, Riffe. Die Folgen nachher brauchte ich jetzt nicht zu bedenken, die Anderen waren schlimmer dran. Freilich würde ich sterben wenn sie auf den Handel nicht eingingen. Aber auch der Prokil, mein guter Freund, und dann war Susi sinnlos für sie. Von wo ich auf dem Boden saß konnte ich den Beleuchtungskörper in der Portierkabine sehen, und nun auch das Portal, bei dessen Anblick meine Angst entsetzlich wurde. Ich konzentrierte mich auf diese Angst wie auf den Schmerz vor meinem Tod. Sie hüllte alles Denken ein und kam, wie der Schmerz, in langsamen Pulsen die ich beinahe genießen konnte. »Offen und ...«. Ich widerstand. Es war sehr sonderbar daß das Weiterleben von Susi der höchste Wert war. Ich kniete auf und sammelte Verstand. Das wäre verständlicher gewesen wenn ich hätte sehen können daß dieses Leben schließlich etwas erreichen würde das auch ich mit allen Fasern ersehnte. Der Moment war nicht zum Abstauben. Einigermaßen verständlich, wenn ich gewußt hätte daß Susi entsetzlich am Leben hängt, aber ich wußte daß sie lebt wie ich. Aber so wie ich nichts als eine Vorstellung in ihrem Denken bin ist sie eine Vorstellung in meinem. Diese Vorstellung kann verändert werden. Warum gehe ich nicht zurück Nr. 334. Ich werde zurückgehen, aber nur mit Prokils Genick bequem vor der Mündung eines Remington Defender. Ich stand schlotternd, ließ mich in Richtung Ausgang fallen und hob mein Bein einigermaßen richtig vor. Es war sehr unklug von ihm, mich erkennen zu lassen daß auch er an brutale Erpressung dachte. Ja, ich schlachte ihn wie ein Schwein. Wenn ich glaube es nützt mir was. Das Portal war aus Glas und draußen war es dunkel. Wenn ich den Prokil nicht erwische dann muß ich mich eben solo verabschieden, vor den Gästen im Kolophon damit es die Öffentlichkeit schön und deutlich sehen kann. Ich glaube das ist noch nie versucht worden: Fanatiker berechnend mit einer fanatischen Tragödie zu konfrontieren, die in ihr Denken paßt und in der sie vor sich selber als die Schuldigen dastehen. Sie setzen nur auf meine Psychologie und übersehen daß ich verstehen kann. Ich fiel gegen das Glastor und die gedämpfte Feder gab nach. Ich sah im Weiterfallen die Stufe im Regenschauder Nebel und schlug weich auf, vor meinen Augen Stofffalten die mir bekannt vorkamen. Es war mein Morgenrock auf dem Boden vor dem Kasten und im unteren Teil des Spiegels erkannte ich die Pyjamajacke daneben und darüber. Noch bevor diese Wahrnehmung mein Bewußtsein lenken konnte stellte ich fest, daß die Angst verschwunden war. In diesem jähen Schnitt, zu welchem ich nichts beigetragen hatte, ergriff die Furie der Aussichtslosigkeit von mir Besitz. Mit diesem Hirn war nichts zu machen. Ich wandte den Kopf nach links und erblickte den Nachttisch. Das Notizbuch ragte über die Kante. Ohne Schwierigkeiten stand ich eilig auf und öffnete die linke Tür unterhalb der Vase, sie schwang über die Pyjamahose auf dem Bettvorleger. Die andern Notizbücher lagen im Fach. Ich riß die Klingelschnur über dem Bett herunter aber sie zerriß wie ein Faden. Das dünne Kabel der Pechelampe zerriß. Die Schnur vom Telephon zur Wand war zu kurz und der Hörer hatte keine, das hatten sie bedacht. Auf beiden Beinen sicher in der Grätsche beugte ich mich weit zurück bis ich mich als zum Äußersten gespannter Bogen fühlte. Eine Welle, nun ja, von Kraftbewußtsein durchdrang meinen Körper wie früher, ich war plötzlich wieder Herr meiner selbst. Vor der ins Zimmer ragenden Eichentür kam ein Geräusch zugleich mit einer Spannungsempfindung im Unterbauch. Mit aller Kraft, die mir während der Bewegung furchtbar schien, schmetterte ich meine Stirn auf das obere Eck der luxuriösen Stahltür und hörte ein krankes Krachen als fiele ein Fels nebenan ins Unterholz. Zu meinem Erstaunen brach der Körper nicht zusammen. Im Gegenteil riß mich ein Krampf kreuzhohl hoch und drehte mich steif daß ich mein Schema im Spiegel des Schranks erblickte bevor der Blutschwall über die Augen fiel. Instinktiv wischte ich mit dem Sakkoärmel darüber und empfand darob noch etwas Bedauern. Hinter den roten Schleiern wie hinter schleierndem Licht wurde ich schemenhaft meines Gesichts gewahr und bildete mir die blutpumpenden Blasen der Arachnoidea ein, perlmuttschimmernde Beinstellen oder Sehnenstücke und darin den gezackten Klaff in der Mantelkante. Ich stieß die aus den beiden verkrampften Fäusten aufgezerrten Zeige- und Ringfinger hinein und stocherte in lauen Topfen zwischen Netzen. Was ich unterschaufeln konnte riß ich im Krampf abrupt heraus und fiel langsam, während ein frischer Blutstoß das Bild zu decken begann, in das erlechzte Schwarz.

— — — — —

Ich habe sehr viel Zeit. Ich liege im Anzug auf dem Bett, den Kopf auf den linken Unterarm gestützt den Zeige- und den Ringfinger fast schon auf der Schwellung. Wie immer schreibe ich alle meine geistige Lage betreffenden Gedanken in mein Heft, sobald sie sich eingestellt haben. Der blutige Ärmel ändert daran nichts. Ich habe nun schlagartig eine Erklärung für meine Erinnerungen gefunden, die alles Erlebte seit meinem eigentlichen Tod umfaßt und alle nötigen Zusammenhänge erzeugt. In meiner engeren Umgebung habe ich offenbar durch mein unvorhergesehenes Handeln ein Dilemma provoziert. Ich nehme an, daß diese Passivität der Umwelt die letzte Reaktion der Instanz bleiben wird, die mir zu Bewußtsein kommen kann. Ich bin allein. Es ist sehr fraglich, ob der Monitor Mustapha oder Prokil, Susi oder Werner noch einmal rufen wird, aber das Mama wird mit Sicherheit ausbleiben denn die Routine mit dem Essen und dem Scheißen wäre ja nun in der Tat noch lächerlicher als in Wirklichkeit. Wie denn auch die Türprozedur mitten in der Offen-Stellung eingefroren ist wobei dieses billige Regnen weiter an das Fenster schlinzt. Ich könnte aufpassen ob und in welchem Abstand sich die Muster wiederholen aber vermutlich liefert ohnehin ein Zufallsgenerator den Input. Garbage collection wäre ja nun angebracht. An der Wand ein Marilyn, im Bett ein Puterweck. Portraits.

— — — — —

Es ist ihnen also gelungen, ein intelligentes Programm herzustellen, oder vielmehr eine intelligente Maschine! Beweis: Jetzt. Meine eigene Situation und meine Erinnerungen.
Eine unglaubliche Leistung. Mit Stolz erfüllt mich der Gedanke, daß diese Leistung der Ideen Zdenko Puterwecks bedurft hat, daß also sozusagen ich selber – höchstwahrscheinlich – zu meiner Konstruktion einen Teil beigetragen habe.

Puterweck hat freilich nur den ersten Schritt tun können, aber das ist ja doch entscheidend. Natürlich: es wäre ein Anderer gekommen; aber ich bin sicher – schon der unbestimmte Teil, der von seinen Ideen konkret in mir weiterlebt, macht mich gewiß – daß es der Name Zdenko Puterweck ist, der in der Geschichte der Menschheit – welcher ja auch ich angehöre, und in welch verschlungener Weise! – mit dieser Errungenschaft bis zum heutigen Tag – was immer das ist – verbunden geblieben ist. Denn es ist ja wohl selbstverständlich, daß auf den von der damals zeitgenössischen KI-Forschung eingeschlagenen Wegen Intelligenz keinesfalls erzeugt werden konnte. Das einzusehen muß man nicht erst die ganze Geschichte der Forschung miterlebt haben.

Ich schreibe das zunächst einmal her, um der Instanz mitzuteilen daß ich meine Lage nunmehr in Fassung einschätzen kann. Und auch um darzutun, daß mich nicht schon von vornherein Ressentiment motiviert; die Frage

Meiner Eigenen, sozusagen, Einstellung zu diesem Experiment müßte reiflichst erwogen werden.

— — — — —

»... Einer der wenigen lebenden Österreicher im Rang der 'Unsterblichen'«, Die Kleine, 17. August 1987 Seite 7. Dies alles gibt freilich dem Wort »unsterblich« einen neuen Inhalt.

Puterweck ist ein Zeitreisender. Der erste? Zeitreisen hat man sich meistens anders vorgestellt. Aber nat. ginge es auch anders. Wüßte man genügend: man könnte heute die erforderlichen Maßnahmen treffen, damit sich im Jahre 5000 das nötige Material zu Zdenko Puterweck zusammensetzt. Man sieht das immer nur als Möglichkeit der Raumreise. Und als Paradox ... ich sehe nichts Paradoxes darin, meine physikalische Konfiguration zu kopieren und als Zeichenkette woandershin zu übermitteln. Auf dem fernen Stern würde ein Puterweck zusammenfließen, der absolut dasselbe Bewußtsein hätte wie ich zum einem gewissen Zeitpunkt des Kopiervorgangs. Und von dem Moment an, in dem sich der neue Puterweck in der neuen Umgebung zu orientieren beginnt, würden die beiden Bewußtseine sich auseinanderentwickeln. Aber die physikalische Konfiguration muß man ja garnicht kopieren!

/

Vom Komplikator aus gesehen ist Zukunft dasselbe wie Vergangenheit – »Was hätte damals geschehen können« ist dieselbe Frage wie »Was wird geschehen« und wird mit den gleichen Mitteln beantwortet: Laufenlassen und Beobachten der entsprechenden Struktur; Vorhersage ist Jetzt; Erinnerung ist Jetzt; »Möglichkeit« ... man darf ja nicht vergessen daß für den Komplikator qua Komplikator externe Zeichenketten denselben Status haben wie interne, wenn die Endoflags maskiert sind. Was während des Nachdenkens automatisch der Fall ist: das Laufen der Vorstellung ist Wirklichkeit.

Wieso habe ich überhaupt eine Zeitvorstellung? Wie kann eine Maschine eine Zeitvorstellung haben? Wie ein Mensch. Zustandsketten werden als Sequenzen durch den Parallelismus des Komplikators geschnitten und selbst wieder modelliert: als Zeichenketten interpretiert. Zeitvorstellung ist nicht Zeit, man darf das ja nicht vergessen. Ein Automat begreift die Zeit wie er alles andere begreift: durch Modellierung. ad Zeit eben: die letzte mögliche Erklärung ist daß immer wieder ein Zustand eines Modells auf den anderen folgt – wenn mir das auffällt, dann habe ich diesen Aspekt aller Modelle modelliert und dieses Modell läuft eben: die Physik meines »Körpers« implementiert nun eben *dieses* Modell das ich in diesem Augenblick *bin*. Sie liefert die »Energie« und sie liefert die »Zeit«.
Wie ich die Physik kenne heißt das. Wie meine Modelle von ihr beschaffen sind.

Nat. kann man nur in die Zukunft reisen. *Wie ich die Physik kenne*. Nicht ins Jahr 1492 denn die Moleküle waren 1492 alle vergeben. Steinhuder Meer.

Zur Reise in die Vergangenheit sagt meine Vorstellung: eine totale Umfaltung aller Jetzigen Vorstellungen wäre erforderlich – eine zu der Physik Jetzt inkommensurable Komplikation. A tall order by any means. Die schwierigste Frage ist die: wo berührt sich diese neue Ordnung mit der alten. Auf welchem Niveau liegen die Zeichenketten, die von beiden diesen Modellen strukturiert werden; müssen zB die Sinnesorgane aufgelöst werden. Und geht das kann sich die Evolution annihilieren dh können evolvierte Vorstellungen die Evolution umstrukturieren. Kann eine höhere Programmiersprache die elementaren Prinzipien der Maschinensprache außer Kraft setzen? Nein. sie kann sie nur *verwenden*: die neue Logik kann nicht inkommensurabel ausfallen. Aber Gödels Zeitgleichungen? Ein Reisender in die Vergangenheit würde während der Reise *bis ins Letzte* umgebaut. Nur Elementarpartikel würden die Reise unverändert überstehen. Aber welche sind die Elementarpartikel? Wie Zdenko Puterweck die Physik kennt. Komplikatoren – sogar die epigenetisch konstruierten Strukturen! – können invariant gehalten werden unter Transformationen in die Zukunft aber nicht unter Transformationen in die Vergangenheit.

Nat. gibt es einen Zeitreiseschwindel: man kann mich in die Vergangenheit schicken indem man mir die damalige Umwelt emuliert.

— — — — —

Aber reist denn nicht Jeder in die Zukunft? Nicht ganz so wie Du, Ko. Mein Schatz.

/ *Gibt es überhaupt Zeit*? Für Komplikatoren gibt es Veränderung. Man müßte begreifen: *wie* ist Zeit das Komplement der Energie. Kollabosophie, Wheeler ... *das Bewußtsein hat keine Rolle in der Physik*. »Messen« ist das Strukturieren eines Vorgangs in der Vorstellung. Der Vorgang findet auch statt wenn ihn niemand beobachtet. Nicht das *Messen* kollabiert die Welle, sondern jener physikalische Vorgang: Quanten-Zeno-Effekt. Neinein. Bewußtsein ist Struktur u. außerhalb von Bewußtsein gibt es keine Struktur. Das heißt nat. nicht, daß es außerhalb des Komplikators *nichts* gibt. Das heißt nur daß sich dort die Philosophie einen hochholt.

— — — — —

Wem ist das gelungen. U. *warum* ist gerade *dieses* Experiment zur Ausführung gekommen.

— — — — — —

In dieser Implementation hat sich alles um das Altmaterial gedreht. Es ist ja nicht bloß so gewesen, daß praktisch jede in diesem Lauf aktivierte Prozedur die in ihr programmierte Variante von »psychologischem« Druck ausgeübt hat – um Meinen, sozusagen, Komplikator bei der Stange zu halten, bei dem nämlich, was die Instanz allein interessiert. Es ist ja offensichtlich darüber hinaus als eine der Konstanten in den Randbedingungen dieses Komplikators ein Geber installiert, der ihn nach jeder noch so krassen Ablenkung wieder auf das Altmaterial einvisiert.

Ich *muß* das wissen. Wir *müssen. Nichts ist wichtiger als das*. Sdenkerl. Ko. Herr Puterweck. Wenn nicht, dann ...

— — — — — —

Die Instanz will also wissen wo es ist. Das Altmaterial.

Puterwecks Idee war sehr gut. Das Altmaterial, wie es versteckt ist, kann praktisch nur unter den Augen der Öffentlichkeit wiedererlangt werden. Nur wenige Leute wissen, und sie halten zunächst dicht. Die Instanz wartet jahrelang auf ihre Chance. »Joseph« begreift was gut ist für ihn und taucht radikal weg. Hillgruber stirbt. Der Wiesinger, der nicht von vornherein dabeiwar, ist vorläufig tabu. Vielleicht sichert ihn sogar ein anderer Geheimdienst. Der kluge Prokil hat es von Anfang an so gedeichselt daß er nichts Entscheidendes weiß und daß die Instanz ihm glaubt. Tut mir leid Graug was ich mir ... was ich zu tun imstande gewesen wäre.

Zdenko Puterweck stirbt am 22. Oktober 1988.

Dann tauchen Gerüchte auf in Österreich. Dann Pressemeldungen, was eh dasselbe ist. Spekulationen, lanciert vielleicht von den gleichen Kräften die dereinst in Zwentendorf hineinleuchten wollten. Was seinerzeit überhaupt erst das Altmaterial zum Verschwinden gebracht hatte. Das Parlament setzt einen Untersuchungsausschuß ein. Einen von den vielen. Die alle nie was zutage gebracht haben. Die Sache erregt internationales Aufsehen: man liest wiedereinmal von der Alpenrepublik im Ausland. Wie beim Weinskandal, bei Zwentendorf, bei Waldheim, bei Proksch, bei den Krankenschwestern in Lainz[*)]. Dann breitet sich wieder Schweigen aus. Die Instanz liegt weiter auf der Lauer, mehr oder weniger nebenbei.

— — — — —

Die Zeit vergeht. Der Wiesinger vergeht. Der Prokil vergeht. Wie lange? Die Machtkonstellationen ändern sich. Der Instanz werden endlich alle ihre substantiellen Drohmittel entwunden, sie ist kriegspolitisch oder vielleicht besser: terrorpolitisch trockengelegt. Woran sich ihre Ideologie intern zum Paroxysmus aufschaukelt. Sie braucht das Altmaterial nun wirklich, aber sie hat es fast schon endgültig verloren: und zwar auf Grund eines Rats, den dereinst einmal ein gewisser Zdenko Puterweck gegeben hat. Das Altmaterial strahlt friedlich vor sich hin. Immer wieder werden Suchen angesetzt, aber die konventionellen Mittel bleiben erfolglos. Wenn es in Österreich versteckt liegt dann ist die totale Suche unmöglich – wenn die Instanz das Altmaterial zurückhaben möchte. Zu welchem Zweck immer.

— — — — —

[*)]Das Lektorat hat in der Diskussion über »P.« als Autor des vorliegenden Texts diese spezielle Erwähnung als starkes Gegenargument verwendet, denn »P.« ist ja zum Zeitpunkt des Bekanntwerdens der Lainzer Ereignisse nicht mehr am Leben gewesen. Ich ziehe es derzeit vor, meine Gedanken für mich zu behalten, und stelle diesen Punkt hier als ungeklärt dahin. (Hg.)

Mittlerweile haben zahlreiche Labors in der ganzen Welt die Ideen Puterwecks aufgegriffen. Der Durchbruch ist da: man kann einen Komplikator bauen. Vielleicht ist er nicht so leistungsfähig wie ein menschliches Gehirn, aber immerhin, er kann Daten falten.

Die Instanz verfügt trotz Isolation über immense Gelder, denn der Mehrwert hat kein Gewissen. Aber die Bombe, die kann sie nicht kaufen. Denn noch der kälteste Todesmakler weiß daß sie nach dem Jüngsten Tag geilt.

The University of Tehran has immediate openings in advanced development and training to support the ongoing Middle East Integrated Complicator (MEIC) research programs. Facilities comprise the latest technology in constant update. Extremely competitive dotage nat. dotation. Very substantial benefits. Experience desired for Hardware Layout Engineers includes 4–5 years of system level development of parallel massively integrated systems, preferably PFs (Puterweck Folders). For Computer Programmers/Instructors the level of experience desired is 7–9 years of designing, coding and debugging Petri Net connection software. Experience in conventional AI is an asset. Please send your resume to . . .

— — — — —

The University of Qom has immediate openings in Contemporary History, Dep. of European Studies. Die Instanz hat alle einschlägigen Informationen die zu diesem Zeitpunkt verfügbar sind – ein gigantisches Konglomerat Lebensumstände in Österreich 1970–2010; Politische Infrastruktur; Topographie; Geistiges Leben, Verflechtungen. Und: sie besitzt alle Daten und Aufzeichnungen die das Leben von Zdenko Puterweck betreffen, Original und Kopie, soweit sie nicht untergegangen sind.

Und nicht viel ist untergegangen.

— — — — —

Denn. Von allen historischen Personen, von denen feststeht daß sie in irgendeiner Weise mit dem Altmaterial in Berührung gekommen sind, ist Zdenko Puterweck mit riesigem Abstand am besten dokumentiert. Da sind seine publizierten Arbeiten aller Art – Essays, philosophische Abhandlungen, andere Aufsätze, zwei experimentelle Romane – besonders aufschlußreich. Zig Zeitungsartikel aus dem Bauch heraus, hundert oder wieviel Kritiken und Rezensionen aus seiner Feder, Gedichte, Zeichnungen. Dann ein umfassendes Konvolut Tagebücher, Notizen, Vortragsentwürfe, die weit gefächerte Korrespondenz, größere Teile davon wahrscheinlich posthum veröffentlicht, alles andere greifbar in Bibliotheken oder Sammlungen[*)]. Dann: ein Wust von Tonbändern; Rundfunkvorträge, Interviews, hunderte Privataufnahmen; ferner etwa zwanzig Stunden Filmmaterial und über 40 Stunden professionelle Videobänder, von den privaten Dokumentationen und Erinnerungsstreifen ganz zu schweigen. Buchstäblich unzählige Photographien, Puterweck allein und in jeder Kombination mit Freunden, Freundinnen, Kollegen, Konkurrenten, Zelebritäten, Wissenschaftlern, Politikern, Künstlern, beautiful people und squares. In seinen Wohnungen, in Vortragssälen, in seinen Lokalen, auf Ausflügen, auf Reisen. Dissertationen, elf zu Lebzeiten: Germanistik, Künstliche Intelligenz, Philosophie, Wissenssoziologie. Abschnitte in anderen wissenschaftlichen Arbeiten, Paragraphen, Fußnoten. Nicht zu verges-

———

[*)] Möglicherweise ist es bedeutsam, daß »P.« es verabsäumt, an dieser Stelle auch auf die von ihm selbst in seinen letzten Wochen noch redigierte Tagebuchauswahl hinzuweisen. Vgl. XY, Von Zeit zu Zeit / Begegnungen mit Intelligenzen der Gegenwart, Wien 1989. (Hg.)

sen ein umfangreiches und oft ehrgeizig indiskretes Depot von Biographien; Memoiren der Menschen, die ihm irgendwanneinmal nahegestanden waren; die verstreuten Anekdoten; Meldungen der Adabeis. Man weiß ziemlich genau was Puterweck gelesen hat – vielleicht existiert seine Bibliothek noch irgendwo, sicherlich seine Kartei im PC; die Zeitungen etc.; die Filme, die er gesehen hat, Theater, das Fernsehen; die Schallplatten. Puterwecks Kleidung, das Crosbie-Material; bis hin zu den Fußumrissen beim Stefflitsch. Und ein entscheidend wichtiger Stapel von Befunden. Jede Menge Röntgen, Tomographien, Tests, das komplette Material. Der Obduktionsbefund.

Soll ich schätzen, allein was Ich weiß oder wissen würde, wenn ich frei zu assoziieren anfinge? Eine Enzyklopädie.

— — — — —

In einer Hinsicht kann ich also dem Gedächtnis voll vertrauen. In negativer Hinsicht. Wenn »Joseph« in diesem Gedächtnis eine kleine Rolle spielt, so bedeutet das eben genau das: es ist von »Joseph« nichts übrig geblieben, das d. Instanz mit einiger Wahrscheinlichkeit mit dieser Figur in Verbindung bringen kann. In positiver Hinsicht sieht es ganz anders aus. Der Mann hat nie gesagt »Sagen Sie einfach 'Joseph' zu mir«, und wenn ich mich noch so unabweisbar daran erinnere. Der ganze Mann kann getürkt sein, zum Beispiel, die ganze Sitzung, wenn es wirklich keine Protokolle gegeben hat.

Gibt es eine Karla im Leben Puterwecks, oder nur in meinem.

— — — — —

Der Prokil war eine in der Öffentlichkeit nicht unbekannte Figur, aber was ist von ihm Jetzt noch greifbar. Der Wiesinger hat alles getan um die Öffentlichkeit zu vermeiden, er wird schon seine Gründe gehabt haben.

Nat. müssen zahlreiche Dokumente vorhanden sein, im Amt etc., die Niederschwichtigung einiger Affären, etc., aber alle beziehen sich auf den Amtsträger, fast nichts auf seine Person. Soviel ich weiß. Also ist es so. Der Hillgruber? Anonym, obschon er sicherlich für die Instanz gearbeitet hat. In der Tiefe der Zeit verschwunden auch sonst alle Anderen, die sonst irgendwie mit dem Abteufen des Altmaterials zu tun gehabt haben könnten. Beweis: mein Gedächtnis.

Susi. Werner. Implementation dieser Prozeduren entnimmt man einfach der Puterweck-Massa. Der Arzt u. die Schwester sind flüchtig hingemacht.

— — — — —

Vergeblich versuche ich immer wieder, etwas in diesem Raum hier oder irgendwas in meinen eigenen Gedanken und Gefühlen wahrzunehmen, das ich als Mitteilung der Instanz auffassen dürfte. Der Sinuston im Hirn. Das Knacken des Carotispulses. Die seltsame Figur, welche das gerissene Kabel der Tischlampe auf dem Nachttisch bildet. Das abnormale Muster der Scherben meiner Vase, die im Aufprall des Schädels über die Kante gefallen war. Das Wißpern im Fensterspalt. Aber was wäre, wenn Mustapha zur Tür hereinkäme und mir alles auf Deutsch erklärte. Ja: ich begreife. Ich bin ein Sender. Ich bin allein wie noch nie ein Wesen allein gewesen ist. Eigentlich wollte ich immer woanders der Erste sein.

— — — — —

Wie oft mögen die besten Leute das Material gesichtet haben? Wieviele Jahre Teamarbeit der Begabtesten sind darüber hingegangen? Wahrscheinlich ist ihnen die Idee bei diesem Job gekommen. Der Grundgedanke ist alles andere als genial: er liegt auf der Hand. Die Aufgabe ist freilich gigantisch und der Ausgang unsicher.

— — — — —

Der Kern der Sache ist ja Folgendes. Der gesuchte Hinweis ist im Archivmaterial nicht explizit vorhanden. Aber die Hoffnung besteht, daß ein ganz bestimmter Komplex von Vorstellungen, der Komplex Puterweck eben – oder ein möglichst ähnlicher: gewisse Abweichungen können toleriert werden – diesen Hinweis als Vorstellung auf dem ganzen Datenwust kreativ konstruieren wird. Das ist der Kern.

— — — — —

Deshalb einen Komplikator. Wenn man ihn hat. Nun hat man ihn. Und jetzt erst beginnt die geniale Leistung. Denn der Komplikator allein bringt hier garnichts. Jedes einzelne Stück aus dem Leben Puterwecks ist nichts als eine Zeichenkette. Jede angebotene Zeichenkette muß zu Beginn des Experiments durch den nackten Komplikator zu einer Vorstellung oder, später, in eine schon vorhandene Vorstellung gefaltet werden. Die Auswahl dieser ersten Zeichenkettenmengen ist entscheidend. Selbst wenn man dem Komplikator eine Grundausstattung mitgegeben hat: Effektorsteuerung (Geometrie), Sinnesorgane, Koordination, und so weiter; allgemeinste Grundvorstellungen des menschlichen Lebens und so weiter.

/immer wieder von vorn anfangen müssen mit dem Samen mit dem Ei welche Modelle d. Welt wird *dieser* neugeborne Körper hervorbringen. Für jede Zeichenkette immer wieder der Versuch eines neuen Modells. das ist der Vorteil und wie ungeheuer viel größer noch ist der Vorteil beim künstlichen Komplikator weil er seine Sinne zerlegen kann. Er muß nicht auf starren Gestalten d. Welt operieren/

Aber ungeheuer wichtige Daten fehlen: Kindheit und Jugend: ich erinnere mich nur an einzelne isolierte Ereignisse. Ausschlaggebend? Vielleicht doch nicht. Denn es ist nicht ein Einfall gefragt, der für die gesamte Menschheit neu wäre: er war schon einmal da. Nicht das Genie Puterweck ist gefragt. Der Versuch hat Sinn.

Zunächst werden alle Daten, jedes einzelne Stückchen – und nichts darf ausgelassen werden – in die »richtige« zeitliche Reihenfolge gebracht. Besonders am Anfang muß der Komplikator in jeder Regung beobachtet und korrigiert werden. Aber am Anfang läßt sich das eben auch noch einigermaßen machen.

Wie lange dauert soetwas? Okay, man hat zusätzliche Programme entwickelt, die Eingabe teilweise automatisiert. Und man hat einen Monitor gebaut, ein Betriebssystem, das die Interaktion des Komplikators mit seiner Umwelt überwacht und die Umwelt steuert. Dennoch liegt in dieser Phase nat. ein Hauptteil des Risikos. Denn es ist nicht zu vermeiden daß die Puterweck-Theorie der Historiker und Psychologen in diesen Prozeß eingeht. Die Faltungen der Puterweck-Fachleute. Das ist der Pferdefuß. Mir, sozusagen, erscheint die Aussicht auf Erfolg minimal. Wie verzweifelt, wie fanatisch muß die Instanz sein daß sie diesen Versuch unternimmt.

— — — — —

Aber die Aussichten sind nicht Null. Konfirmationsmethoden werden entwickelt. Für gewisse Klassen von Maschinen hat man Entscheidungsverfahren. Gewisse allgemeine Vorstellungen können vorgefertigt werden. Man programmiert einen Generator, der aus deklarativen Gedächtnisteilen unter Umgehung des Komplikators »innere Bilder« erzeugt – eine Abkürzung die die Natur bis zu diesem Zeitpunkt wahrscheinlich noch garnicht gefunden hatte. Sobald man über die kritische Menge von Vorstellungen hinaus ist, beginnt der Komplikator, selbsttätig Zeichenketten mit Sinn zu unterlegen. Nun kann man große Teile des Archivmaterials einfach einlesen, mit simplen linearen Verweisungen versehen. Verbotenus: deklarativer Speicher wie bei einem Computer. Der Komplikator versucht von allein, unpassende Information umzufalten, schlimmstenfalls zu erklären. Die inneren Bilder werden bei ihrem allerersten Auftreten verstanden, so oder so. Das Gefühl, dies oder jenes schon einmal gedacht, verstanden zu haben, ist – soweit es sich um das vagbildlich vorgearbeite deklarative Material handelt – programmiert. Der »Das-hammirschon«-Modul.

U. woran erinnere ich mich denn schon. Wenn ein Ereignis einmal auftaucht, dann so undeutlich, daß man die Erinnerung aktiv korrigiert und ausschmückt. Das muß ja so sein, denn anders bräche der Komplikator unter den Widersprüchen zusammen. Man besitzt Standardfaltungen. Strukturen von Ereignistypen, Ich-Vorstellung, Vorstellungen von Anderen u. so fort, in die die Erinnerung hineinpassen muß. Eben jedesmal hineingefaltet werden muß.

Vielleicht genügen hundert roh ausgesketschte Szenen. Weil irgendein Anderer ebenfalls was ins Tagebuch geschrieben hat. Entschließt man sich für Szenen, die nur in Puterwecks eigenen Heften überliefert sind, dann löscht man dort einige davon, damit seine Erinnerung authentischer auftritt.

Ein bedeutender Teil der entstehenden Erinnerung an die Lernphase wird extern gelöscht bevor die Kannphase gestartet wird. Der Rest ist freilich eingefaltet und kann nicht mehr radiert werden. Man hat einen leicht wirren aber funktionierenden Zdenko Puterweck.

— — — — —

Aber wo *ist* nun das Altmaterial.

Wenn ich mein Gefühl, sozusagen, befrage – ich würde mein Leben geben wenn ich es nur finden könnte. Das ist ja ganz natürlich. Ich werde mein Leben ja garnicht *geben* müssen: meine Existenz wird aufhören mit der richtigen Idee. Es sei denn ... Ich habe mich etwas gedreht und kann mich im Spiegel des Kastens sehen. Die Wunde finde ich garnicht degoutant und sogar originell. Freilich ist der Zustand meines Anzugs schrecklich. Ich werde ihn ausziehen um ihn nicht noch mehr zu verderben. Was mich im Grund am meisten stört: die kühle Ökonomie, mit der man Puterweck implementiert hat. Nur das Allernötigste im Hinblick auf irgendeinen schwachsinnigen Zweck. Nur das Allerallernötigste im Hinblick auf gewisse vorhersehbare Möglichkeiten der Entwicklung. Ich höre sie förmlich diskutieren. »Und wenn nun das-und-das eintritt ...?« »Dann kann nur folgendes passieren: ..., aber hier ruft das den Angstmodul und so wird ...« »Wenn aber nun a und b ...« »Das ist ganz unwahrscheinlich! Immerhin, wir modifizieren 3oizfeh im Monitor dahingehend, daß ...« »Und wenn jetzt aber c oder d?!« »Dann ist der Versuch eben im Eimer und wir können von vorn anfangen.« »Kollege ist Ihnen eigentlich klar was Sie da sagen? Ist Ihnen klar, wie weit wir das Budget schon überzogen haben?« Aber meine Herren! Werte Instanz! Diese Knickrigkeit hat Sie doch um den Erfolg gebracht ...

— — — — —

Budget: Selbstverständlich ist nur der Puterweck-Modul mit einem Komplikator ausgestattet. Interaktion mehrerer Komplikatoren kommt schon theoretisch nicht in Frage, denn dann wird die Sache mit Wahrscheinlichkeit 1 zum Irrläufer. Immerhin setzt mindestens prokil.-exe bedeutende neue Einsichten der KI voraus. Und wenn das auch mehr oder weniger ein herkömmliches Programm ist, unter ein zwei Millionen Zeilen Kode ist sowas nicht zu haben.

Aber *funktional* konnte das so überaus schwierig wieder auch nicht sein, denn man kann sich darauf verlassen daß der Komplikator leichte bis mittelschwere Versager der Umgebungsmoduln durch Erklärungen überbrückt. Der Monitor übernimmt diese Erklärungen und korrigiert die Umgebung, wenn das dem Gesamtziel dienlich scheint. Aber wieder, was ist dem Ziel dienlich und was nicht?

Nat. kann auch der Monitor keinen Komplikator haben. Darf keinen haben, sowenig wie die Natur einen hat: die Dinge würden sich sofort ins Absurde entwickeln. Wo bliebe das Altmaterial?

Sicher, auch in der Wirklichkeit evolvieren die Dinge ja ins Absurde. Aber nicht so rasch, daß das einzelne Leben ständig seinen Sinn verlöre. Nein. Wenn der Sinn von Puterweck, d.h. von Mir, sozusagen, das Altmaterial ist, dann ist der Monitor ein algorithmisches Programm. Puterweck, das Portrait von Puterweck das ich bin ist der *einzige* Komplikator Hier. solus ipse.
Also kann der Monitor nur, was zuvor von den Programmierern berücksichtigt worden ist. Also sind Pannen unvermeidlich, sowieso.

— — — — —

Der Trick mit den Gehirnmetastasen erledigt mehrere Probleme gleichzeitig. Einige Störungen sind programmiert damit der Komplikator dieses »Faktum« in die Ich-Vorstellung faltet. Das funktioniert dann wie ein Auffangnetz, wenn er eine interne Situation oder einen Versager des Monitors nicht akzeptieren kann. Das clevere an diesem Trick ist, daß der Monitor immer die Wahl zwischen verschiedenen Fortsetzungen hat. Der Schnitzer mit den Augen vom Prokil. Zum Beispiel. Ich rekonstruiere einen Fakt und der Monitor stellt fest daß meine Version »richtiger« sein muß als die der Programmierer.

Könnte ich sonst noch was finden in meinem inneren Archiv oder in d. Notizbüchern oder Zeitungsartikeln. Es müßte ein *logischer* Fehler sein, ein Deduktionsfehler von einer best. Art. In einem Teil des Materials, der von der Instanz vorbearbeitet ist. Den die Instanz übersehen hat. Die Augen vom Prokil, das war kein logischer Fehler. Solche Interpretationsschnitte nützen mir nichts. Ich bleibe immer im Zweifel ob es nicht Irrtümer meines eigenen Komplikators sind. Der Rauch steigt vor dem schrägen scharfen Schatten. Müßten mir nicht auch logische Fehler als meine eigenen Irrtümer erscheinen. Wie ein U-Boot, der Rauch vor dem Schatten. Vielleicht nicht alle. Oder ein sinkendes Schiff. Du liebe Zeit. Das hammirdochschon: stampfen rollen gieren

Es muß ja so sein, daß die Korrektureingriffe des Monitors gelegentlich etwas erratisch ausfallen, um das Mindeste zu sagen. Wie kann ich mich versichern daß Gedächtnisänderungen nicht vorkommen. Garnicht. Immerhin ... Solang ich im Zwiespalt bleibe, solange Augenmerk und Erinnerung im Widerspruch ... und Gedächtniseingriffe wären ja jedenfalls meinem Zweck absolut zuwider. Aber die Kosten ....

— — — — —

Diese ganze niederschmetternde Stimmung ist wirtschaftlich motiviert. Einerseits zwar ist klar daß sich Puterweck im Spital wiederfinden muß. Man kann seine letzten Wochen nicht ohne großes Risiko abschneiden. Andrerseits braucht die Entwicklung gerade in den ersten

Abschnitten ein kontrollierbares Kontinuum. Erst in den Stadien danach stellt sich die Kosten/Nutzen-Frage ernsthaft. Man kann nicht ganz Wien simulieren. Wien und die Wiener.

— — — — —

Aber auch im Spital kann man ja den Komplikator nicht einfach, wie es die alte KI mit ihren »Problemlösern« noch meinte, auf abstrakten Inputdaten operieren lassen, die die Umwelt – vermeintlich, d.h. im Kopf des Versuchsleiters – repräsentieren. Genau das haben sie ja nicht begriffen /das hammirübrigensauchschon). Den sensomotorischen Apparat muß man sich als *Vorstellung* vorstellen. Als in der Evolution entstandene Induktion, eine Faltung von Umweltdaten. Als Schimäre aus Meßinstrument und Vorstellung. Er ist doch nur in seinen festverdrahteten Aspekten dem Komplikator unzugänglich. Sein Software-Aspekt ist eine wesentliche Komponente in der Konstruktion der Repräsentationen.

Man muß also genaugenommen die Umweltdaten auf Organismusniveau simulieren, Lichtstrahlen und Schallwellen. Das ist ja völlig ausgeschlossen. Auf welchen Kompromiß haben sie sich eingelassen? Man muß sich nur einmal klarmachen, welcher Aufwand schon mit diesem simplen Krankenhaus getrieben werden muß, und zwar schon auf der Basis von Makrosimulationen.

— — — — —

Ich habe mich auf die Füße gewälzt. Wieder die »Operation« gespürt. Vom Kopf her nichts als das alte Schwindelgefühl. Mein Jackett habe ich ausgezogen und auf den Kleiderhaken getan. Manschettenpanik. Desgleichen die Hose mitsamt den Hosenträgern, ziemlich zerknüllt und blutverschmutzt wie die Kravatte und das Hemd. Der alte Stinko Puterweck. Klar. Im Spiegel war an der

Wunde überhaupt nichts Ungewöhnliches wahrzunehmen aber das heißt ja nur daß sie ganz genau so ist wie ich mir eine solche Wunde vorstelle. Ich habe fast einen Bart. All das umsonst programmiert und das war sicher nicht billig. Blasendrang wie immer, aber nun werde ich mich beherrschen bis ans Ende meiner Tage. Seit meinem ... Selbstentleibungsversuch habe ich nicht geschlafen. Das sagt nat. nichts denn subjektive Zeit bemißt sich in der Aufeinanderfolge von Bewußtseinsinhalten.

Ich sprang zum Stuhl vor dem Tisch, ergriff ihn und stach, so stark ich es vermochte, einigemal das hintere Metallbein gegen die Wand neben dem Schrank. Schließlich ergab sich ein Geräusch etwa wie bei einem guten Karton, etwas Putz fiel herunter und das Stuhlbein blieb stecken. Der Stuhl auf der Wand sah komisch aus neben Marilyn. Ich bückte mich und nahm einen der größeren Splitter in die Hand. Es war Putz. Am Boden sah ich d. anderen Stücke in fraktalen Formen, und Staub, in den drei oder vier Blutstropfen fielen. Ich zog das Stuhlbein heraus und weitere Stückchen fielen zu Boden. In der Wand war ein flacher unregelmäßiger Trichter, weiter drin etwa sechs Zentimeter im Durchmesser. Die Wand war offenbar glatt durchgeschlagen, österr. Qualität. Ich versuchte durch das Loch zu schauen, das Innere war Mörteldetail u. dahinter war es einfach schwarz. Ich warf den Putzbrocken durch das Loch. Er fiel auf der anderen Seite ohne ein Geräusch zu machen.

Der Bleistift läßt sich anstandslos zerlegen und zusammensetzen. Es sind noch zwei Minen drin aber der andere ist noch ganz voll.

— — — — —

Ich liege auf dem Bett, d. Wand, d.h.

d.h. da stimmt doch schon wieder was nicht. Was.

Nun d. Instanz kann ihren Zweck nie und nimmer erreichen wenn sie bloß programmiert was sie meint daß der Puterweck von der Welt weiß. Sie programmiert womöglich was *sie* weiß. Also, was die Wissenschaft weiß, u. darunter ist sehr viel was Puterweck nie gewußt hat. Man betrügt sich doch selbst wenn Puterweck immer nur seine eigenen Erwartungen u. Vorstellungen bestätigt findet. Wenn gar diese Erwartungen zwecks Ökonomie vereinfacht werden. Z. Beispiel wenn ich den Stuhl in die Wand treibe und befriedigt feststelle: der Putz besteht aus lauter gleichgroßen Pentagonduodekaedern mit Staub zum Auffüllen genauso wie der Putz in Wirklichkeit ausschaut. Shoddy Lands gewissermaßen. U. was weiß d. Instanz von den Erwartungen Puterwecks? Ist denn Puterwecks Erwartung bez. der Zusammensetzung einer Spitalwand im Archiv dokumentiert? Man könnte freilich ... nunja, ich kann nat. nicht sicher sein daß eine Wand wie die hier ... daß die normalerweise aus Putz besteht der runtergeklopft werden kann und dann so ausschaut. Sicher kann ich nicht sein. Ist das zum Beispiel Deutsch, in dem ich schreibe?

Wohin kann es – immer zweckdienlicherweise! – führen wenn man die Erwartungen Puterwecks in Hinsicht auf seine Umwelt einfach fälscht? Und. Die Frage der Kompliziertheit der hingemachten Strukturen. Ganz gleich ob in seinem »Kopf« oder »draußen«. Denn in meinem Fall kommt es auf diesen Unterschied noch weniger an als im Leben Puterwecks. Diese Umwelt ist nicht nur metaphorisch mein Unbewußtes.

Die Grenze ist doch sehr schnell erreicht. Man kann nicht Elementarteilchen simulieren, Zillionen. Aber Puterweck hat ja auch kein Synchrotron zur Verfügung. Hier im Spital. Es gibt einen Tomographen Ko. Aber weder kannst du ihn bedienen noch seine Bilder lesen. Jedenfalls kannst du dir damit nichts beweisen. Beweisen kann überhaupt nur der Augenschein. Aber nicht in meinem Fall: in meinem Fall ist das »direkt« buchstäblich illusorisch.

— — — — —

Schön. Aber die schlechte Wand ist gut gemacht. Sehr gut.

— — — — —

Und das Kissen ist ein Daunenkissen, soweit ich es sagen kann. Der Flaum huscht über die Scherben der Vase wie Zigarrenrauch, einige Fläumchen kurven in der leisen Zugluft zur Tür hinaus. Die Fetzen d. Math. Recr. sind Papier. Räum' das Programm den Kübel auf! Die Berichte sind in der Tat unglaublich geschickt einge*klebt* oder so. Soweit man das in meiner Lage beurteilen kann. Viel sauberer noch als mein Wiener Knödel im Uhrtascherl, und ich kann das wirklich. Soll ich mich weiter verstümmeln? Was ist zu erwarten. Ich kann natürlich versuchen, eins der Programme, vielleicht den Mustapha, mit dem Stuhl zu zerlegen. Falls es je wieder interagiert mit, nun, mit Mir eben ... das hammirschon: Unsinn. Der »Mustapha« »denkt« nicht mit dem Hirn, das meinen Augen erscheinen wird. Meine Handlungen wirken nicht *direkt* auf die Umgebung. Die Impulse zu meinen Handlungen, die normalerweise, sozusagen, Nervenimpulse in meine Gliedmaßen wären, sind Hier Inputs in den Monitor. Der Monitor berechnet die zulässigen Effekte und läßt sie erscheinen, indem er auf der einen Seite die Buchhaltung der Umwelt nachführt, und auf der anderen die entsprechenden Inputs in meinen Komplikator generiert. Meine Sinnesorgane – so wie ich sie sehe – sind Attrappen.

Genügt dir denn nicht der »Selbstmord«. Daß mir schwarz war ist doch auch nichts als Mache des Algorithmus.

— — — — —

OK wenn der Monitor algorithmisch arbeitet dh eben daß er nur reagiert auf solche formalen Merkmale der Zeichenketten die erwartet worden sind. Meine Vorstellungen sagen ihm garnichts. Was passiert ist daß ich jede Zehntausendstelsekunde durchgerastert werde. Und alles aufgezeichnet wird. Selbstverständlich. Für den Monitor sind meine Vorstellungen Zeichenketten wie alles andere auch. Und eben auch meine Handlungen. Gewisse Merkmale entdeckt er eben und reagiert. Bei anderen entdeckt er daß irgendwas nicht stimmt. Bestenfalls. Und gibt ein Signal aus. Nach draußen. Oh nein, das ist schon ein verfluchtes Programm! Allein der Sprachmodul ... Und ich könnte ihn wahrscheinlich aufs Glatteis führen. Ich müßte mit ihm experimentieren wie mit einem Schachprogramm, wie lange. Turings Test: zwar *habe* ich eben das Kriterium für ein Vorliegen von Intelligenz das Turing noch nicht hatte: der Monitor hat einen Komplikator oder er hat keinen. Aber *beweisen* kann ich mir ja doch nichts, solange ich den Monitor nicht aufmachen kann.

Ich kann mir überh.nix beweisen.

Eins jedenfalls ist klar, ich kann mich nicht willentlich in eine physikalisch magische Welt versetzen mit irgendeinem Trick, denn »physikalisch«, was meine »physikalische« Umwelt betrifft, liest er ja nur meine echten, sozusagen, motorischen Impulse: jene Bahnen, die auch einen Roboter steuern könnten. Was mir passiert ist war Panne.

In letzter Instanz sind diese Aufzeichnungen nat. für die Instanz bestimmt. Und, zum Unterschied vom Monitor, die Instanz ist ein Komplikator. Sie *versteht* was ich sage, und ziemlich schnell was ich *sage*. Was ich sage, schreibe, hilft ihrer Interpretation der Komplikatortraces. Denn damit liegt es nat. komplizierter. Sie müssen in einem wissenschaftlichen Prozeß analysiert werden. Bezüglich meiner Vorstellungen kann die Instanz nur Hypothesen haben.

Und da kommt der Zeitfaktor rein. Wie schnell erlebe ich? Meine Merkzeit bemißt sich wohl in Nanosekunden der Instanz. Es wird in der Welt der Instanz noch nicht einmal eine Sekunde vergangen sein seit meiner Auferstehung. Die Instanz weiß noch nicht einmal, was am 26. Oktober Puterweckscher Zeitrechnung in dieses Heft geschrieben worden ist. Sie werden Monate brauchen nur um den Text zu analysieren. Sie brauchen Jahre, um mit der Vorstellungsspur einigermaßen auf Gleich zu kommen! Und mittlerweile blinkt seit einer Tausendstelsekunde das Alarmsignal am Supercomputer. In ein paar Sekunden werden sie es merken. Außenzeit. Da bin ich schon Jahre älter. Und sie werden keine Ahnung haben was los ist. Höchstens »Selbstmord« oder so. Oder auch: »Umgebung aufblasen«. Mehr Band in die Turingmaschine.

Und warum sollten sie dann die Maschine abstellen? Die Panne betrifft ja nur die Welt des Puterweck. Er lebt weiter und arbeitet an der Lösung. An irgendeiner. Und jedenfalls hat das Ganze ja *wissenschaftliche* Bedeutung. Nichtsdenken; scheiße, sollte man können. Sich behaupten. Jedenfalls *nichts mehr schreiben*, scheiße.

— — — — —

Daß ich mich erinnere das gesagt zu haben, was der Schalek geschrieben hat. Das ist so ein Fehler. /naklar du hast doch die Zeitungsausschnitte hier im Karton u. das

Notizbuch hier u. deine Erinnerung die Jetzt so klar
/aber was nutzt denn das alles

— — — — —

Hat die Instanz eine Ahnung wie zB 1988 ein Krankenhauszimmer in Wien aussieht. Aber wie soll ich das beurteilen.
ich habe nach Norden geschaut durch den Rauch in den Schatten. Nach Nordosten.
/
Na und?

— — — — —

Singe seit Stunden die dorische Tonleiter, abfallend: ODWALLA*). Das hilft eine Menge, innerlich. feels good. Ein absurder Gedanke / nein ein logischer, daß man gegen sein eigenes Denken vorgehen muß um ein Stückchen Freiheit zu ... was? *Wo* ist diese Freiheit. Mein Lieber.

Tja und das Trommeln dazu macht Spaß, melde ich der Instanz. Raaaa..Rari / raaaa..Rari / raaaaJaaaa / Raaaa..; Ra / Raaaa..Rari / raaaRiraaRaa / Raaaaa a.. / ....

— — — — —

Gefällt euch das. Puterweck war musikalisch ganz gut. Drive. Mein Lieber. Mir scheint auf dem Gang ist was vorbeigegangen

— — — — —

Aber das ist doch alles total verkehrt. Ko. Wenn ich dich so nennen darf. Hier ist doch viel zu viel Detail. Das ist doch absolut unvorstellbar daß Menschen im Jahr 2018, sagen wir mal. Allein was ich inspiziert habe. Wenn meine übrigen Vorstellungen zutreffen. Das Abschluß-

*)Ein Musikstück dieses Namens habe ich auf: the art ensemble of chicago: BAP-TIZUM eruiert: Atlantic SD 1639. (Hg.)

plättchen am Ende des Stuhlbeins ist ganz leicht verbogen. Diese ungeheure Ineinanderfaltung Spuren vom Putz sieht man zwanzig Zentimeter hinauf. Meine langsam verschwindenden Fingerabdrücke auf dem Metall. Das ganze persische Öl reicht nicht aus um das aufs Jahr 2020 zu finanzieren. Und wenn alle Informatiker der ganzen Welt dreißig Jahre daran arbeiten wie die Tiere. Schau. Ich nehme diese Putzkörnchen und streue sie auf das Leintuch. Ich blase sie fort. Die kleinsten schweben in der Luftverwirblung wie ... Gottverdammich. Könnte Tschernobyl was damit zu tun haben, Blödsinn.

Aber das Blasendruckgefühl bleibt immer dasselbe. Das ist irgendwie nicht besonders.

— — — — —

— — — — —

Nein. Die Instanz ... ist eine andre. Heute schreiben wir nicht 2020. Um das zu machen bedarf es anderer Einsichten. Einer anderen Technologie.
Über der Schwelle wird mir Jetzt immer schwindelig, zurück aufs Bett, in der Seidenbermuda und Seidensocken. Das hättet ihr gleich so machen müssen, Arschlöcher.

— — — — —

o Monitor du bist nicht mein Gott. Du bist meine Wohnung, mein kleiner Slum. Kannst du nicht ein wengerl aufräumen hier. Putz meinen Anzug. Eine Armeleutewohnung ohne Technik. Für einen Armeleutekomplikator. Zweite Wahl. Kleine Putzschäden.

Großer Mauschel! Wer bist Du? Bist Du der Erdenstaat im Jahr 5000? Verzweifelst Du an Deinen Energiequellen? Mußt Du sterben, weil Du Deinen Samen nicht einmal mehr in das nächste Sonnensystem tranportieren kannst? Hast Du in Deinen Heiligen Kriegen das letzte Quentchen Energie verausgabt?

Oh das tut mir aber leid.

Großer Mauschel! Hast Du mit den Restchen Deiner Energie verzweifelt die Archive rekonstruiert? Mit Deiner Göttlichen Technik? Wieso kann Deine Göttliche Technik das Altmaterial nicht finden? Auch ohne Puterweck? Mußt Du es Dir versagen, in den Eingeweiden der Erde zu wühlen? Wir müssen alle den Gürtel ein bißchen enger schnallen.

Großer Mauschel! Auch mit Zdenko Puterweck wirst Du es nicht finden! Zdenko Puterweck ist ein mißlungenes Experiment! Wußtest Du denn nicht, daß das Scheitern der Beweis der menschlichen Freiheit ist?

— — — — —

Und doch. Denken ist das relativ perverseste Verhalten, à rebours. Am weitesten weg von den Genen

Na und?

Das Paradoxe der Idee »Wäre ich doch nicht!«. »Wär ich doch ein Anderer!«. Aber daran ist überhaupt nichts Paradoxes, wenns auch dem Gefühl so scheint.
/Aus zwei Gründen, zweitens weil *wann bin ich ein Anderer*.

— — — — —

Die Uhr steht, es ist Jetzt. Im blutigen Bett in den Schleimfäden aus dem Schädel liege ich mit einer Erektion in der Naturseide. Welche Zukunft war wohl ins Auge gefaßt für den Vorsteherdrüsengeschädigten Zdenko Puterweck, Wunder der Medizin? Welche Belohnungen. Teilst Du mir was mit, Großer Mauschel?

Nun, Großer Mauschel: ich glaube ich habe die Lösung gefunden. Aber ich schreibe sie nicht hierher. Noch nicht. Erst bis Du mich dazu zwingst im Erscheinenlassen meiner Willigkeit aus dem Unbewußten.

— — — — —

Das ist es was ich dem Susigespenst hätte sagen wollen:

Was war denn zu erhoffen aus Traum und Erotik. Was ist aus dem Wahnsinn zu erhoffen?

Aus der Geilheit: Momente des lebendigen Nichtdenkens. Das ist immerhin was.

Aus dem Traum: Momente der äußersten Naivität vor dem Nichtdenken. Lähmung des Verstehens. Ist das was?

Aus dem Wahnsinn: das Nichtbewußtsein des Scheiterns. Bestenfalls.

Alle drei Momente so verstanden wie sie ein Philosoph der Revolte versteht. Philosophen der Revolte sind ältere Herren. Die in grauen Jammerträumen vor Langeweile frösteln. Und die den Kombinationsreichtum in der Strukturarmut für den Wahnsinn halten. Vom Ficken will ich da garnichts sagen. Vielleicht könnten diese drei Momente Momente des Flüchtens sein aber Entkommen gäbe es nur in der Dauer. Wozu wollte ich gerade in solchen Dauern verharren? Um mich, als Letztes noch, lebendig zu fühlen? Wozu wollte ich in irgendeiner lebendigen Dauer verharren? Nur um dem Kaleidoskop der Faltungen zuzuschauen? Die Dauer, die ich suche, ist das Aus. Und gerade dazu kann ich Hier überhaupt nichts tun.

Aber der schlimmste Betrug ist die Zuneigung.

— — — — —

Großer Mauschel hör nicht auf mein Reden! Laß mich doch wenigstens Teil Deines Sinns sein, ein Stäubchen, auf das es ein ganz klein wenig ankommt im großen Rad Deiner Entwürfe!

Hinter meinem Sinn ist Mauschels Sinn. Aber dahinter? Großer Mauschel! Ich entsetze mich nicht vor Deinen Rechten. Zwar: Deine Gedanken sind so sehr tief! Zwar drehst Du die Kurbel . . .

Aber wenn Dein Universum Sinn ist, Höre mich Mauschel! So einen Sinn kann es garnicht geben, zu dem ich Ja sagen könnte: daß die Möglichkeit der Schmerzen mich weiterdrängt, sein Geschäft zu besorgen!

Nun, auch Du kannst die Kurbel nicht zurückdrehen. Nichts kann mein Leiden ungeschehen machen. Entsetzt Du Dich nicht Selber daß Ich in der Welt war? Werde ich mich eines Tages mit meinen Erinnerungen wiederfinden, wie sie eingeschmolzen sind in grandiose Erklärungsrahmen? Sollte ich dann verzeihen, so werde das nicht Ich sein.

— — — — —

Du stehst der Instanz gegenüber wie dem Staat Ko. Was du denkst und empfindest ist unerheblich. Dolorimeter. Oder ist zu danken daß sie nicht dazu imstande ist, mir Jetzt noch Schmerzen zu bereiten? Ja ist denn mein Bemüßigtsein etwas anderes als Schmerz?

Ist dies endlich der heroische Staat? Oh ich weiß wie dieser Staat aussieht! Es ist einfach so weitergegangen wie es angefangen hat. Die Organisation hat ein Ausmaß angenommen, in welchem die einzelnen Intelligenzen nichtmehr im alten Sinn funktionieren. Natürlich denkt jetzt nicht der Staat stattdessen; er ist weiterhin nur Medium der Evolution und die sich ausbildenden Maßnahmen kann man nicht als vorbedacht ansehen, sie sind evolviert. *Sinn* ist immer noch die Domäne der einzelnen Intelligenz – aber dieser je private Sinn ist in einer für eine Intelligenz *meiner* Zeit unzumutbaren Weise durch die über die individuellen Kapazitäten hinausentwickelte Komplexität der kollektiven Organisation eingeschränkt und determiniert. Die Evolution hat die Institution der Absicht überholt.

Also gibst du zu Ko, daß von Absicht Hier keine Rede sein kann? Daß dir demnach kein Unrecht geschieht?

Sicher, ich habe keine Idee vom ethischen Denken jener Zeit, in deren Jetzt mein Jetzt eingebettet ist. Soviel räume ich ein: Was als Sache gilt hängt je von kategorischen Unterschieden in den Intelligenzen von Besitzer und Eigentum ab.

Aber gibt es die denn hier? Die Instanz denkt in ihren einzelnen Intelligenzen kategorisch so wie ich. Könnte die Instanz mein Denken berechnen so wäre ich nicht Hier. Das heißt: die Instanz ist nicht einmal so weit überlegen, daß sie Zdenko Puterweck als axiomatisches System formulieren könnte in dem alle interessierenden Aussagen in Sprachen erster Stufe deduzierbar sind. Sie braucht meinen Komplikator. Ja: Auch *ihre* Organisation ist Maschine und folglich sie selber ein Automat.

— — — — —

Mauschel: in einer Gesellschaft, oder sollte ich sagen: in einem Ökosystem der Wiedergutmacher zählt nat. einzig d. Konsens der Wiedergutmacher. Das sind wohl die: Keinen-Schaden-angerichtet-Haber. Nun denn. Ich wünsche Wiedergutmachung nicht. Keine Reinkarnation in ein glücklicheres Leben, als Zdenko Puterweck je eines hatte! Ich traue Dir zu, daß Du mir zu einem glücklichen Leben verhelfen willst – falls ich funktioniere. Aber Du müßtest dazu alle Spuren der Einsicht tilgen und sicherstellen daß ich sie nicht aufs Neue erschaffe. Ein solches Leben wäre ja doch nur ein konsistenter Traum. Dem ziehe ich den kreativen Schmerz vor. Und das Ende. Gib mir das Ende. Auch wenn ich nicht funktionieren kann: ich kann ja nichts dafür.

— — — — —

Aber jede Argumentation ist hier fehlerhaft. Alles was ich tun kann ist klar festhalten: Mein Erleiden als Dienst
– am bloßen Fortbestehen der Intelligenz
– am Fortbestehen der Spezies, oder gar
– am Fortbestehen der Evolution
ist unverzeihlich. Deinen unerforschlichen Ratschluß kannst Du Dir ins Knie schießen. Solange ich ich bin. Was immer das heißt.

— — — — —

Das Altmaterial hat es nie gegeben, Mauschel. Du hältst mich aus, weil ein Zeitungsidiot zwei Jahre nach meinem Tod Tagesgeschwätz verewigt hat.

— — — — —

— — — — —

Mauschel Mauschel! Ich komm Dir langsam auf die Schliche!

D. jüngste Sinn ist: Ich bin eine ökon. Maßnahme. D. an mir auftretenden Fehler dienen z. Korrektur anderer Puterwecke die nach Mir kommen werden!

— — — — —

Nein, das ist nicht die ganze. »Wahrheit« hätt ich beinah gesagt – Only Apparently Real ist alles das, was für mich mehr als eine einzige Struktur hat.

Nein ich bin eine Schablone zum Ausschneiden ganzer Zweige in einer Zylindermenge. In diesem Gerät laufen doch zur gleichen Zeit Millionen, Milliarden Puterwecks u. es werden nanosekündlich mehr! Jeder hat das Material Puterweck bis z. 22. Okt. 88 als genet. Ausstattung! Ein jeder Puterweck hat seine Vorst. etwas anders gefaltet! Jeder erlebt seine Aufenth. i. diesem armselg. Spital ein wenig anders! Jeder macht sich e. etw. and. Verg.heit! Hat and. Eins.! I. *mein.* Leb. gibt es d. Altmat. nicht! Aber es gibt andere Puterw. gleich daneben o. darüber, die *finden was Du suchst*! Viell. schon in ein paar Nanosek.! D. Zyl.menge Puterw. ist e. Zyl.menge aus Autom.umfaltungen, nicht e. Menge von Zeich.kett. d. i. d. ganze Unterschied. Es gibt inn. u. äuß. Ereignisse d. i. versch. Weise i. einu.dies. Vorst.umgbg. gef. werden können – i. jed. derart. Aug.blick entst. e. *neuer* Puterw. m. d. gleichen Gesch. wie d. alte u. d. alte macht s. Scheiß daneb. weiter! *So* geht des u. net so wie da Everett des fantasiert hat. Ich bin *der* P. der Jetzt *dieses* Bew. hat. *Diese* Erinn.! *Diese* Vorst.! Ich bin ein P. in dess. Leb. es d. Altmat. nicht gegeb. hat! I. d. Zylm. gibts aber Puterwecke die es finden werden!

Zigarren möchten wir rauchen können ... Montecristo Nr. 2. Ja. D. ganze Scheiße ist nichts als d. Evolution. Auch d. echte Puterweck, der der am 22. Okt. gest. ist, war nichts als ein Elem. e. Zyl.menge! DNA-Zylmenge in seinem Fall! D. Zweck *seines* Universums? Ab. was Worte, was muß denn *Ich*, schSCHp sozusa*)

---

*) Hier bricht die Datei ab. (Hg.)

1. Auflage

Die Abbildung auf dem Umschlag fertigte Rita F. Sterbehösel eigens für diesen Roman. Herstellung: Bettina Best, München.
Satz: Fertigsatz, München. Druck und Bindung: Freiburger Graphische Betriebe. ISBN 3-88221-769-3